LAURA BECZKA

ZHAO

Die erste und letzte Kaiserin von China

AF289196

Bibliografische Information der Deutschen Nationalbibliothek: Die Deutsche Nationalbibliothek verzeichnet diese Publikation in der Deutschen Nationalbibliografie; detaillierte bibliografische Daten sind im Internet über http://dnb.dnb.de abrufbar.

Verlag: BoD · Books on Demand GmbH, Überseering 33, 22297 Hamburg, bod@bod.de

Druck: Libri Plureos GmbH, Friedensallee 273, 22763 Hamburg

ISBN: 978-3-8192-4486-5

In Gedenken an meinen Opa, Johann Beczka.

Über die Autorin:

Laura Beczka, geboren 2006 in Sinsheim, legt mit "ZHAO – Die erste und letzte Kaiserin von China" ihr literarisches Debüt vor. Mit einem feinen Gespür für historische Tiefe und weibliche Perspektiven erzählt sie das eindrucksvolle Leben der ersten Alleinherrscherin Chinas. Sie lebt und schreibt in Sinsheim.

Prolog: Die Sichel

Frühling 633 n. Chr.

Die Wände unseres Hauses schienen mich zu erdrücken, als ich dort stand, ein kleines Mädchen von neun Jahren, das versuchte, den Tränen zu widerstehen, die in meinen Augen brannten. Die Luft war schwer, erfüllt von dem Geruch von Armut und Enttäuschung. Meine Mutter stand vor mir, ihr Gesicht war hart wie Stein, ihre Augen funkelten vor Zorn. „Wu Zhao!" Ihre Stimme war scharf wie ein Messer, das durch die Stille schnitt. „Du denkst, du bist etwas Besseres, nur weil du Bücher liest? Das hier ist kein Palast, und du bist keine Prinzessin!" Ich ballte meine kleinen Hände zu Fäusten, meine Nägel gruben sich in meine Handflächen. „Ich will nicht wie die anderen sein", entgegnete ich trotzig, obwohl meine Stimme zitterte. „Ich will mehr wissen, mehr verstehen. Warum ist das falsch?"
Meine Mutter seufzte tief, ihr Gesicht war eine Mischung aus Müdigkeit und Verzweiflung.
„Du bist ein Mädchen, Zhao. Dein Platz ist hier, bei der Familie. Die Welt da draußen ist kein Ort für Träume wie deine."
„Aber Vater sagt, Bildung ist wichtig!", rief ich, meine Stimme brach unter der Last der Tränen. „Er sagt, ich soll lernen, damit ich stark werde!"
„Dein Vater…", sie unterbrach sich, als ob sie ihre Worte wägen müsste. „Dein Vater hat gute Absichten, aber er versteht nicht, wie die Welt wirklich ist. Du wirst nur enttäuscht werden." Ich starrte sie an, mein Herz pochte wild in meiner Brust.

„Ich werde nicht enttäuscht werden", flüsterte ich. „Ich werde beweisen, dass ich mehr kann. Ich werde es allen zeigen."

Meine Mutter schüttelte den Kopf, ihre Miene wurde weicher, aber ihre Worte blieben hart.

„Du bist noch ein Kind, Zhao. Du verstehst nicht, was auf dich zukommt."

Ich drehte mich um und rannte aus dem Raum, die Tränen strömten jetzt unaufhaltsam über meine Wangen. Aber in meinem Herzen brannte ein Feuer, ein Wille, der stärker war als jede Enttäuschung. Ich würde nicht aufgeben. Ich würde nicht klein beigeben. Ich erinnerte mich an die Geschichten, die mein Vater mir erzählt hatte. Er war ein kleiner Beamter, aber er hatte große Träume für mich.

„Zhao", hatte er gesagt, „duhast einen scharfen Verstand und ein starkes Herz. Nutze sie, um deinen Weg zu finden."

Seine Worte hatten mich inspiriert, aber sie hatten auch eine Kluft zwischen mir und meiner Mutter geschaffen. Meine Mutter war eine praktische Frau. Sie hatte gelernt, in einer Welt zu überleben, die wenig Raum für Träume ließ. Sie wollte, dass ich heirate, Kinder bekomme und ein einfaches Leben führe. Aber ich wollte mehr. Ich wollte die Welt verstehen, ich wollte Macht und Einfluss haben. Ich wollte nicht nur überleben, ich wollte triumphieren.

Herbst 636 n. Chr.

Jahre sind vergangen. Schmerzhafte Jahre. Der Tod meines Vaters hatte mich und meine Mutter verwundbar gemacht. Ohne seinen Schutz waren wir in das Haus meiner Brüder gezogen, unser angebliches Zuhause. Doch von dem Moment an, als wir ankamen, war mir klar, dass wir hier nur geduldete Fremde waren.

Meine Brüder, Yuan und Lin, hatten das Erbe unseres
Vaters an sich gerissen. Sie hätten uns versorgen müssen,
aber stattdessen behandelten sie uns wie Diener. Ich war
dreizehn, alt genug, um zu verstehen, dass in dieser Welt
nur eines zählte: Stärke. Und ich hatte keine. Noch nicht.

„Du miese Hure!" Die Stimme meines ältesten Bruders
hallte durch den Hof. Ich ließ den Lappen sinken, mit dem
ich den Boden geschrubbt hatte, und erhob mich langsam.
Meine Knie waren wund, meine Finger aufgescheuert.
Ich trat hinaus. Yuan stand mit verschränkten Armen vor
mir, die Stirn gerunzelt. Neben ihm lehnte Lin gegen eine
Holzsäule, ein höhnisches Grinsen auf dem Gesicht.
„Hast du die Wäsche gemacht?" fragte Yuan scharf.
Ich nickte.
„Dann warum ist mein Gewand noch nass?"
„Es hat geregnet", antwortete ich ruhig.
Das war mein Fehler. Seine Hand flog schneller, als ich
reagieren konnte. Die Ohrfeige traf mich hart, und ich
taumelte zur Seite. Schmerz schoss durch mein Gesicht,
doch ich biss die Zähne zusammen.
Lin lachte.
„Vielleicht ist sie einfach zu dumm, um eine einfache
Aufgabe zu erledigen."
Ich spürte, wie mein Körper sich anspannte.
„Vielleicht ist sie auch zu stolz", fügte Yuan hinzu und
packte mich grob am Arm.
Ich trat nach ihm, traf sein Schienbein. Er knurrte vor Wut
und schleuderte mich auf den Boden. Mein Kopf knallte
gegen die Steinplatten, und für einen Moment wurde mir
schwarz vor Augen.
Ich hörte Lin lachen, spürte, wie er mich mit seinem Fuß in
die Seite stieß. Einmal. Zweimal.
Ich keuchte, rang nach Luft, doch ich ließ keinen Laut des
Schmerzes entweichen. Ich würde nicht weinen. Ich würde

nicht betteln. Denn ich wusste: Wenn ich das tat, würden sie nie aufhören.

Sie drehten mir den Rücken zu Ich lag am Boden, ihre Stimmen klangen entfernt, als wären sie nicht wirklich hier. Mein Blick fiel auf die Wand der Scheune. Dort lehnte eine Sichel. Mein Körper schrie vor Schmerz, doch meine Wut war stärker. Langsam, ohne ein Geräusch zu machen, kroch ich dorthin. Meine Finger umschlossen den kalten Holzgriff der Sichel, und ein neues Gefühl durchströmte mich: Kontrolle.

Ich atmete tief ein. Dann sprang ich auf.

Yuan drehte sich gerade um, als ich die Sichel hochriss. Die scharfe Klinge stoppte nur einen Funken vor seiner Kehle.

Er hatte recht.

Ich würde mich nie wieder beugen.

Kapitel 1: Chang'an

Winter 637 n. Chr.

Der Hof in Wenshui war karg, kalt und voller Schreie.
Mein Leben bei meinen Brüdern hatte jede Illusion von
Sicherheit oder Gerechtigkeit ausgelöscht. Doch im Jahr
637 kam eine Nachricht, die alles änderte: Ein entfernter
Verwandter in Chang'an war bereit, meine Mutter und mich
aufzunehmen. Ich wusste, dass wir in Wenshui keine
Zukunft hatten. Hier zu bleiben bedeutete, langsam zu
sterben. Also packten wir, was wenig wir besaßen, und
verließen Wenshui.

Die Reise nach Chang'an war lang und voller Gefahren.
Doch als wir die Stadt erreichten, verschlug es mir den
Atem. Chang'an war wie eine andere Welt: Die Straßen
waren voller Leben, die hohen Mauern der Stadt strahlten
Stärke aus, und die Paläste glitzerten in der Sonne. Doch
die Stadt war auch erbarmungslos. Wir waren niemand,
zwei Frauen ohne Rang, ohne Geld, ohne Schutz.

Mein Aussehen hatte sich verändert.
Ich war dreizehn, und die Härte der letzten Jahre hatte aus
einem Kind eine junge Frau gemacht. Meine
Wangenknochen waren schärfer geworden, kantiger, wie
gemeißelt aus Entschlossenheit. Die Rundungen meines
Gesichts hatten sich gestrafft, als ob selbst die Haut
entschied, keine Schwäche mehr zu dulden.
Meine Augen, einst groß vor Staunen, waren jetzt schmaler,
kontrollierter. Aber sie beobachteten , alles. Jeder Blick,

jede Bewegung, jedes Flüstern. Wachsamkeit hatte sie geformt.

Meine Haut war heller als die meiner Mutter, fast wie glattes Elfenbein, aber sie trug feine Spuren von Sonne und Arbeit. Meine Lippen – oft fest zusammengepresst – hatten die Farbe von dunklem Tee, und wenn ich sprach, tat ich es mit einem Ton, den man nicht von einer Dreizehnjährigen erwartete.

Mein Haar war dick und tiefschwarz, es reichte mir bis zur Hüfte. Früher hatte meine Mutter es mir zu zwei lockeren Zöpfen geflochten. Jetzt trug ich es hochgesteckt, aus dem Gesicht gezogen – ein stilles Versprechen, dass ich keine Kindheit mehr beanspruchte.

Ich war schlank, aber nicht zerbrechlich.

„Du bist hübsch", hatte meine Mutter gesagt, als sie mich eines Abends beim Haarbürsten betrachtete. Ihre Stimme war nüchtern, ohne Zuneigung.

„Hübsch genug, dass wir vielleicht einen Weg finden, zu überleben."

Ich wusste, was sie meinte. Unser Verwandter, der uns in seinem Haus aufnahm, war ein Mann von geringer Bedeutung. Er war ein Beamter, aber seine Hände waren nicht die eines Mannes, der in der Lage war, Wohlstand zu schaffen. Sie waren schmutzig und schwach, zerfurcht von Jahren der Unterwürfigkeit. Die Unterkunft, die er uns bot, war düster und beengend. Es roch nach feuchtem Holz und abgestandenem Schweiß. Unsere Zimmer waren kleiner als die eines Hundes, der in einem verwahrlosten Stall gehalten wird.

Jede Ecke war von Schatten erdrückt, die nie wirklich vertrieben werden konnten, so wie die Last der Angst, die jeden von uns erdrückte. Meine Mutter verbrachte die Tage damit, sich mit den wenigen anderen Verwandten und Bekannten auseinanderzusetzen, die wir hatten, oft von der düsteren Art, wie man in einer Stadt wie dieser überlebte: durch Lügen, Intrigen und das Angebot von Schatten.

Sie sprach wenig und bewegte sich mit einer Tücke, die ich bis dahin nicht gekannt hatte. Die Verzweiflung hatte ihren Blick verändert, ließ ihn leer und verzerrt erscheinen. Sie wusste, dass auch sie hier niemandem etwas bedeutete. Ich konnte den Schmerz und die Wut in ihr spüren. Sie hatte sich immer gegen die Welt gewehrt, doch diese Stadt nahm ihr die Luft zum Atmen. Ihr Widerstand schwand mit jedem Tag. Und ich begann zu verstehen, dass sie, die einst auf meine Ambitionen gehofft hatte, jetzt versuchte, ihre eigenen zu beerdigen.

Ich wusste von Anfang an, dass wir uns nicht lange auf diesem Niveau der Unbedeutendheit halten konnten. Jeder Tag verflog in einem Nebel aus Staub und Überlebensangst, der uns langsam erstickte. Ich lernte schnell, dass hier niemand aus Güte oder Mitgefühl handelte. Alles, was die Menschen taten, war, sich einen Platz im brutalen Spiel des Überlebens zu sichern, koste es, was es wolle.

Der Verwandte, der uns aufgenommen hatte, tat wenig, um unser Leben zu erleichtern. Er war ein schwacher Mann, der den Kopf immer senkte, um sich in der unsichtbaren Hierarchie dieser Stadt zurechtzufinden. Doch unter seiner unscheinbaren Fassade war er ein unauffälliger Spieler im Netz der Macht. Er wusste, dass er uns brauchte, um seinen eigenen Status zu wahren, aber er behandelte uns wie verwaiste Hunde, die man in einer Ecke vergaß.

In dieser Umgebung lernte ich schnell, dass nichts in Chang'an ohne einen Preis war. Aber das Grauen, das mich umgab, begann mich zu verändern. Ich lernte, mich anzupassen. Die Wunden in meiner Seele, die die

Demütigungen und der tägliche Überlebenskampf hinterließen, wurden zu einer harten Rüstung. Und während ich Tag für Tag in den Schatten dieser Stadt versank, wusste ich tief im Inneren, dass die eigentliche Hölle, die auf mich wartete, nicht in den Straßen von Chang'an lag. Sie wartete in den Mauern des Palastes, die wir bald betreten sollten.

Frühling 637 n. Chr.

Der Bote kam mit der Nachricht, die wie ein Schwert in die Stille des Raumes schnitt. Mit dem kaiserlichen Siegel auf dem Rücken und einer Miene, die keinerlei Regung zeigte, trat er ein.

„Der Kaiser sucht neue Konkubinen", sagte er, als wäre es das Einfachste der Welt. „Junge Frauen, die sich dem Palast anschließen, um dem Kaiser zu dienen."
Seine Worte hallten in mir nach, wie ein Ruf, den niemand ignorieren konnte. Die Stadt war voller Gerüchte, doch nun war es Wirklichkeit. Der Palast, dieser Ort der Macht und des Verderbens, wollte mich. Die Möglichkeit, ein Leben in Wohlstand und Einfluss zu führen, aber zu welchem Preis?
Ich spürte den Blick des Boten auf mir. Er hatte mich bereits gemustert, hatte mich als eine der „Auserwählten" erkannt. Meine Mutter, die die Dringlichkeit der Situation erkannte, trat einen Schritt nach vorne. Ihr Blick war hart und unnachgiebig. In ihren Augen brannte ein Feuer, das schon so oft in ihrem Leben erloschen war.
„Bist du bereit, Zhao?", fragte sie ruhig. Ihre Worte waren weder warm noch liebevoll, sondern nüchtern und fast schon kalkulierend.
Ich blickte zu Boden. Der Raum schien sich zu drehen, doch in meinem Inneren war es still. „Ja", sagte ich

schließlich, und meine Stimme zitterte. „Dann folge mir", sagte er, und drehte sich ohne einen weiteren Blick um. Ich ging hinter ihm her, ohne meine Mutter noch einmal anzusehen.

Ein Jahr später

Das Leben im Palast war ganz anders als alles, was ich kannte. Der Palast war riesig, mit hohen, goldenen Wänden, die mich erdrückten. Zudem wurde mir ein neuer Name zugewiesen: Meiniang. Die Frauen, die hier lebten, waren nicht freundliche Kameradinnen, sondern Rivalinnen, die gegeneinander kämpften, um die Gunst des Kaisers zu gewinnen. Die älteren und erfahreneren Frauen im Palast schauten auf mich herab.

Mein erstes Jahr im Palast war die Hölle. Meine größte Feindin? Konkubine Nuying. Am Anfang waren wir gute Freunde, bis ich mitbekam, dass sie schlecht hinter meinen Rücken redete. Zum Glück war ich nicht ganz allein. Fräulein Ning, meine Dienerin, welche zwar ein Jahrzehnt älter war, aber die ehrlichste und gutmütigste Dame, die ich kannte. Sie kannte die Intrigen besser als jeder andere.

Lizhi war der Sohn von Kaiser Taizong, aber er war nicht der Erste in der Thronfolge.
Er war nicht der Krieger, nicht der Stratege, nicht der Thronanwärter, den man in Liedern besingt. Seine Hände hielten lieber einen Pinsel als ein Schwert. Seine Stimme war ruhig, fast zu sanft für einen Palast voller Machtgier und Intrigen.

Er war sanftmütig, intelligent und hatte eine Liebe zur Literatur, zur Kalligraphie, zu Gedichten, die flossen wie Wasser – geschmeidig, aber nicht machtlos. In den langen Korridoren des Palastes war das ein Makel. Ein Mann, der lieber Gedichte schrieb als Kommandos gab, galt als schwach.

Sein Gesicht war fein geschnitten, mit hohen Wangenknochen und einer schmalen, edlen Nase. Seine Augen – dunkelbraun, fast schwarz – trugen eine stille Tiefe, als sähen sie mehr, als sie preisgaben. Sie bewegten sich nie hektisch. Jeder Blick war bedacht, ruhig. Wie ein Gelehrter, der zuhört, bevor er urteilt.

Sein Gang war leise, fast lautlos. Er drängte sich nicht in den Vordergrund. Er nahm den Raum nicht mit Lautstärke ein – sondern mit Präsenz.

Seine Hände waren schmal und gepflegt, seine Finger lang, fast wie die eines Musikers. Oft hatte ich ihn beobachtet, wie er mit der Spitze seines Ärmels den Rand eines Manuskripts berührte, als wäre es lebendig.

Viele im Palast sahen ihn als zu weich, zu nachgiebig. Sie hielten ihn für einen Schatten, der sich nie gegen das Licht stellen würde.

Aber ich sah etwas anderes in ihm.

Ich sah einen Mann, der Mitgefühl hatte, nicht aus Schwäche, sondern aus Tiefe.

Einen Mann, der zuhören konnte, in einer Welt, in der alle nur schrien.

Einen Mann, der bereit war, zu lernen, und das machte ihn gefährlicher als jene, die glaubten, schon alles zu wissen.

Unser erstes Treffen war zufällig. Ich war in der Bibliothek, als er hereinkam, auf der Suche nach einem bestimmten Buch. Er war überrascht, mich dort zu sehen, und noch mehr überrascht, als ich ihm das Buch, das er suchte, ohne zu zögern reichte.

„Ihr kennt Euch aus mit Literatur?", fragte er, seine Stimme war sanft, aber neugierig. Ich nickte.

„Ich habe viel gelesen, Eure Hoheit. Bücher sind meine Zuflucht." Er lächelte, ein warmes, ehrliches Lächeln, das ich selten im Palast sah.

„Dann habt Ihr einen guten Geschmack. Dieses Buch ist eines meiner Favoriten." Wir begannen zu reden, über Bücher, über Philosophie, über die Welt außerhalb des Palastes. Lizhi war anders als die anderen Männer im Palast. Er hatte keine Angst davor, zuzugeben, dass er nicht alles wusste, und er schätzte meine Meinung.

Kapitel 2: 10 Jahre

647 n. Chr.

Zehn Jahre. Zehn verdammte Jahre. Ich hatte gedacht, dass mein Aufstieg im Palast schnell gehen würde. Immerhin war ich klüger als die meisten Konkubinen, hatte den Kaiser zum Lachen gebracht und wusste, wie man sich halbwegs aus Ärger heraushielt. Doch die Realität sah anders aus. Ich war immer noch eine niederrangige Konkubine. Keine Beförderung. Kein Kind. Nichts. Manchmal fragte ich mich, ob ich einfach zu langweilig war. Oder vielleicht zu sehr eine Herausforderung? Vielleicht mochte der Kaiser Frauen, die ihn anhimmelten, und nicht solche, die ihm Konfuzius-Zitate um die Ohren warfen. Ich hatte nicht vor, aufzugeben. Während andere Konkubinen sich die Haare rauften, weil sie ihre Stellung verloren oder eine falsche Robe zum Bankett trugen, saß ich da und beobachtete. Ich lernte, wer mit wem verbündet war, wer sich hasste und wer so dumm war, dass er es nicht lange machen würde. Meine treue Dienerin Ning wurde zu meiner besten Verbündeten.

„Zehn Jahre, Meiniang. Ich glaube, selbst die Steinfiguren im Palast haben mittlerweile mehr Einfluss als du."
„Sehr witzig", murmelte ich.
„Ich sitze hier nicht einfach herum. Ich… analysiere."
„Oh ja, du analysierst dich langsam zu Tode."
Sie hatte nicht ganz Unrecht. Während mein eigenes Leben ziemlich ereignislos war, gab es im Palast genug Dramatik, welche mich nach so langer Zeit wirklich mehr als

langweilte. Kaiserin Hwang, die offizielle Frau des Kaisers, war ständig damit beschäftigt, ihre Macht zu sichern. Leider hatte sie ein großes Problem: Edle Xiao, die Favoritin des Kaisers. Die beiden Frauen hassten sich bis aufs Blut. Und ich? Ich saß mit Reisbällchen am Rand und beobachtete, wer als Nächstes stolpern würde.

„Wenn die beiden so weitermachen, vergiften sie sich noch gegenseitig", sagte ich eines Tages zu Fräulein Ning.

„Oder sie tun sich zusammen und vergiften dich."

„Danke für die Ermutigung." Andere Frauen im Palast wurden älter und verloren die Gunst des Kaisers. Manche wurden weggeschickt. Ich aber blieb. Vielleicht, weil ich nicht zu laut war. Nicht zu auffällig. Nicht zu anstrengend. Ich wusste, dass mein Moment kommen würde. Ich musste nur warten. Und dann, nach zehn Jahren, als ich schon fast vergessen hatte, wie sich Hoffnung anfühlte, passierte endlich etwas, das alles veränderte.

Ich saß in meinen Gemächern, als Fräulein Ning mir eine dampfende Schale mit meiner Lieblingssuppe brachte. Der Duft von würzigen Kräutern und Fleisch stieg mir in die Nase, und plötzlich zog sich mein Magen schmerzhaft zusammen.

„Pfui!" Ich verzog das Gesicht und drehte mich weg. Fräulein Ning blinzelte mich verwirrt an.

„Was ist mit dir? Du liebst diese Suppe."

Ich hielt mir die Hand vor den Mund.

„Heute riecht sie wie… verdorbenes Entenwasser."

Sie legte langsam den Löffel ab und musterte mich skeptisch.

„Seit wann findest du Essen eklig?" Ich wollte abwinken, doch dann fiel mir auf, dass ich mich in letzter Zeit oft müde fühlte. Meine Brüste schmerzten. Meine

Stimmungsschwankungen waren unkontrollierbar, selbst für meine Verhältnisse. Und dann war da noch die ausbleibende Blutung…Mein Atem stockte. Konnte dies wirklich sein? Ning sah mich aufmerksam an.

„Meiniang…?" Ich schnappte nach Luft.

„Sag es nicht laut!" flüsterte ich hektisch. „Aber… ich glaube, ich bin schwanger."

Für einen Moment herrschte absolute Stille. Dann riss Ning die Augen auf.

„Meiniang!" Sie packte meine Hände, ihr Gesicht ein einziges Strahlen.

„Das ist unglaublich! Das ist… das ist deine Chance!" Ja. Meine Chance. Nach zehn langen Jahren ohne Beförderung, ohne besondere Gunst, war dies der Moment, auf den ich gewartet hatte. Eine kaiserliche Konkubine ohne Kind war kaum mehr als ein hübsches Möbelstück, aber eine Konkubine, die den Kaiser mit einem Erben beschenkte? Das war eine ganz andere Geschichte. Doch so schnell meine Freude kam, so rasch wurde sie von einem eiskalten Gedanken erstickt. Gefahr. „Niemand darf es erfahren", sagte ich leise. Fräulein Ning verstummte und nickte langsam. Sie wusste, was ich meinte. Der Palast war voller Schlangen. Kaiserin Hwang und Edle Xiao, die mächtigsten Frauen hier, würden alles tun, um mich aus dem Weg zu räumen, bevor mein Kind das Licht der Welt erblickte. Und dann gab es die unzähligen anderen Konkubinen, die ihre eigene Stellung bedroht sahen.

„Wir müssen vorsichtig sein", sagte Ning. Ich atmete tief durch und straffte die Schultern. Ich konnte mich jetzt nicht von Angst lähmen lassen. Das hier war meine Chance, meinen Platz in der Geschichte zu sichern. Ich musste nur schlauer sein als meine Feinde. Ich setzte mich auf mein Bett und überlegte.

„Ich muss den Kaiser informieren. Aber nicht zu früh. Wenn ich es ihm sage, bevor ich sicher bin, könnte ich alles riskieren." Ning nickte.

„Und wenn du wartest, könnten andere es zuerst bemerken."

Ich presste die Lippen zusammen. Ein schmaler Grat. Doch wenn ich etwas in den letzten zehn Jahren gelernt hatte, dann war es Geduld. Ich war endlich schwanger. Und ich würde alles tun, um mein Kind zu schützen.

Die nächsten Tage verbrachte ich in einem Zustand angespannter Wachsamkeit. Niemand durfte merken, dass sich etwas verändert hatte. Ich zwang mich, normal zu essen, auch wenn mir übel wurde. Ich sprach mit den anderen Konkubinen, als wäre nichts passiert. Ich hielt meine Haltung gerade, obwohl mein Körper sich bereits anders anfühlte. Doch die Gefahr lag nicht nur in den Blicken der anderen Frauen. Die Diener waren genauso gefährlich. Ein falsches Gerücht, eine zufällige Beobachtung – und meine Feinde würden es wissen.

„Du musst aufpassen, Meiniang", flüsterte Fräulein Ning eines Abends, während sie mir half, mein Haar zu bürsten.

„Wenn Kaiserin Hwang oder Edle Xiao auch nur den Hauch eines Verdachts schöpfen, bist du in Gefahr." Ich seufzte leise.

„Ich weiß. Aber ich kann mich nicht ewig verstecken. Der Kaiser muss es erfahren, bevor es jemand anderes tut." Ning legte die Bürste weg und sah mich ernst an.

„Und was, wenn er sich nicht freut? Was, wenn…?"

Sie sprach den schlimmsten Gedanken nicht aus, aber ich verstand. Was, wenn der Kaiser mir nicht glaubte? Nicht jede Schwangerschaft endete mit einem lebenden Kind. Manche Frauen verloren ihr Baby früh und wenn der Kaiser glaubte, ich hätte gelogen, könnte das mein Ende bedeuten. Ich musste mir sicher sein.

Die Tage vergingen, und mein Körper begann sich zu verändern. Ich spürte die Müdigkeit stärker als je zuvor. Mein Hunger wechselte zwischen Heißhungerattacken und völliger Abscheu gegenüber bestimmten Gerichten. Mein Geist jedoch blieb scharf. Die anderen Konkubinen hatten noch nichts bemerkt, aber ich wusste, dass das nicht lange so bleiben würde. Und dann passierte es.
Eines Morgens, als ich mich nach einer Audienz beim Kaiser zum Gehen wandte, wurde mir schwarz vor Augen. Mein Kopf schien zu schwimmen, meine Knie gaben nach und bevor ich auf den Boden stürzen konnte, spürte ich starke Arme, die mich hielten.
„Wu Meiniang!" Die Stimme war streng, aber nicht unfreundlich. Ich blinzelte verwirrt und sah in das Gesicht von Eunuch Zhang, einem der ranghöchsten Diener des Kaisers. Seine schmalen Augen musterten mich scharf.
„Du wirkst blass. Bist du krank?" Mein Herz raste. Hatte er es bemerkt? Ich setzte mein bestes Lächeln auf.
„Nur ein wenig müde. Ich habe wohl nicht genug geschlafen." Er ließ mich los, doch sein Blick blieb misstrauisch.
„Du solltest dich ausruhen. Der Kaiser mag keine schwachen Frauen in seiner Nähe." Mit einer tiefen Verbeugung verließ ich den Saal – meine Hände zitterten leicht. Das war zu knapp gewesen. Ich musste schnell handeln.
Noch in derselben Nacht ließ ich Fräulein Ning eine Nachricht an den Kaiser überbringen. Ein harmloser Satz, der bedeutete, dass ich eine wichtige Angelegenheit mit ihm besprechen musste. Jetzt gab es kein Zurück mehr. Mein Herz klopfte wild, als ein Eunuch am nächsten Abend

meine Kammer betrat und mit ausdrucksloser Stimme verkündete:

„Seine Majestät erwartet euch heute Nacht." Ich atmete tief ein. Dann erhob ich mich, richtete meine Kleidung und schritt hinaus in die Dunkelheit. Jetzt würde sich alles entscheiden.

Ich wusste, dass dieser Moment kommen musste. Während ich den dunklen Palastfluren folgte, meine Hände fest ineinander verschränkt, schlug mein Herz so laut, dass ich fürchtete, die Wachen könnten es hören. Ich hatte den Kaiser oft gesehen, hatte mit ihm gelacht, mit ihm geredet, aber heute Nacht war es anders. Heute Nacht würde ich ihm sagen, dass ich sein Kind unter meinem Herzen trug. Falls es wirklich so war. Falls ich mich nicht irrte. Falls er mir glaubte. Der Eunuch, der mich führte, war alt und wortkarg. Ich kannte seinen Namen nicht, aber ich wusste, dass er einer der Vertrauenswürdigen war, sonst hätte er diese Aufgabe nicht bekommen.

Der Palast war still, nur das gelegentliche Knistern der Laternen oder das leise Murmeln von Wachen durchbrach die Dunkelheit. Die Luft roch nach Räucherwerk und frischer Nachtluft. Ich zwang mich, ruhig zu atmen. Hinter diesen Mauern waren bereits unzählige Frauen gekommen und gegangen. Viele hatten gehofft, sich die Gunst des Kaisers zu sichern. Viele hatten versagt. Ich durfte nicht versagen. Als wir schließlich vor dem großen Tor des Schlafgemachs des Kaisers ankamen, blieb der Eunuch stehen und verbeugte sich.

„Seine Majestät erwartet euch." Ich nickte, sammelte meine Gedanken und trat ein. Er saß in einem schweren Gewand aus dunkler Seide, sein Haar war teilweise gelöst, als hätte er sich gerade auf die Nacht vorbereitet. In der Kammer brannten Kerzen, die Schatten über sein kantiges Gesicht tanzen ließen. Er wirkte entspannt, doch ich wusste, dass er es nie wirklich war. Sein Blick fiel auf mich, scharf wie immer.

„Meiniang."

Ich verneigte mich tief.

„Eure Majestät."

„Setz dich." Ich nahm Platz auf dem Kissen, mein Herz raste.

„Man sagt, du möchtest mit mir sprechen."

Ich zwang mich, ruhig zu bleiben.

„Ja, Eure Majestät."

Er musterte mich kurz, griff dann nach einem Weinkelch und nahm einen Schluck.

„Dann sprich."

Ich spürte Fräulein Nings Worte in meinem Kopf widerhallen: Vorsicht, Meiniang. Wähle deine Worte mit Bedacht.

„Eure Majestät…", begann ich langsam, „ich habe in den letzten Wochen Veränderungen an mir bemerkt. Müdigkeit, Unwohlsein… gewisse Anzeichen."

Seine Augen verengten sich leicht. Ich schluckte und sagte es dann einfach.

„Ich glaube, ich trage euer Kind."

Für einen langen Augenblick war es, als hätte sich die Welt aufgehört zu drehen. Der Kaiser sagte nichts. Er bewegte sich nicht einmal. Dann stellte er langsam den Kelch auf den Tisch.

„Du glaubst?"

Seine Stimme war leise. Ich neigte den Kopf.

„Ich bin mir nicht sicher. Doch die Zeichen sprechen dafür."

Wieder Schweigen. Ich wusste nicht, was ich erwartet hatte. Freude? Stolz? Überraschung? Doch sein Blick blieb ausdruckslos.

„Und warum erzählst du mir das?" Mein Atem stockte.
Warum? Weil es sein Kind war. Weil es mich schützen
konnte. Weil mein gesamtes Leben davon abhing. Doch ich
konnte das nicht einfach sagen.
„Weil es eure Entscheidung ist, was als Nächstes
geschieht", sagte ich stattdessen. Er lehnte sich zurück.
„Das ist wahr." Ein Eunuch kam herein, verneigte sich tief
und flüsterte dem Kaiser etwas zu. Taizong nickte kaum
merklich. Dann wandte er sich wieder mir zu.
„Falls es wahr ist", sagte er schließlich, „wird das Kind
eines Kaisers sein." Ich senkte den Blick.
„Ja, Eure Majestät." Sein Blick blieb auf mir haften. Ich
konnte nicht sagen, was er dachte. Dann hob er eine Hand.
„Geh. Ich werde mich darum kümmern." Ich verneigte
mich tief.
„Danke, Eure Majestät." Als ich mich erhob und rückwärts
aus dem Raum trat, pochte mein Herz gegen meine Rippen.
Ich hatte es gesagt. Nun musste ich nur abwarten. Doch als
ich hinaus in die dunklen Flure trat, wusste ich: Das war
erst der Anfang.

Ning erwartete mich in meinen Gemächern, die Augen
voller Sorge.
„Was hat er gesagt?" Ich schüttelte den Kopf.
„Nichts Konkretes. Aber er wird sich darum kümmern."
Sie biss sich auf die Lippe.
„Das kann alles bedeuten."
Ja. Und genau das machte mir Angst. In den nächsten
Tagen wurde mein Name im Palast häufiger geflüstert. Die
Diener sahen mich mit neugierigen Blicken an. Ich wusste,
dass sich Gerüchte verbreiteten, und ich konnte nur hoffen,
dass sie mir nicht schadeten. Und dann, eine Woche später,
kam der Befehl. Ich sollte zu den kaiserlichen Ärzten. Ich
wurde in einen abgelegenen Teil des Palastes gebracht, wo

mich zwei alte, weise Männer musterten. Ihre Gesichter waren ausdruckslos, ihre Hände vorsichtig, als sie mich untersuchten. Es war seltsam demütigend, so vor Fremden zu sitzen und abgewartet zu werden. Schließlich trat einer der Ärzte vor den Kaiserlichen Eunuch, der alles beaufsichtigte, und verbeugte sich tief.

„Eure Eminenz, wir haben die Zeichen geprüft."

Mein Atem stockte.

„Es besteht eine hohe Wahrscheinlichkeit, dass Wu Meiniang tatsächlich mit einem Kind gesegnet ist."

Ich schloss kurz die Augen. Dann hörte ich den Eunuchen sagen:

„Ich werde es Seiner Majestät melden." Ich wusste, dass dies bedeutete, dass mein Leben sich für immer verändern würde. Doch würde es besser werden, oder schlimmer?

Nur wenige Tage nach der Bestätigung meiner Schwangerschaft begann sich die Atmosphäre im Palast zu verändern. Andere Konkubinen betrachteten mich plötzlich mit einem anderen Ausdruck – einige mit offener Feindseligkeit, andere mit berechnender Neugier. Ich war jetzt eine Bedrohung. Eines Abends, als ich mit Fräulein Ning in meinen Gemächern saß, trat eine junge Dienerin ein. Sie verbeugte sich hastig und flüsterte: „Edle Xiao hat von eurer Schwangerschaft erfahren."

Mir wurde eiskalt.

„Was hat sie gesagt?" fragte ich ruhig.

Die Dienerin zögerte.

„Sie… sie hat gelächelt."

Ich tauschte einen schnellen Blick mit Fräulein Ning. Das war kein gutes Zeichen. Meine Feinde würden sich nicht einfach zurücklehnen und zusehen, wie ich an Macht gewann. Ich musste vorbereitet sein. Denn wenn ich etwas gelernt hatte, dann war es dies: Im Palast überleben nicht die Stärksten, sondern die Klügsten.

Die Nachricht meiner Schwangerschaft hatte den Palast erschüttert. Für mich war es ein Triumph, aber auch ein Todesurteil. Jede Frau hier wusste, dass ein Kind die Machtverhältnisse ändern konnte. Eine Konkubine, die ein kaiserliches Kind gebar, stieg in der Rangordnung auf. Doch ebenso oft verschwanden diese Kinder „plötzlich". Ich wusste, dass sie mich beobachten. Ich wusste, dass sie mich hassen. Ich schlief leicht in jener Nacht. Etwas in mir war wachsam, auch wenn mein Körper erschöpft war. Ich spürte eine unbestimmte Bedrohung in der Luft, ein Flüstern der Gefahr. Dann hörte ich es. Ein leises Geräusch. Wie Seide, die über den Boden schleicht. Ich öffnete nicht die Augen, hielt meinen Atem flach. Tat so, als würde ich schlafen. Ein Schatten bewegte sich lautlos in meinem Zimmer. Ich spürte es, einen Hauch von Metall in der Luft. Eine Klinge. Dann blitzte sie im Mondlicht auf. Ein Dolch. Mit aller Kraft warf ich mich zur Seite. Die Klinge fuhr haarscharf an meiner Kehle vorbei und bohrte sich in die Matratze. Ohne nachzudenken, trat ich mit voller Wucht nach der Gestalt, die über mir lauerte. Sie stolperte zurück, ließ den Dolch los. Ich sprang auf und erkannte das Gesicht meiner Angreiferin.

Es war eine von Xiaos Dienerinnen. Ein Mädchen, das ihr erst seit ein paar Monaten diente. Ein stilles Ding, unauffällig, unscheinbar. „Du..." hauchte ich. Ihre Lippen verzogen sich zu einem verzerrten Lächeln. „Edle Xiao sendet ihre Grüße." Mein Herz raste. Das war keine Warnung mehr. Sie wollten mich tot sehen. Die Dienerin stürzte sich erneut auf mich, diesmal mit bloßen Händen. Ich wich aus, doch sie war schnell ihre Finger krallten sich in meine Haare, rissen daran. Ich stolperte, fiel fast. Dann griff ich nach dem nächstbesten Gegenstand meiner schweren Lampe. Mit aller Kraft schmetterte ich sie gegen ihren Kopf. Sie keuchte, taumelte. Ich sah Blut an ihrer Schläfe, doch sie kämpfte weiter. „Du elendes Miststück!" zischte sie und griff nach dem Dolch, der noch in der Matratze steckte. Bevor sie ihn fassen konnte, trat ich ihr mit voller Wucht gegen die Hand.

Ein Knacken.

Ein Schrei.

Der Dolch fiel zu Boden. Ich trat ihn mit dem Fuß weg und warf mich auf sie. Wir rangen, rissen uns gegenseitig an Haaren und Kleidung. Ich spürte ihre Fingernägel an meinem Hals. Sie wollte mich erwürgen. Ich schnappte nach Luft, doch meine Sicht verschwamm. Dann, in letzter Sekunde, griff ich nach meiner Haarnadel. Ein dünnes, spitzes Stück Metall. Mit aller Kraft rammte ich es in ihre Schulter.

Sie schrie auf, ließ mich los.

Ich holte tief Luft und packte sie an der Kehle.

„Warum?", keuchte ich. Sie spuckte Blut und lachte schwach.

„Weil du sterben musst." Die Tür flog auf.

Susu.

Fräulein Ning.

Und zwei Eunuchen.

Sie sahen die Szene: mich, keuchend, mit blutverschmierter Haarnadel in der Hand. Die Dienerin, geschlagen, zitternd auf dem Boden. Susu riss die Augen auf.

„Meiniang! Bist du verletzt?"

Ich schüttelte den Kopf, rang nach Atem. Eunuch Zhang trat vor, sein Gesicht ausdruckslos.

„Was ist hier geschehen?" Ich wischte mir das Blut vom Arm und richtete mich auf. „Diese Ratte wollte mich ermorden."

Zhangs Blick wurde kälter als Eis.

„Im Namen des Kaisers verhaftet."

Die Dienerin stieß ein kehliges Lachen aus.
„Es wird nichts ändern. Du bist so gut wie tot!"
Eunuch Zhang führte sie aus dem Zimmer.

In diesem Moment, als ich keuchend und noch zitternd von der Begegnung auf dem Boden lag, fühlte ich mich für einen Augenblick schwach, ein Gefühl, das ich nicht oft zugelassen hatte.

„Meiniang, du bist sicher, du bist in Sicherheit", sagte sie mit einer Sanftheit, die ich nicht erwartet hatte. Ihre Hand legte sich beruhigend auf meinen Rücken. Ning, die ohnehin immer die Zurückhaltende gewesen war, trat ebenfalls näher und legte ihre Hand auf meine Schulter. „Es tut mir leid, dass du das durchmachen musstest", flüsterte sie leise.
„Aber du bist stark. Du wirst stärker daraus hervorgehen."
Die Worte der beiden Frauen, die immer wieder versicherten, dass ich sicher war, rissen mich aus meiner inneren Dunkelheit. Ich spürte, wie ich nach Luft schnappte und dann, langsam, unwillkürlich, Tränen in meine Augen traten. Ich hatte in den letzten Jahren so viel ertragen müssen. Immer wieder hatte ich versucht, mich als die Unerschütterliche, die Starke zu zeigen. Aber in diesem Moment, als der Schock und die Erschöpfung von der Konfrontation mit der Dienerin über mich hereinbrachen, konnte ich die Fassade nicht länger aufrechterhalten.
Susu zog mich näher an sich, ihre Arme schlossen sich sanft um mich.
„Es ist okay, Meiniang. Du musst nicht immer stark sein. Du darfst auch schwach sein, wenn du das willst."
Ihre Stimme war warm und einfühlsam, und ich konnte spüren, dass sie es ernst meinte. Ning kniete sich vor mich und sah mir direkt in die Augen.

„Du bist nicht allein", sagte sie mit einer Entschlossenheit, die mich überraschte.

„Wir sind hier, und wir werden immer da sein."
Die beiden Frauen hüllten mich in eine Art Schutz, die ich so selten in diesem Palast gefunden hatte. Ihre Nähe war wie ein Felsen, der mich vor der ständigen Bedrohung um mich herum schützte. Ich lehnte mich gegen Susu und ließ die Tränen endlich los, als die Anspannung von mir fiel. Fräulein Ning blieb still an meiner Seite, ihre Hände zitterten leicht, als sie über meinen Arm strichen, um mir Trost zu spenden.

In dieser Stille, umhüllt von ihren beruhigenden Worten und der Wärme ihrer Umarmungen, begann ich zu begreifen, dass ich nicht ganz alleine war. Auch in der Dunkelheit dieses Palastes gab es Menschen, denen ich vertrauen konnte – zumindest ein kleines Stück weit.

„Danke", flüsterte ich zwischen den Schluchzern, meine Stimme brüchig. „Danke, dass ihr da seid."
Susu und Ning nickten, beide ihre eigenen Tränen zurückhaltend, aber es war keine Schwäche, die sie verbargen. Es war eine stille, solidarische Stärke. Sie wussten, dass der Weg für uns alle weiterging. Und ich wusste, dass ich nicht mehr alleine kämpfen musste.

Ich verlor das Kind.
Der Verlust meines Kindes hatte mich gebrochen, aber nicht zerstört. In den Wochen nach der Tragödie zog ich mich zurück, vermied die Blicke der anderen Konkubinen und die neugierigen Fragen der Diener. Ich wusste, dass sie über mich sprachen, dass sie mich für geschwächt hielten. Doch in mir brannte ein Feuer, das nicht erlöschen würde. Ich war nicht bereit, aufzugeben. Es war in dieser Zeit der

Dunkelheit, dass Lizhi, der Sohn des Kaisers, wieder in mein Leben trat.

„Ich habe von deinem Verlust gehört", sagte er nach einer Pause.

„Es tut mir leid." Ich nickte, spürte, wie die Tränen in meinen Augen brannten.

„Danke."

Er trat näher, legte vorsichtig eine Hand auf meine Schulter.

„Du musst nicht alleine durch diese Zeit gehen. Ich bin hier."

Unsere Beziehung vertiefte sich langsam, aber sicher. Lizhi war nicht wie sein Vater. Er war sanft, aber nicht schwach. Er hatte eine Art, mich zum Lächeln zu bringen, selbst in den dunkelsten Momenten. Und er respektierte mich. Er sah mich nicht nur als eine Konkubine, sondern als eine gleichwertige Gesprächspartnerin. Eines Abends, als wir allein in der Bibliothek saßen, legte er seine Hand auf meine.

„Meiniang", sagte er leise, „ich weiß, dass du viel durchgemacht hast. Aber ich möchte, dass du weißt, dass ich dich beschützen werde. Niemand wird dir etwas antun, solange ich lebe."

Ich sah ihn an, spürte die Aufrichtigkeit in seinen Worten.

„Ich…" Ich wusste nicht, was ich sagen sollte. Ich hatte so lange gekämpft, allein gekämpft, dass es fast unvorstellbar war, jemanden zu haben, der mich wirklich verstand.

Kapitel 3: Löwenhengst

Sommer 648 n. Chr.

Der Palast war still, als die Nacht hereinbrach. Die Laternen warfen sanftes, goldenes Licht auf die marmornen Flure, und der Duft von Jasmin hing in der Luft. Ich saß in meinen Gemächern, ein Buch in der Hand, aber meine Gedanken waren weit entfernt. Die letzten Monate hatten mich verändert, der Verlust meines Kindes, die ständigen Intrigen, die Einsamkeit.
Doch inmitten all dieser Dunkelheit war Lizhi mein Licht geworden. Ein leises Klopfen an der Tür riss mich aus meinen Gedanken. Fräulein Ning öffnete die Tür und flüsterte: „Der Prinz ist hier."
Mein Herz schlug schneller, als Lizhi den Raum betrat. Er trug ein einfaches Gewand, sein Gesicht war ruhig, aber seine Augen spiegelten eine tiefe Zuneigung wider, die mich beruhigte.
„Meiniang", sagte er leise, als die Tür sich hinter ihm schloss.
„Ich hoffe, ich störe nicht."
Ich stand auf und verneigte mich.
„Nie, Eure Hoheit."
Er trat näher, seine Hand streckte sich aus, um meine zu nehmen.
„Bitte, sei nicht so förmlich. Nicht mit mir."
Ich hob den Blick und sah in seine Augen. Sie waren warm, voller Verständnis und einer Zärtlichkeit, die mich erschütterte.

„Lizhi", flüsterte ich, seinen Namen zum ersten Mal ohne Titel aussprechend. Ein Lächeln erhellte sein Gesicht.

„Das ist besser."

Wir standen einen Moment lang still, unsere Hände ineinander verschlungen, als ob die Welt um uns herum verschwunden wäre. Dann führte er mich zum Fenster, wo der Mond sein silbernes Licht über den Palastgarten warf.

„Manchmal frage ich mich, wie ich all dies ertragen soll", gestand er leise. „Die Erwartungen und die unendlichen Intrigen. Aber wenn ich bei dir bin, fühle ich mich so frei."

Ich spürte, wie meine Augen feucht wurden.

„Ich verstehe", sagte ich. „Auch ich fühle mich oft verloren. Aber mit dir fühle ich mich sicher."

Er drehte sich zu mir, seine Hand strich sanft über meine Wange.

„Du bist stärker, als du denkst, Meiniang. Und ich bin dankbar, dass du an meiner Seite bist."

In diesem Moment spürte ich, wie eine unsichtbare Mauer zwischen uns fiel. All die Zurückhaltung, all die Fassaden, die wir im Palast aufrechterhalten mussten, verschwanden. Wir waren nicht mehr Kronprinz und Konkubine, sondern zwei Menschen, die sich in einer Welt voller Gefahren gefunden hatten. Er beugte sich langsam vor, und ich schloss die Augen, als seine Lippen sich sanft auf meine legten. Es war ein Kuss, der uns daran erinnerte, dass wir nicht allein waren. Als wir uns trennten, legte er seine Stirn gegen meine.

„Ich werde dich immer beschützen, Meiniang", flüsterte er. „Egal, was kommt."

Ich nickte, meine Hand umklammerte seine.

„Und ich werde immer an deiner Seite stehen, Lizhi. Immer."

Die Stunden vergingen, und wir sprachen über alles, über unsere Träume, unsere Ängste, unsere Hoffnungen. Er erzählte mir von seiner Kindheit, von den Erwartungen, die auf ihm lasteten, und von der Einsamkeit, die er oft empfand. Ich erzählte ihm von meinem Vater, von meiner Mutter, und von dem kleinen Mädchen, das einst davon geträumt hatte, die Welt zu verstehen. Lizhi strich mir eine Locke aus dem Gesicht, seine Finger zitterten leicht.

„Meiniang", flüsterte er, „ich habe dich immer bewundert. Deine Stärke, deine Klugheit, deine Schönheit."

Ich spürte, wie mein Atem stockte.

„Lizhi…"

Er beugte sich vor, und diesmal war sein Kuss tiefer, leidenschaftlicher. Seine Hände strichen über meine Schultern, zogen mich näher an ihn heran.

„Ich will dich", flüsterte er gegen meine Lippen. „Nicht nur heute Nacht. Immer."

Ich antwortete nicht mit Worten, sondern mit einer Berührung. Meine Hände fanden ihren Weg zu seinem Gesicht, spürten die sanften Konturen seiner Wangen, die leichte Stoppel an seinem Kinn. Ich zog ihn näher, ließ mich von der Welle der Gefühle mitreißen, die uns beide überwältigte. Er führte mich langsam zum Bett, seine Bewegungen waren sanft, aber bestimmt. Jeder Schritt, jede Berührung, war von einer tiefen Zärtlichkeit geprägt, die mich erschütterte. Als wir uns auf dem Bett niederließen, spürte ich, wie die Welt um uns herum verschwand. Es gab nur uns, unsere Körper, unsere Seelen, die sich in diesem Moment vereinten. Seine Hände erkundeten meinen Körper mit einer Leidenschaft, die mich atemlos machte. Als wir uns schließlich vereinten, war es, als ob die Zeit stillstand. Die Welt um uns herum existierte nicht mehr, es gab nur uns und die Liebe. Ich fühlte mich in diese Nacht nicht mehr allein.

Die ersten Sonnenstrahlen des Morgens drangen durch die fein geschnitzten Fensterläden und malten goldene Muster auf den Boden. Ich erwachte langsam, mein Körper noch schwer von der Wärme und der Nähe der vergangenen Nacht. Lizhi lag neben mir, sein Arm um mich geschlungen, sein Atem ruhig und gleichmäßig. Sein Gesicht war entspannt, fast friedlich, und ich konnte nicht anders, als ihn anzusehen. Ich lächelte und strich sanft über seine Wange. Er murmelte etwas Unverständliches und zog mich näher an sich.

„Noch fünf Minuten", flüsterte er schläfrig.

Ich kicherte leise.

„Ich glaube nicht, dass wir fünf Minuten haben, Lizhi."

Er öffnete ein Auge und sah mich an.

„Warum nicht?" „Weil…", begann ich, aber bevor ich antworten konnte, hörten wir Schritte vor der Tür. Es war zu spät. Die Tür öffnete sich mit einem leisen Knarren, und Fräulein Ning trat ein, ein Tablett mit Tee und Frühstück in den Händen. Sie blieb wie angewurzelt stehen, als sie uns sah, uns beide, eng umschlungen im Bett. ür einen Moment herrschte absolute Stille. Dann stellte Ning das Tablett mit einem lauten Klappern auf den Tisch und verschränkte die Arme.

„Na, das ist ja mal eine Überraschung", sagte sie trocken.

Lizhi setzte sich abrupt auf, die Decke fest um sich gezogen.

„Ning!", rief er aus, seine Stimme eine Mischung aus Überraschung und Verlegenheit. Ich konnte nicht anders , ich brach in Gelächter aus. Die Situation war einfach zu absurd.

„Guten Morgen, Ning", sagte ich, immer noch kichernd.

Ning hob eine Augenbraue.

„Guten Morgen, Meiniang. Guten Morgen, Eure Hoheit."

Sie betonte den Titel mit einer leichten Spitze, die Lizhi noch verlegener machte.

„Ich… äh…", stammelte er und versuchte, sich zu sammeln.

„Das ist nicht, wie es aussieht."

Ning schnaubte.

„Oh, wirklich? Weil es sieht ziemlich genau so aus, wie es aussieht." Sie trat näher und musterte uns mit einem strengen Blick. „Ich hoffe, ihr habt wenigstens daran gedacht, die Tür abzuschließen."

Ich grinste.

„Wir waren… abgelenkt."

Lizhi stöhnte und liezte sich ins Kissen fallen.

„Das ist so peinlich."

Ning rollte die Augen.

„Oh, bitte. Ihr seid beide erwachsen. Und ich bin sicher, ich bin nicht die erste, die euch in so einer … Situation erwischt hat."

Ich sah sie an.

„Nun, eigentlich bist du die erste."

Sie schnaubte erneut.

„Na, dann fühle ich mich geehrt." Sie nahm das Tablett und stellte es auf den Tisch neben dem Bett.

„Hier, euer Frühstück. Ich nehme an, ihr habt einen anstrengenden Abend hinter euch." Lizhi errötete bis zu den Ohren.

„Ning, bitte…"

Ich lachte wieder.

„Nun, sie hat nicht ganz Unrecht."

Ning setzte sich auf die Kante des Bettes und sah uns beide an.

„Also, was ist der Plan? Soll ich die Palastwachen informieren, dass der Kronprinz die Nacht in den Gemächern einer Konkubine verbracht hat? Oder soll ich einfach so tun, als wäre nichts passiert?"

Lizhi stöhnte erneut.

„Bitte tu einfach so, als wäre nichts passiert."

Ning stand auf und strich ihr Kleid glatt.

„Gut. Dann werde ich jetzt gehen und euch beiden etwas Privatsphäre gönnen. Aber denkt daran , ich bin nur eine Tür entfernt, falls ihr mich braucht."
Sie ging zur Tür, drehte sich aber noch einmal um.
„Oh, und Meiniang?"
„Ja?"
„Das nächste Mal schließt die Tür ab." Ich lachte.
„Versprochen."
Als die Tür sich hinter ihr schloss, ließ Lizhi sich zurück ins Kissen fallen.
„Das war unerwartet." Ich grinste und kuschelte mich an ihn.
„Nun, sie hat recht. Wir hätten die Tür abschließen sollen." Er seufzte und zog mich näher an sich.
„Ich glaube, ich werde Fräulein Ning nie wieder in die Augen sehen können."
Ich kicherte.
„Ach, sie wird schon darüber hinwegkommen. Sie ist stärker, als sie aussieht."
Er lächelte und küsste mich sanft auf die Stirn.
„Wie du."
Wir lagen noch eine Weile schweigend da, genossen die Ruhe und die Nähe des anderen. Dann stand Lizhi langsam auf und begann, sich anzuziehen.
„Ich sollte gehen", sagte er leise. „Bevor jemand anderes uns findet."
Ich nickte und setzte mich auf.
„Sei vorsichtig."

Sommer 649 n. Chr.

Kaiser Taizong besaß ein Pferd mit dem Namen „Löwenhengst", und es war so groß und stark, dass niemand auf seinen Rücken steigen konnte. Ich schlug ihm vor:

„Um es zu unterwerfen, brauche ich nur drei Dinge: eine Eisenpeitsche, einen Eisenhammer und einen scharfen Dolch. Ich werde es mit der Eisenpeitsche peitschen. Wenn es sich nicht unterwirft, werde ich ihm mit dem Eisenhammer auf den Kopf hämmern. Wenn es sich immer noch nicht unterwirft, werde ich ihm mit dem Dolch die Kehle durchschneiden."

Kaiser Taizong starrte mich mit einem intensiven Blick an, seine Augen scharf und prüfend.

„Glaubst du wirklich, dass du dazu berufen bist, meinen Dolch schmutzig zu machen?" fragte er mit einem leichten Lächeln, das eine Mischung aus Skepsis und Bewunderung verriet. Ich erwiderte seinen Blick, mein Herz schlug schneller.

„Majestät, wenn Ihr Pferd sich nicht unterwerfen will, dann ist es nur eine Frage der Zeit, bis er bezwungen wird. Ich habe keine Angst vor dem Schmutz, der kommt, wenn man die wahre Macht in den Händen hält."

„Und was ist, wenn du das Pferd nicht besiegen kannst?" fragte er, seine Stimme ein wenig kühler.

„Was wirst du tun, wenn du trotz all deiner Bemühungen scheiterst?"

„Dann werde ich mich nicht davor scheuen, es ein weiteres Mal zu versuchen", antwortete ich ohne Zögern.

„Stärke ist nicht das Ergebnis eines einzelnen Versuchs, sondern das Produkt unermüdlicher Entschlossenheit."

Taizong nickte nachdenklich, sein Blick nicht von mir abwendend.

„Vielleicht hast du recht. Vielleicht ist es die wahre Stärke, die du hier zeigst. Aber denke daran, dass du bei uns im Palast nicht nur mit Tieren kämpfst, sondern mit Menschen. Und Menschen sind weitaus gefährlicher."

Ich trat einen Schritt näher, meine Haltung stolz und fest.

„Majestät, ich bin bereit, mich jeder Herausforderung zu stellen, sei es von einem Tier oder einem Menschen. Ich werde nicht zurückweichen."

Er beobachtete mich einen Moment lang, als würde er abwägen, ob er mir vertrauen sollte, bevor er schließlich ein leises Lächeln auf seinen Lippen zeigte.

„Du bist also eine von denen, die niemals aufgeben. Das ist eine Qualität, die wir hier schätzen. Aber sei vorsichtig, Meiniang. Deine Worte und Taten können so scharf wie ein Dolch sein."

„Ich werde vorsichtig sein, Majestät. Aber ich werde auch sicherstellen, dass niemand meine Entschlossenheit unterschätzt."

Mit einem letzten, prüfenden Blick nickte der Kaiser, als ob er seine Entscheidung getroffen hatte.

„Du bist ein interessantes Wesen, Meiniang. Ich werde dich im Auge behalten."

Ich verbeugte mich leicht, ohne ein weiteres Wort zu verlieren, und drehte mich dann um, um den Raum zu verlassen. Das dies unser letzes Gespräch sein würde, hätte ich nie erwartet.

Kapitel 4: Das Kloster

Der Tod von Kaiser Taizong war ein Schock für das gesamte Reich. Der Palast war in Trauer gehüllt, und die Luft schien schwer von der Last des Verlusts. Für mich war es jedoch mehr als nur der Tod eines Kaisers, es war das Ende einer Ära, das Ende meiner Zeit im Palast.

Denn mit dem Tod des Kaisers kam auch das Ende meiner Position als Konkubine. Gemäß der Tradition wurden alle Konkubinen, die dem verstorbenen Kaiser gedient hatten, ins Kloster geschickt, um den Rest ihres Lebens in Abgeschiedenheit zu verbringen. Als der Befehl kam, war ich nicht überrascht. Ich hatte gewusst, dass dies passieren würde, aber das machte es nicht einfacher.

Lizhi, jetzt der neue Kaiser, konnte nichts tun, um mich zu retten. Die Tradition war stärker als seine Macht, und so musste ich gehen. Die Nacht vor meiner Abreise verbrachte ich mit Lizhi. Wir trafen uns heimlich in meinen Gemächern, unsere Herzen schwer von der bevorstehenden Trennung.

„Ich kann nicht glauben, dass sie dich wegschicken", flüsterte Lizhi, seine Stimme voller Schmerz.

„Du gehörst hierher, an meine Seite."

Ich strich sanft über seine Wange.

„Ich weiß, Lizhi. Aber die Tradition ist stärker als wir. Wir können sie nicht brechen."

Er schüttelte den Kopf.

„Ich bin der Kaiser. Ich sollte in der Lage sein, etwas zu tun."

Ich lächelte traurig.

„Du bist der Kaiser, ja. Aber du bist auch ein Mann, der die Traditionen respektieren muss. Wenn du mich hier behältst, wirst du nur Unruhe stiften. Und das können wir uns nicht leisten."

Er seufzte und zog mich näher an sich.

„Ich werde dich vermissen, Meiniang. Mehr, als du dir vorstellen kannst."

Ich legte meinen Kopf an seine Brust und hörte den rhythmischen Schlag seines Herzens. „Ich werde dich auch vermissen. Aber das ist nicht das Ende. Ich werde zurückkommen. Das verspreche ich dir."

Er küsste mich sanft auf die Stirn.

„Ich werde auf dich warten. Egal, wie lange es dauert."

Am nächsten Morgen wurde ich von einer Gruppe von Eunuchen und Wachen abgeholt. Fräulein Ning begleitete mich, ihre Augen rot vor Tränen.

„Ich werde dich nicht alleine lassen", sagte sie entschlossen. „Wo auch immer du hingehst, ich werde bei dir sein."

Ich lächelte dankbar.

„Danke, Ning. Ich weiß nicht, was ich ohne dich tun würde."

Die Reise ins Kloster war lang und beschwerlich. Der Winter hatte das Land in eine eisige Landschaft verwandelt, und der Wind schnitt scharf wie Messer durch unsere Kleidung. Als wir endlich ankamen, war ich erschöpft, aber entschlossen. Das Kloster war ein beeindruckendes Gebäude, hoch auf einem Berg gelegen, umgeben von dichten Wäldern. Es war ein Ort der Stille und der Abgeschiedenheit, aber für mich fühlte es sich wie ein Gefängnis an.

Die ersten Tage im Kloster waren hart. Die Nonnen behandelten mich mit einer Mischung aus Respekt und Distanz. Sie wussten, wer ich war , eine ehemalige Konkubine des Kaisers, und das machte sie vorsichtig.

Aber ich war entschlossen, mich anzupassen. Ich begann, mich in den täglichen Ritualen und Aufgaben des Klosters zu engagieren. Ich meditierte, betete und half bei der Arbeit in den Gärten. Es war ein einfaches Leben, aber es gab mir Zeit zum Nachdenken. Eines Abends, als ich allein in meiner Zelle saß, klopfte es leiste an der Tür. Ning trat ein, ein Buch in der Hand.

„Ich dachte, das könnte dir gefallen", sagte sie und reichte es mir. Ich nahm das Buch und lächelte.

„Danke, Ning. Du weißt, wie sehr ich Bücher liebe."

Sie setzte sich neben mich.

„Wie geht es dir?" Ich seufzte.

„Es ist schwer. Aber ich werde mich daran gewöhnen. Ich muss."

Sie nickte.

„Du bist stark, Meiniang. Stärker, als du denkst."

Ich öffnete das Buch und begann zu lesen. Es war eine Sammlung von Gedichten, und die Worte beruhigten mich. Aber in meinem Herzen brannte ein Feuer, ein Feuer, das mich daran erinnerte, dass dies nicht das Ende war.

Wochen vergingen, und ich begann, mich an das Leben im Kloster zu gewöhnen. Aber ich vergaß nie, wer ich war und was ich wollte. Ich wusste, dass ich zurückkehren musste, nicht nur für mich, sondern auch für Lizhi. Eines Tages erhielt ich einen Brief. Er war in einer unbekannten Handschrift geschrieben, aber ich erkannte das Siegel sofort, es war von Lizhi. Ich öffnete den Brief mit zitternden Händen und begann zu lesen:

„Meiniang, Ich hoffe, dieser Brief erreicht dich in guter Gesundheit. Das Leben im Palast ist nicht dasselbe ohne dich. Ich vermisse deine Klugheit, deine Stärke, deine Liebe. Aber ich weiß, dass du stark bist. Du wirst diese Zeit überstehen, und ich werde alles in meiner Macht Stehende

tun, um dich zurückzuholen. Es gibt jedoch etwas, das ich dir mitteilen muss, und es fällt mir schwer, diese Worte zu schreiben. Ich habe mich entschieden, eine andere zu heiraten. Es war keine Entscheidung, die ich leichtfertig getroffen habe, sondern eine, die mir von den Ministern und der Tradition auferlegt wurde. Sie glauben, dass ich eine Kaiserin an meiner Seite brauche, um das Reich zu stabilisieren. Ich habe versucht, dagegen anzukämpfen, aber die politischen Umstände haben mich dazu gezwungen. Bitte versteh, dass diese Heirat nichts an meinen Gefühlen für dich ändert. Du bist die Frau, die ich liebe, und ich werde alles tun, um dich zurückzuholen. Aber ich musste dir die Wahrheit sagen, denn du verdienst nichts weniger als Ehrlichkeit.
Bitte sei geduldig. Ich arbeite an einem Plan, aber es wird Zeit brauchen. Bis dahin, denke an mich, wie ich an dich denke.
Dein Lizhi. "

Ich hielt den Brief in der Hand, und mit jedem Wort, das ich las, stieg eine Welle der Wut in mir auf. Meine Hände zitterten, und mein Atem wurde schwer.
„Er hat geheiratet", flüsterte ich, meine Stimme bebend vor Zorn. Ning, die neben mir saß, sah mich besorgt an.
„Meiniang? Was ist passiert?"
Ich warf den Brief auf den Boden und sprang auf. „Er hat geheiratet! Er hat eine andere geheiratet!"
Meine Stimme hallte durch die enge Zelle, und ich spürte, wie die Wut mich überwältigte. Ich griff nach einer Vase auf dem Tisch und schleuderte sie gegen die Wand, wo sie in tausend Scherben zerbrach.
„Wie konnte er das tun? Wie konnte er mich so verraten?"
Ning stand auf und versuchte, mich zu beruhigen.
„Meiniang, bitte, beruhige dich. Es gibt sicher eine Erklärung."

Ich stieß sie weg und starrte sie wütend an.

„Eine Erklärung? Was für eine Erklärung könnte es geben? Er hat mich versprochen, mich zurückzuholen, und jetzt heiratet er eine andere?"

Ich begann, durch die Zelle zu stürmen, meine Hände zu Fäusten geballt.

„Er hat mich vergessen! Er hat mich einfach weggeworfen, wie eine alte Robe!" Ning versuchte erneut, mich zu beruhigen.

„Meiniang, bitte, denk nach. Lizhi ist der Kaiser. Er hat Verantwortungen, die er nicht ignorieren kann."

Ich drehte mich zu ihr um, meine Augen brannten vor Zorn.

„Und was ist mit mir? Was ist mit unserer Liebe? Hat das keine Bedeutung mehr?" Ich spürte, wie die Tränen in meine Augen stiegen, aber ich weigerte mich, sie fallen zu lassen. Ich würde nicht weinen. Ich würde nicht schwach sein. Ning trat näher und legte vorsichtig eine Hand auf meine Schulter.

„Meiniang, ich weiß, dass du verletzt bist. Aber du musst stark bleiben. Du kannst nicht zulassen, dass diese Wut dich zerstört."

Ich atmete tief durch und versuchte, mich zu beruhigen. Aber die Wut brannte immer noch in mir, ein Feuer, das nicht erlöschen wollte.

„Ich werde mich nicht einfach zurücklehnen und zusehen, wie er mich ersetzt", sagte ich schließlich, meine Stimme ruhig, aber entschlossen.

„Ich werde zurückkehren. Und ich werde ihm zeigen, dass er einen Fehler gemacht hat." Ning nickte langsam.

„Das ist der Geist, den ich an dir liebe. Aber du musst vorsichtig sein. Wut kann gefährlich sein, wenn sie nicht kontrolliert wird."

Ich nickte und setzte mich wieder auf das Bett.

„Ich weiß. Aber ich werde nicht aufgeben. Ich werde nicht zulassen, dass er mich vergisst."

In den folgenden Tagen wurde meine Wut nur noch stärker. Jedes Mal, wenn ich an Lizhi dachte, spürte ich, wie die Flammen der Verletzung und des Zorns in mir loderten. Ich konnte nicht verstehen, wie er mich so verraten konnte. Hatte unsere Liebe nichts bedeutet? Hatte er mich wirklich so leicht vergessen können?

Eines Abends, als ich allein in meiner Zelle saß, griff ich nach den Briefen, die Lizhi mir geschickt hatte. Ich hatte sie alle sorgfältig aufbewahrt, jedes Wort, jede Zeile, die er geschrieben hatte, war mir heilig gewesen. Aber jetzt waren sie nur noch Erinnerungen an eine Liebe, die es nicht mehr gab.

Ich stand auf und ging zum Kamin, wo ein kleines Feuer brannte. Ich hielt die Briefe in der Hand und starrte sie an. „Du hast mich verraten", flüsterte ich, meine Stimme voller Bitterkeit.
„Und ich werde nicht zulassen, dass diese Lügen mich länger quälen." Mit einer schnellen Bewegung warf ich die Briefe ins Feuer. Ich beobachtete, wie die Flammen das Papier verschlangen, die Worte, die einst so viel bedeutet hatten, in Asche verwandelten.
„Ich werde dich nicht vergessen, Lizhi", sagte ich leise.
„Aber ich werde auch nicht zulassen, dass du mich vergisst." Ning, die gerade hereinkam, sah mich mit weit aufgerissenen Augen an.
„Meiniang, was tust du da?"
Ich drehte mich zu ihr um, meine Augen glühten vor Entschlossenheit.
„Ich verbrenne die Vergangenheit. Ich werde nicht länger an einer Liebe festhalten, die es nicht mehr gibt."
Ning trat näher und legte eine Hand auf meine Schulter.

„Meiniang, ich verstehe deinen Schmerz. Aber du kannst nicht alles zerstören, was dir wichtig war."

Ich schüttelte den Kopf.

„Es ist nicht mehr wichtig. Lizhi hat mich verraten, und ich werde nicht zulassen, dass diese Briefe mich länger quälen."

Ning seufzte und setzte sich neben mich.

„Du bist stärker, als du denkst, Meiniang. Aber du musst vorsichtig sein. Wut kann gefährlich sein, wenn sie nicht kontrolliert wird."

Ich nickte und starrte in die Flammen.

„Ich weiß. Aber ich werde nicht aufgeben. Ich werde zurückkehren. Und ich werde ihm zeigen, dass er einen Fehler gemacht hat."

Mit den Briefen, die nun zu Asche verbrannt waren, begann ich, meine Rückkehr in den Palast zu planen. Ich wusste, dass es nicht einfach sein würde, aber ich war entschlossen. Ich begann, mich mit den Nonnen anzufreunden, ihr Vertrauen zu gewinnen. Ich half ihnen bei ihren Aufgaben, hörte ihren Geschichten zu und lernte von ihrer Weisheit. Gleichzeitig begann ich, heimlich Nachrichten an Lizhi zu schicken. Ich nutzte vertrauenswürdige Boten, um ihm von meinen Plänen zu berichten und ihm Ratschläge zu geben, wie er seine Position als Kaiser stärken konnte.

Eines Tages erhielt ich eine weitere Nachricht von Lizhi:

„Meiniang,
Deine Ratschläge sind unbezahlbar. Ich habe begonnen, die Reformen umzusetzen, die du vorgeschlagen hast, und sie zeigen bereits Wirkung. Die Minister beginnen, mir zu vertrauen, und das Volk sieht mich als einen starken Führer. Ich arbeite daran, die Traditionen zu ändern, die dich ins Kloster geschickt haben. Es wird Zeit brauchen, aber ich werde nicht aufgeben. Bitte halte durch.

Dein Lizhi. "

Ich lächelte, als ich den Brief las. Lizhi war stark geworden, und ich war stolz auf ihn. Aber ich wusste, dass wir noch einen langen Weg vor uns hatten.

Monate vergingen, und ich wurde ungeduldig. Aber ich wusste, dass ich geduldig sein musste. Ich konnte nicht riskieren, alles zu verlieren, indem ich zu schnell handelte. Dann, eines Tages, kam die Nachricht, auf die ich gewartet hatte. Ein Bote kam ins Kloster und überreichte mir einen Brief mit dem kaiserlichen Siegel. Ich öffnete den Brief und begann zu lesen:

„Meiniang,
Es ist Zeit. Ich habe die Traditionen geändert, und du
kannst zurückkehren. Der Palast erwartet dich.
Dein Lizhi. "

Ich spürte, wie mein Herz vor Freude hüpfte. Endlich war es soweit. Ich würde zurückkehren.

Eines Tages, als ich durch die Gärten des Palastes spazierte, begegnete ich der Kaiserin Wang. Sie war von einer Gruppe von Dienerinnen umgeben, ihre Robe aus feinster Seide glänzte in der Sonne. Sie sah mich an, und in ihren Augen lag ein kühles Misstrauen.
„Du bist Wu Meiniang, nicht wahr?" fragte sie, ihre Stimme war ruhig, aber scharf wie ein Messer. Ich verneigte mich tief.
„Ja, Eure Majestät." Sie musterte mich von Kopf bis Fuß, als ob sie versuchte, jede Schwäche in mir zu finden.
„Ich habe viel über dich gehört. Du warst eine Konkubine des verstorbenen Kaisers, nicht wahr?"

Ich nickte.

„Ja, Eure Majestät." Sie lächelte kühl.

„Dann weißt du sicher, wie man sich im Palast verhält. Ich hoffe, du wirst dich an die Regeln halten."

Ich spürte, wie sich mein Rücken straffte.

„Natürlich, Eure Majestät. Ich werde alles tun, um Euch zu dienen."

Sie nickte langsam, aber ihre Augen blieben kalt.

„Das hoffe ich. Denn ich dulde keine Unruhe in meinem Palast."

Mit diesen Worten drehte sie sich um und ging, ihre Dienerinnen folgten ihr wie Schatten. Ich blieb zurück, mein Herz klopfte wild in meiner Brust. Die Kaiserin Wang war eine Frau, die man nicht unterschätzen durfte.

Neben der Kaiserin hatte Lizhi auch mehrere Konkubinen, die ihm von den Ministern und Adelsfamilien präsentiert worden waren. Sie waren jung, schön und ehrgeizig, jede von ihnen hoffte, die Gunst des Kaisers zu gewinnen und ihre Position im Palast zu sichern. Unter ihnen war Konkubine Ziran, eine Frau von atemberaubender Schönheit und scharfem Die Rückkehr in den Palast war ein Neustart, aber sie war auch von neuen Herausforderungen geprägt. Lizhi war jetzt der Kaiser, und mit seiner neuen Position kamen neue Verantwortungen und neue Frauen in seinem Leben. Die Kaiserin Wang, seine Gemahlin, war eine Frau von edler Abstammung, die von den Ministern und der Tradition als perfekte Kaiserin angesehen wurde. Sie war schön, gebildet und hatte einen makellosen Ruf. Aber sie war auch kalt und berechnend, eine Frau, die wusste, wie man im Palast überlebte. Ich hatte sie nur aus der Ferne gesehen, aber ich wusste, dass sie eine Bedrohung für mich darstellte. Sie war die Frau, die Lizhi geheiratet hatte, während ich im Kloster war, und ich konnte nicht umhin, sie zu hassen.

Sie war die Tochter eines mächtigen Generals und hatte keine Scheu, ihre Ambitionen zu zeigen. Ich hatte sie bereits bei mehreren Gelegenheiten getroffen, und jedes Mal spürte ich, wie ihre Augen mich mit einer Mischung aus Neid und Verachtung musterten.

„Ah, Wu Meiniang", sagte sie eines Tages, als wir uns im Garten begegneten.

„Ich habe gehört, du warst im Kloster. Wie war es dort? Langweilig, nehme ich an?" Ich lächelte höflich.

„Es war eine Zeit der Besinnung, Konkubine Ziran. Aber ich bin froh, wieder hier zu sein." Sie schnaubte leise.

„Nun, ich hoffe, du wirst dich schnell an die neuen Umstände gewöhnen. Der Palast hat sich verändert, seit du weg warst." Ich nickte.

„Das habe ich bemerkt. Aber ich bin sicher, wir werden uns alle gut verstehen."

Sie lächelte süßlich, aber ihre Augen blieben kalt.

„Das hoffe ich auch. Denn wir wollen doch alle, dass der Kaiser glücklich ist, nicht wahr?"

Ich spürte, wie sich mein Magen zusammenzog. Ziran war eine Frau, die wusste, wie man spielte, und ich wusste, dass sie eine Bedrohung für mich darstellte.

Kapitel 5: Konkubine Ziran

Frühling 651 n. Chr.

Das Leben im Palast war ein ständiger Kampf um Macht und Einfluss. Die Kaiserin Wang und die Konkubinen, insbesondere Ziran, waren ständig auf der Suche nach Wegen, um ihre Rivalinnen zu schwächen. Ich wusste, dass ich stark bleiben musste, um zu überleben, aber ich wusste auch, dass ich Hilfe brauchte. Und so beschloss ich, mir Spione zu beschaffen.

Eines Abends saß ich mit Ning in meinen Gemächern und besprach unsere Pläne.

„Wir brauchen Informationen", sagte ich entschlossen. „Wir müssen wissen, was die Kaiserin und Ziran planen, bevor sie es in die Tat umsetzen." Ning nickte langsam.

„Ich verstehe. Aber wie sollen wir Spione beschaffen? Wir können nicht einfach hingehen und fragen."

Ich grinste.

„Natürlich nicht. Aber wir können ein paar vertrauenswürdige Diener und Eunuchen anwerben. Menschen, die loyal zu uns stehen und bereit sind, für uns zu arbeiten." Fräulein Ning hob eine Augenbraue. „Und wie sollen wir sie überzeugen?" Ich zuckte mit den Schultern. „Geld, Versprechungen, Drohungen, was auch immer nötig ist. Wir müssen kreativ sein."

In den folgenden Tagen begannen wir, unsere Spione zu rekrutieren. Wir sprachen mit Dienern, die uns treu ergeben waren, und mit Eunuchen, die uns Informationen liefern konnten. Einer von ihnen war Eunuch Zhang, ein Mann mit einem scharfen Verstand und einem noch schärferen Sinn für Humor.

„Eunuch Zhang", sagte ich eines Abends, als wir uns heimlich in den Gärten trafen.

„Ich brauche deine Hilfe." Er musterte mich mit einem skeptischen Blick.

„Und was bekomme ich dafür?" Ich lächelte süßlich.

„Geld, Einfluss, meine ewige Dankbarkeit, was auch immer du willst."

Er schnaubte.

„Ich will keine Dankbarkeit. Ich will Sicherheit. Wenn ich für dich arbeite, will ich wissen, dass ich nicht im Stich gelassen werde."

Ich nickte langsam.

„Du hast mein Wort. Solange du loyal bist, werde ich dich beschützen."

Er zögerte einen Moment, dann nickte er.

„Gut. Ich werde für dich arbeiten. Aber wenn du mich verrätst, werde ich nicht zögern, dich zu verraten."

Ich grinste.

„Das ist fair."

Mit Eunuch Zhang an unserer Seite hatten wir unseren ersten Spion. Aber wir wussten, dass wir mehr brauchten.

Mit unseren Spionen an Ort und Stelle begannen wir, Ziran das Leben zur Hölle zu machen. Wir wussten, dass sie eine Bedrohung für uns darstellte, und wir waren entschlossen, sie zu schwächen. Unser erster Plan war einfach, aber effektiv. Wir wussten, dass Ziran jeden Morgen ein bestimmtes Parfüm trug, das sie von einem berühmten Parfümeur in der Stadt bezog.

Also bestachen wir den Parfümeur, um das Parfüm durch eine minderwertige Kopie zu ersetzen. Am nächsten Morgen, als Ziran das Parfüm auftrug, roch es plötzlich nach altem Fisch. Sie war entsetzt und versuchte verzweifelt, den Geruch zu überdecken, aber es war zu spät. Die anderen Konkubinen lachten hinter ihrem Rücken, und selbst die Kaiserin Wang warf ihr einen missbilligenden Blick zu.

„Was ist das für ein Geruch?" fragte die Kaiserin scharf. „Hast du dich in einem Fischmarkt gebadet?" Ziran errötete bis zu den Ohren.

„Es muss ein Fehler sein, Eure Majestät. Ich werde sofort nachsehen."

Ich saß am Tisch und versuchte, mein Lachen zu unterdrücken. Ning warf mir einen schelmischen Blick zu, und ich wusste, dass unser Plan funktioniert hatte.

Unser nächster Plan war etwas komplexer. Wir wussten, dass Ziran jeden Abend eine Tasse Tee trank, bevor sie ins Bett ging. Also bestachen wir ihre Dienerin, um ihr eine spezielle Mischung aus Kräutern in den Tee zu geben, die sie schläfrig machte. Am nächsten Morgen war Ziran so müde, dass sie kaum die Augen offen halten konnte. Sie versuchte, an den täglichen Ritualen teilzunehmen, aber sie war so erschöpft, dass sie fast in ihren Tee fiel.

„Konkubine Ziran", sagte die Kaiserin scharf. „Bist du krank?" Ziran schüttelte den Kopf. „Nein, Eure Majestät. Ich bin nur… müde." Die Kaiserin hob eine Augenbraue. „Dann solltest du dich ausruhen. Wir können nicht zulassen, dass du dich blamierst." Ziran nickte schwach und verließ den Raum. Ich saß am Tisch und versuchte, mein Lachen zu unterdrücken. Ning warf mir einen schelmischen Blick zu, und ich wusste, dass unser Plan wieder funktioniert hatte. Unser nächster Plan war der bisher kühnste. Wir wussten, dass Ziran jeden Abend ein Bad nahm, um sich zu entspannen. Also bestachen wir ihre Dienerin, um ihr eine spezielle Mischung aus Seife und Farbstoff in das Badewasser zu geben. Am nächsten Morgen war Ziran blau. Ihre Haut hatte einen leichten Blauton, und sie war entsetzt. Sie versuchte verzweifelt, den Farbstoff abzuwaschen, aber es war zu spät. Die anderen Konkubinen lachten hinter ihrem Rücken, und selbst die Kaiserin Wang warf ihr einen missbilligenden Blick zu.

„Konkubine Ziran", sagte die Kaiserin scharf.

„Was ist mit dir passiert? "Ziran errötete bis zu den Ohren.

„Es muss ein Fehler sein, Eure Majestät. Ich werde sofort nachsehen. "

Ich saß am Tisch und versuchte, mein Lachen zu unterdrücken. Ning warf mir einen schelmischen Blick zu, und ich wusste, dass unser Plan wieder funktioniert hatte.

In den folgenden Wochen begannen wir, unsere Pläne zu verfeinern. Wir wussten, dass wir stark bleiben mussten, um zu überleben. Ziran war eine mächtige Gegnerin, aber wir waren entschlossen, sie zu schwächen. Eines Abends, als ich allein in meinen Gemächern saß, klopfte es leise an der Tür. Eunuch Zhang trat ein, seine Augen glänzten vor Aufregung.

„Ich habe Neuigkeiten", flüsterte er.

„Ziran plant, dich bei der Kaiserin zu denunzieren. Sie will, dass du aus dem Palast verbannt wirst."

Ich nickte langsam.

„Danke, Zhang. Wir werden uns darauf vorbereiten."

Ning setzte sich neben mich.

„Was sollen wir tun?" Ich grinste.

„Wir werden sie zuerst schlagen. Wir werden der Kaiserin beweisen, dass Ziran eine Bedrohung für den Palast ist."

Ning nickte langsam.

„Das ist riskant. Aber ich denke, es könnte funktionieren. "

In den folgenden Tagen begannen wir, Beweise zu sammeln, die Ziran in ein schlechtes Licht rücken würden. Wir wussten, dass sie heimlich mit einem mächtigen Minister korrespondierte, und wir beschlossen, diese Informationen zu nutzen.

Es war einer dieser Tage, an denen die Langeweile im Palast so dick war wie die Schminke der Kaiserin Wang. Ning und ich lungerten in den Gärten herum, als wir zufällig Zeuginnen eines skurrilen Vorfalls wurden: Ein Hofhuhn, das eigentlich für die Morgensuppe gedacht war, hatte sich aus dem Küchengehege befreit und jagte einen Eunuchen durch die Blumenbeete, während es wie besessen gackerte.

„Sieh mal", kicherte ich, als der Eunuch über einen Stein stolperte und kopfüber in den Karpfenteich plumpste, „selbst ein Huhn hat mehr Mut als Ziran."

Ning, die gerade eine Tüte gebratene Melonenkerne aus ihrem
„Notvorrat für langweilige Tage" knabberte, grinste.

„Stell dir vor, wir setzen Ziran mit einem Huhn auf Kriegsfuß. Die würde schreiend auf den nächsten Buddha-Altar klettern."

Und so war der Plan geboren.

Die nächsten Tage verbrachten Ning und ich damit, heimlich eine Armee von Federtieren aufzubauen. Wir bestachen einen Hühnerzüchter, der uns 20 besonders laute Hennen und einen stolzen Hahn namens „General Schnabel" lieferte. Ein verwirrter Gärtner half uns, die Vögel im Garten zu verstecken, er glaubte, sie seien für eine „kaiserliche Feng-Shui-Zeremonie". Doch das Meisterstück war der Papagei aus dem Menagerie-Pavillon. Nach stundenlangem Training und einer Menge getrockneter Shrimps, konnte er auf Kommando „FEIGLING!" schreien, sobald er Zirans Namen hörte.

„Das wird episch", flüsterte ich, als ich den Papagei mit Shrimps belohnte.

„Stell dir vor, Ziran betritt ihren Garten und plötzlich stürmen Hühner auf sie zu, der Papagei brüllt sie an, und überall fliegen Federn!"

Ning, die gerade eine Hühnerattrappe aus Bambus und Seide bastelte, nickte grimmig. „Und wenn sie flieht, tritt sie in die Hühnerfallen."

Die „Fallen" waren Ning's Meisterwerk: mit Lotusblättern getarnte Gruben, gefüllt mit Glibber. Einer Mischung aus Algen, Reismehl und einem geheimnisvollen Schleim, den Ning aus der Küche „organisiert" hatte. Alles war vorbereitet. Die Hühner versteckten sich hinter Zirans Lieblings-Pavillon, der Papagei saß getarnt im Magnolienbaum, und die „Glibbergruben" waren perfekt camoufliert. Selbst der Himmel spielte mit, graue Wolken hingen tief, als würde die Natur selbst den Streich segnen. Ich, verkleidet als ahnungslose Dienerin, klopfte an Zirans Tür.

„Eure Hoheit! Die Kaiserin lädt Euch zu einer spirituellen Teezeremonie im Garten ein! Mit besonderen Segnungen!" Ziran, die nie eine Chance ausließ, sich bei der Kaiserin einzuschleimen, zog sofort ihr pompösestes Gewand an und folgte mir. Kaum betrat Ziran den Garten, gab ich ein leises Pfeifsignal und General Schnabel stürmte mit seinem Gefolge hervor. Die Hennen gackerten wie besessen, der Hahn krähte in einer Tonlage, die selbst die Lampions zum Wackeln brachte, und der Papagei kreischte aus dem Baum: „FEIGLING! FEIGLING! ZIRAN IST EIN FEIGLING!" „WAS... WAS IST DAS?!", schrie Ziran und versuchte, mit ihren langen Ärmeln nach den Hühnern zu schlagen. Doch die Vögel waren schneller. Eine Henne landete auf ihrem Kopf, eine andere zerrte an ihrem Gürtel, und General Schnabel hackte wütend auf ihre Schuhe ein. Ich musste mich hinter einem Busch verstecken, um nicht laut loszulachen. Ning, die sich neben mir duckte, würgte an einem Melonenkern.

„Sie sieht aus wie ein explodierter Federkissenladen!", flüsterte sie kichernd. Auf der Flucht vor dem Federmob trat Ziran rückwärts, direkt in eine der Gruben. Platsch. Mit einem Schrei sank sie bis zu den Knien in den grünen Schleim.

„MEINE SEIDE! MEINE HAARE! ICH RIECHE NACH FISCHTEICH!" Doch das Schicksal hatte noch mehr parat: Der Papagei, nun völlig außer Kontrolle, flog von seinem Ast und landete auf Zirans Schulter.

„FEIGLING!" krächzte er direkt in ihr Ohr.

„KLOPFKLOPF! KEIN HIMMEL FÜR ZIRAN!" Ich biss mir auf die Lippen, um nicht laut loszulachen. Ning hingegen schnappte nach Luft und fiel fast in eine der Glibbergruben.

„Das… das ist das Beste, was ich je gesehen habe!", keuchte sie. In diesem Moment betrat Kaiser Lizhi den Garten, angezogen vom Lärm. Der Anblick, der sich ihm bot, war historisch: Ziran, bis zur Taille in Glibber, mit einem Papagei auf der Schulter und einem Huhn im Haar, das ihr eine Perle aus dem Ohr stahl.

„Äh…", stammelte Lizhi, der zwischen Lachanfall und Pflichtgefühl hin- und hergerissen war, „ist das… ein neues… Schönheitsritual?"

Ziran, deren Gesicht jetzt tomatenrot vor Wut war, kreischte:

„DAS SIND DIESE HEXEN!" Sie deutete auf mich, die ich mich hinter einem Busch versteckt hatte und prompt von einer Henne attackiert wurde, die meinen Schuh als Nistplatz auserkoren hatte.

Die ganze Nacht lachten Ning und ich über Ziran.

„Ich kann nicht glauben was passiert ist" keuchte Ning, nach einem Lachanfall langer Dauer.

„Das wird in die Geschichte unseres Reich gehen" sagte ich zur Ning.

Ich schloss die Augen, ein zufriedenes Lächeln auf meinem Gesicht. Der Plan war ein Erfolg, aber wir wussten, dass es noch lange nicht vorbei war. Ziran würde sich nicht so leicht besiegen lassen. Und sie würde sich rächen. Das war sicher. Aber für den Moment, in diesem Augenblick, hatte ich das Gefühl, die Kontrolle zurückzugewinnen.

„Was jetzt?" fragte Ning, als sie sich wieder aufsetzte und mich neugierig anblickte. „Was ist der nächste Schritt?" Ich dachte nach. Die Situation war kompliziert. Ziran war nur ein Teil des größeren Spiels, und das wahre Ziel war noch nicht erreicht. Die Kaiserin Wang, die kalte, berechnende Frau, die sich mit Ziran verbündete, war der wahre Feind. Sie hatte die Macht, alles zu verändern, und sie hatte Lizhi geheiratet, nicht aus Liebe, sondern aus politischem Kalkül. Ihre kalte Berechnung und ihre Fähigkeit, sich im Palast zurechtzufinden, machten sie zu einer äußerst gefährlichen Gegnerin.

„Wir müssen stärker werden", sagte ich schließlich, meine Stimme fest und entschlossen. „Der Kampf gegen Ziran ist nur ein Ablenkungsmanöver. Die Kaiserin Wang ist die wahre Bedrohung. Sie hat das Ohr des Kaisers, und mit ihr als Gegnerin wird es nicht leicht, zurück an die Macht zu kommen."

Ning nickte nachdenklich.

„Ja, du hast recht. Sie hat sich dem Kaiser näher als alle anderen. Aber du bist diejenige, die ihm wirklich nahesteht. Wenn du zurückkommst, wird sich alles ändern."

„Es wird eine Weile dauern", antwortete ich.

„Und es wird gefährlich. Wir müssen jede Bewegung genau planen. Der Kaiser ist in der Mitte eines politischen Sturms, und wir können uns keine Fehler leisten."

Ning legte eine Hand auf meine Schulter.

„Ich werde dich nicht im Stich lassen, Meiniang. Du hast mir immer geholfen, und jetzt werde ich an deiner Seite kämpfen."

Ich war dankbar für ihre Loyalität, aber ich wusste, dass ich alleine stärker sein musste. Ich musste mich darauf vorbereiten, den Palast zu betreten, nicht nur als Frau,

S. 54

sondern als eine, die mit all ihrer Erfahrung und ihrem Wissen die Zügel in die Hand nehmen konnte. „Es ist Zeit, mit den anderen Konkubinen zu sprechen", sagte ich, als mir eine neue Idee kam.

„Ziran ist nicht der einzige, der im Palast gegen uns kämpft. Es gibt andere Frauen, die uns unterstützen könnten, wenn wir es richtig anstellen."

„Andere Frauen?" fragte Ning skeptisch.

„Ja, die Konkubinen, die wie wir an den Rand gedrängt wurden. Diejenigen, die von den politischen Spielen des Palastes nicht profitieren. Wir könnten ein Netzwerk aufbauen, und zusammen könnten wir den Kaiser und die Kaiserin herausfordern." In den folgenden Wochen begannen Ning und ich, uns im Palast umzuhören. Wir sprachen mit den Dienern, den Eunuchen und den weniger einflussreichen Konkubinen, die von den anderen übersehen wurden. Einige von ihnen begannen, uns zu vertrauen, und es dauerte nicht lange, bis wir ein kleines Netzwerk aufbauten. Diese Frauen hatten ihre eigenen Gründe, gegen die Kaiserin und die etablierte Ordnung zu kämpfen. Einige waren enttäuscht von den Versprechungen, die der Kaiser ihnen gemacht hatte, andere suchten Rache für die vielen Demütigungen, die sie erlitten hatten. „Meiniang, du hast recht", sagte Ning eines Abends, als sie mir einen neuen Bericht brachte.

„Es gibt viele, die bereit sind, gegen die Kaiserin zu kämpfen. Sie sind nur zu feige, es alleine zu tun."

„Das wird sich ändern", antwortete ich ruhig. „Sie müssen erkennen, dass sie stärker sind, wenn sie zusammenhalten. Aber sie müssen Vertrauen in uns haben. Sie müssen wissen, dass wir sie nicht im Stich lassen."

Das Netzwerk wuchs langsam, aber stetig. Doch es gab noch viele Gefahren. Jede Bewegung, jede Entscheidung konnte dazu führen, dass wir alles verloren. Die Kaiserin Wang beobachtete uns ständig, und auch Lizhi war in den politischen Kämpfen des Palastes gefangen. Er war der Kaiser, ja, aber sein Einfluss war nicht so stark, wie es schien. Er musste sich der Realität des Reiches stellen, und die Tradition verlangte von ihm, dass er sich an die politischen Erwartungen hielt. Doch in einem Moment der Schwäche schrieb er mir einen Brief. Der Brief war knapp, aber voller Bedeutung. Er war ein Zeichen, dass er noch immer an mich dachte, auch wenn er es nicht offen zeigen konnte.

„Meiniang", las ich leise vor.

„Ich hoffe, du bist in Sicherheit. Der Palast ist nicht dasselbe ohne dich. Ich weiß, dass du dich von mir entfernt hast, aber ich hoffe, du kannst mir eines Tages vergeben. Ich werde alles tun, um dich zurückzuholen. Du bist in meinen Gedanken, mehr, als du dir vorstellen kannst." Ich legte den Brief nieder und starrte nachdenklich in den Raum. Lizhi war der Kaiser, aber er war auch ein Mann, der zwischen Pflicht und persönlicher Leidenschaft hin- und hergerissen war.

„Er hat noch Gefühle für dich", sagte Ning, als sie meine Gedanken erahnte.

„Ja", antwortete ich langsam.

„Aber es reicht nicht. Er muss entscheiden, ob er mich oder die Tradition will. Und ich kann nicht mehr warten."

In den nächsten Wochen setzte ich alles daran, mein Netzwerk weiter auszubauen und die Frauen zu vereinen, die bereit waren, gegen die Kaiserin zu kämpfen. Doch während wir uns dem Höhepunkt unseres Plans näherten, begannen die Spannungen im Palast zu steigen. Ziran, die sich immer noch als Rivalin fühlte, begann, ihre eigenen Intrigen zu spinnen, und die Kaiserin Wang wurde misstrauisch. Unsere Zeit war gekommen, aber sie würde nicht ohne weiteres gewonnen.

„Es wird bald ein Umbruch geben", flüsterte Ning eines Abends, als wir uns in einem sicheren Raum versammelten. „Aber du musst sicherstellen, dass du derjenige bist, der am Ende übrig bleibt." Ich nickte und atmete tief durch.

„Es wird nicht einfach. Aber ich werde nicht aufgeben. Nicht jetzt. Nicht nach all dem, was ich durchgemacht habe."

Es war klar, dass die Schlacht, die vor uns lag, sowohl im Palast als auch in den Herzen der Menschen geführt werden würde. Der Sieg war noch nicht sicher, aber ich war bereit, alles zu riskieren, um das zu bekommen, was mir gehörte und um Lizhi zu zeigen, dass es mehr gab als nur die Tradition. Die Uhr tickte. Und ich war bereit, zu kämpfen.

Kapitel 6: Egal, was passiert.

Herbst 652 n. Chr.

Der Herbstwind heulte durch die engen Gassen des Palastes, als die Nacht hereinbrach. In meinen Gemächern herrschte eine gespenstische Stille, die nur von meinem keuchenden Atem und den leisen, besorgten Flüstern der Hebamme unterbrochen wurde. Die Wehen hatten vor Stunden begonnen, und was anfangs wie ein natürlicher, wenn auch schmerzhafter Prozess erschien, hatte sich in einen Albtraum verwandelt.

„Meiniang, du musst atmen!", drängte Ning, ihre Stimme war scharf vor Angst. Sie hielt meine Hand so fest, als könnte sie mich damit am Leben halten.
„Konzentriere dich auf mich. Du schaffst das."
Ich wollte antworten, aber ein neuer Schmerzschub riss mir die Worte aus der Kehle. Es war, als ob mein Körper von innen heraus zerfetzt wurde. Ich krümmte mich auf dem Bett, meine Finger gruben sich in die Laken, die bereits von Schweiß und Blut durchnässt waren.
„Es tut so weh", stöhnte ich, meine Stimme war heiser und gebrochen.
„Ich kann nicht… ich kann nicht mehr…"
Frau Li, die Hebamme, beugte sich über mich, ihre Hände waren kalt und geschäftig. „Das Kind liegt falsch", murmelte sie, mehr zu sich selbst als zu uns.
„Es kommt nicht voran. Wir müssen es drehen."
„Drehen?", keuchte ich, während ein neuer Schmerz durch meinen Körper jagte.

„Was bedeutet das?"

Frau Li's Gesicht war ernst, ihre Augen waren hart wie Stahl. „Das Kind ist verkehrt herum. Wenn wir es nicht drehen, wird es nicht herauskommen. Und wenn es nicht herauskommt…"

Sie brach ab, aber ich wusste, was sie nicht aussprechen wollte. Wenn das Kind nicht herauskommen würde, würden wir beide sterben.

„Nein", flüsterte ich, Tränen strömten über mein Gesicht. „Nein, bitte nicht. Ich will nicht sterben. Nicht jetzt. Nicht so."

Ning drückte meine Hand noch fester.

„Du wirst nicht sterben, Meiniang. Du bist stark. Du hast schon so viel durchgemacht. Du wirst das schaffen."

Ich wollte ihr glauben, aber der Schmerz war so überwältigend, dass ich kaum denken konnte. Frau Li begann, mit ihren Händen auf meinem Bauch zu arbeiten, und ich schrie auf, als sie versuchte, das Kind in die richtige Position zu bringen. Es fühlte sich an, als ob sie mich von innen heraus aufriss.

„Halt sie Ning warf sich fast über mich, ihre Arme hielten mich fest, während ich mich vor Schmerz wand.

„Es tut so weh", schluchzte ich, meine Stimme war kaum mehr als ein Flüstern.

„Bitte, hört auf…"fest!", befahl Frau Li Ning, während sie weiterarbeitete.

„Sie darf sich nicht bewegen."

„Es geht fast vorbei", sagte Frau Li, aber ihre Stimme klang unsicher.

„Noch ein bisschen länger, Meiniang. Du musst durchhalten."

Ich wollte schreien, dass ich nicht mehr konnte, dass ich aufgeben wollte, aber ich wusste, dass ich das nicht durfte. Nicht für mich. Nicht für mein Kind. Also biss ich die Zähne zusammen und ertrug den Schmerz, während Frau Li weiterarbeitete. Die Minuten zogen sich wie Stunden hin, und ich spürte, wie meine Kräfte langsam nachließen. Der Schmerz war immer noch da, aber er fühlte sich jetzt fern an, als ob er zu einem anderen Körper gehörte. Ich war erschöpft, und mein Atem wurde flach und unregelmäßig.

„Meiniang!", rief Ning, ihre Stimme war scharf vor Panik.

„Du musst wach bleiben! Du darfst nicht aufgeben!"

Ich wollte ihr antworten, aber meine Lippen bewegten sich nicht. Ich spürte, wie mein Bewusstsein langsam schwand, und ich wusste, dass ich kämpfen musste, um wach zu bleiben. Für mein Kind. Für Lizhi. Für mich selbst.

„Jetzt!", rief Frau Li plötzlich, ihre Stimme war scharf und befehlend.

„Jetzt drück, Meiniang! Mit aller Kraft!"

Ich sammelte die letzten Reste meiner Energie und tat, was sie sagte. Der Schmerz war unerträglich, aber ich spürte, wie etwas in mir nachgab. Mit einem letzten, verzweifelten Schrei entrang sich mein Sohn meinem Körper. Ein leises Weinen erfüllte den Raum, und ich spürte, wie eine Welle der Erleichterung mich durchflutete. Frau Li nahm das Kind in ihre Arme und überprüfte es schnell.

„Es ist ein Junge", sagte sie mit einem Lächeln.

„Ein gesunder Junge."

Tränen stiegen in meine Augen, als sie mir mein Kind in die Arme legte. Er war so klein, so zerbrechlich, und doch spürte ich eine überwältigende Liebe, die mich fast umhauen wollte.

„Mein Sohn", flüsterte ich, während ich ihn sanft an meine Brust drückte.

„Mein kleiner Prinz." Ning stand neben mir, ihre Augen waren feucht vor Tränen.

„Er ist wunderschön, Meiniang", sagte sie leise.

„Er sieht aus wie du."

Ich lächelte müde, während ich meinen Sohn betrachtete. Seine winzigen Hände, sein kleines Gesicht, das so friedlich aussah, als ob er schlief.

„Er ist perfekt", sagte ich, meine Stimme war kaum mehr als ein Flüstern. Doch die Freude über die Geburt meines Sohnes wurde bald von der Realität überschattet. Die Tür zu meinen Gemächern öffnete sich, und Lizhi trat ein. Sein Gesicht war eine Mischung aus Freude und Sorge.

„Meiniang", sagte er leise, als er näher kam.

„Ist alles in Ordnung?" Ich nickte und hielt ihm unseren Sohn hin.

„Es ist ein Junge, Lizhi. Unser Sohn."

Lizhi nahm das Kind vorsichtig in seine Arme, und ich sah, wie seine Augen vor Stolz und Zuneigung glänzten.

„Er ist wunderschön", sagte er, seine Stimme war voller Emotionen.

„Er sieht aus wie du." Ich lächelte müde, während ich Lizhi und unseren Sohn betrachtete.

„Er ist unser Erbe, Lizhi. Unser kleiner Prinz."

Doch die Freude über die Geburt unseres Sohnes wurde bald von der Realität überschattet. Die Tür zu meinen Gemächern öffnete sich erneut, und diesmal war es die Kaiserin Wang. Ihr Gesicht war kalt und ausdruckslos, als sie den Raum betrat.

„Ich habe gehört, dass das Kind geboren wurde", sagte sie mit scharfer Stimme.

„Lass mich es sehen."

Lizhi zögerte einen Moment, dann reichte er ihr unseren Sohn. Die Kaiserin betrachtete das Kind mit kühlen Augen, und ich spürte, wie sich mein Magen zusammenkrampfte.

„Ein Junge", sagte sie schließlich, ihre Stimme war neutral.

„Das wird die Dinge komplizierter machen."

Ich spürte, wie die Angst in mir aufstieg.

„Was meinst du damit?", fragte ich, meine Stimme war schwach, aber entschlossen. Die Kaiserin wandte sich mir zu, ihre Augen waren kalt und berechnend.

„Ein Sohn des Kaisers ist eine Bedrohung für die Stabilität des Reiches", sagte sie ruhig. „Besonders wenn er von einer Frau wie dir geboren wurde."

Lizhi trat zwischen uns, sein Gesicht war ernst.

„Das ist mein Sohn", sagte er mit fester Stimme.

„Und er wird unter meinem Schutz stehen. Niemand wird ihm etwas antun."

Die Kaiserin lächelte kühl.

„Wir werden sehen, Lizhi. Wir werden sehen."

Als sie den Raum verließ, spürte ich, wie sich die Anspannung in meinem Körper löste. Doch ich wusste, dass die Gefahr noch lange nicht vorüber war. Die Kaiserin würde nicht zulassen, dass mein Sohn ihre Position bedrohte. Ich musste stark bleiben, nicht nur für mich, sondern auch für ihn.

Ning setzte sich neben mich und legte eine Hand auf meine Schulter.

„Du hast einen Sohn, Meiniang", sagte sie leise. „ Das ändert alles."

Ich nickte langsam, während ich meinen Sohn betrachtete.

„Ja", sagte ich, meine Stimme war fest und entschlossen. „Und ich werde alles tun, um ihn zu schützen. Egal, was passiert."

In den ersten Stunden nach der Geburt war ich zu erschöpft, um mich zu bewegen. Mein Körper fühlte sich an, als wäre er von einem Pferdewagen überrollt worden, und jeder Muskel schmerzte. Doch als ich Hong in meinen Armen hielt, spürte ich eine Kraft, die ich nie zuvor gekannt hatte. Er war so klein, so zerbrechlich, und doch war er mein ganzer Stolz.

„Er hat deine Augen", sagte Ning leise, als sie sich über uns beugte.

„Und deine Stärke." Ich lächelte müde, während ich meinen Sohn betrachtete. Seine winzigen Hände griffen nach meinem Finger, und ich spürte, wie mein Herz vor Liebe überschwappte.

„Er ist perfekt", flüsterte ich.

„Einfach perfekt."

Die ersten Tage mit Hong waren eine Mischung aus Freude und Herausforderungen. Mein Körper brauchte Zeit, um sich zu erholen, und die Nächte waren lang und anstrengend. Hong schlief nur in kurzen Intervallen, und ich war oft zu erschöpft, um mich auszuruhen. Doch selbst in den schlaflosen Nächten, wenn er weinte und ich ihn in den Armen wiegte, fühlte ich eine tiefe Zufriedenheit.

„Er hat Hunger", sagte Frau Li eines Nachts, als Hong unruhig wurde.

„Du musst ihn stillen." Ich nickte und versuchte, Hong an meine Brust zu legen. Es war ein seltsames Gefühl, aber als er zu trinken begann, spürte ich eine tiefe Verbindung zwischen uns.

„Er ist so hungrig", sagte ich lächelnd, während ich ihn betrachtete. Frau Li nickte zufrieden.

„Das ist ein gutes Zeichen. Er ist stark, wie seine Mutter."

Als die Wochen vergingen, wurde Hong immer lebhafter. Seine Augen, die anfangs noch verschwommen waren, begannen, sich auf mein Gesicht zu konzentrieren, und er reagierte auf meine Stimme mit kleinen, glucksenden Geräuschen. Ich verbrachte Stunden damit, mit ihm zu sprechen, ihm Geschichten zu erzählen und ihm Lieder vorzusingen. Als die Wochen vergingen, wurde Hong immer lebhafter. Seine Augen, die anfangs noch verschwommen waren, begannen, sich auf mein Gesicht zu konzentrieren, und er reagierte auf meine Stimme mit kleinen, glucksenden Geräuschen. Ich verbrachte Stunden damit, mit ihm zu sprechen, ihm Geschichten zu erzählen und ihm Lieder vorzusingen.

„Er liebt deine Stimme", sagte Ning eines Tages, als sie uns beobachtete.

„Er hört dir immer so aufmerksam zu." Ich lächelte und strich Hong sanft über die Wange.

„Er ist mein kleiner Prinz", sagte ich stolz. „Und eines Tages wird er ein großer Kaiser sein."

Ning setzte sich neben mich und legte eine Hand auf meine Schulter.

„Du bist eine wunderbare Mutter, Meiniang. Hong ist glücklich, dich zu haben."

Ich nickte langsam, während ich Hong in den Armen wiegte.

„Ich bin diejenige, die glücklich ist", sagte ich leise. „Er hat mir einen Sinn gegeben, den ich nie zuvor gekannt habe."

Winter 653 n. Chr.

Hong war jetzt fast drei Monate alt, und jeden Tag schien er mehr von der Welt um sich herum zu entdecken. Seine dunklen Augen, die so sehr an meine eigenen erinnerten, waren weit geöffnet und musterten alles um sich herum mit einer Neugier, die mich zum Lachen brachte. Er war ein lebhaftes Kind, voller Energie und Entdeckungsfreude, und ich liebte es, mit ihm zu spielen.

„Guck mal, Hong", sagte ich leise und hielt ein kleines Spielzeug in die Luft, ein glänzendes Glöckchen, das ich von Ning geschenkt bekommen hatte. Ich schüttelte es sanft, und das leise Klingeln erfüllte den Raum. Hongs Augen weiteten sich, und er streckte seine kleinen Hände aus, als ob er versuchen würde, das Glöckchen zu greifen.

„Ja, das ist für dich", sagte ich lachend und beugte mich vor, um das Spielzeug näher zu ihm zu bringen. Hong strampelte begeistert mit den Beinen und versuchte, das Glöckchen zu erreichen. Seine kleinen Finger umklammerten es schließlich, und er brachte es zu seinem Mund, um es zu erkunden.

„Nein, nein, das isst man nicht", sagte ich sanft und nahm ihm das Spielzeug vorsichtig ab.

„Das ist zum Spielen, nicht zum Essen." Hong blickte mich mit großen Augen an, als ob er mich nicht ganz verstanden hätte, und dann brach er in ein glucksendes Lachen aus. Das Geräusch war so rein und fröhlich, dass ich nicht anders konnte, als mitzulachen.

„Du bist so ein kluger Junge", sagte ich stolz und strich ihm sanft über die Wange.

„Eines Tages wirst du ein großer Kaiser sein, genau wie dein Vater."

Ich nahm ein weiteres Spielzeug, einen kleinen Stoffhasen, den ich selbst genäht hatte und wedelte damit vor Hongs Gesicht. Seine Augen folgten der Bewegung, und er streckte die Hände aus, um danach zu greifen.

„Komm schon, hol ihn dir", sagte ich ermutigend und bewegte den Hasen langsam hin und her. Hong strampelte begeistert und versuchte, das Spielzeug zu erreichen, und ich lachte, als er es schließlich mit beiden Händen packte.

„Du hast ihn!", rief ich begeistert und klatschte leise in die Hände. Hong blickte mich an, als ob er stolz auf sich selbst wäre, und dann brach er erneut in ein glucksendes Lachen aus. Das Geräusch erfüllte den Raum und brachte mein Herz zum Schmelzen. In diesem Moment hörte ich die Tür leise aufgehen, und ich blickte auf, um zu sehen, wer hereinkam. Es war Lizhi. Er stand in der Tür, sein Gesicht war ruhig, aber seine Augen leuchteten, als er uns sah.

„Meiniang", sagte er leise, während er den Raum betrat.

„Ich hoffe, ich störe nicht." Ich schüttelte den Kopf und lächelte.

„Natürlich nicht, Lizhi. Komm herein."

Lizhi trat näher und setzte sich neben mich auf den Boden. Sein Blick fiel auf Hong, der immer noch fröhlich mit dem Stoffhasen spielte, und ein Lächeln breitete sich auf seinem Gesicht aus.

„Er ist so groß geworden", sagte er staunend.

„Es scheint, als wäre es erst gestern gewesen, dass er geboren wurde." Ich nickte und strich Hong sanft über den Kopf.

„Ja, die Zeit vergeht so schnell. Jeden Tag entdeckt er etwas Neues."

Lizhi beugte sich vor und streckte eine Hand aus, um Hongs kleine Hand zu berühren. Hong blickte zu ihm auf, und für einen Moment schien er seinen Vater zu erkennen. Dann brach er in ein glucksendes Lachen aus und strampelte begeistert mit den Beinen.

„Er erkennt dich", sagte ich lächelnd.

„Er weiß, dass du sein Vater bist."

Lizhi lächelte und nahm Hong vorsichtig in seine Arme.

„Hallo, kleiner Mann", sagte er leise, während er ihn sanft wiegte.

„Wie geht es dir heute?" Hong blickte Lizhi mit großen Augen an, und dann streckte er eine kleine Hand aus, um sein Gesicht zu berühren. Lizhi lachte leise und ließ Hong seine Finger erkunden.

„Er ist so neugierig", sagte er staunend. „Er will alles wissen."

Ich nickte und beobachtete die beiden mit einem warmen Gefühl im Herzen. Es war selten, dass Lizhi so unbeschwert und glücklich wirkte, und ich genoss jeden Moment, den er mit Hong verbrachte. Nach einer Weile setzte Lizhi Hong vorsichtig wieder auf die Decke und lehnte sich gegen die Wand.

„Meiniang", sagte er leise, während er mich ansah. „Wir müssen über die Zukunft sprechen." Ich spürte, wie sich mein Magen zusammenkrampfte, aber ich nickte langsam. „Ich weiß", sagte ich.

„Die Kaiserin wird nicht zulassen, dass Hong ihre Position bedroht."

Lizhi seufzte und strich sich eine Hand durch das Haar.

„Nein, das wird sie nicht. Aber ich werde alles tun, um euch beide zu schützen. Hong ist mein Sohn, und er wird unter meinem Schutz stehen."

Ich blickte Lizhi direkt in die Augen.

„Und was ist mit mir?", fragte ich leise.

„Ich bin die Mutter des kaiserlichen Erben, aber ich bin auch eine Bedrohung für die Kaiserin. Sie wird alles tun, um mich zu schwächen."

Lizhi zögerte einen Moment, dann legte er eine Hand auf meine.

„Ich weiß, Meiniang. Und ich werde alles tun, um dich zu schützen. Aber du musst vorsichtig sein. Die Kaiserin ist mächtig, und sie hat viele Verbündete."

Ich nickte langsam und blickte auf Hong, der immer noch fröhlich mit seinem Stoffhasen spielte.

„Ich werde vorsichtig sein", sagte ich fest. „Aber ich werde nicht zulassen, dass sie uns trennt. Hong braucht mich, und ich werde immer für ihn da sein."

Lizhi lächelte und drückte meine Hand.

„Ich weiß, dass du stark bist, Meiniang. Und ich bin stolz auf dich."

Nach unserem Gespräch kehrte eine friedliche Stille in den Raum zurück. Lizhi und ich saßen nebeneinander und beobachteten Hong, während er spielte. Es war einer dieser seltenen Momente, in denen ich die Sorgen des Palastes vergessen konnte und einfach nur die Zeit mit meiner kleinen Familie genoss.

Frühling 653 n. Chr.

Der Palast war in tiefe Dunkelheit gehüllt, als ich mich leise durch die schmalen Gänge schlich. Die Fackeln an den Wänden warfen flackernde Schatten, und die Luft war erfüllt von einem beklemmenden Schweigen. Es war spät in der Nacht, und die meisten Bewohner des Palastes schliefen bereits. Doch für mich war dies die perfekte Zeit, um zu handeln. Ich war nicht allein. An meiner Seite war Eunuch Zhang, ein Mann, den ich in den letzten Monaten als vertrauenswürdig und loyal kennengelernt hatte. Er war schlank und geschmeidig, mit scharfen Augen und einem stillen, aber bestimmten Auftreten. Zhang war einer der wenigen Menschen im Palast, denen ich vertraute, und er hatte sich als unschätzbarer Verbündeter erwiesen.

„Wir müssen leise sein", flüsterte Zhang, während wir uns durch die Gänge bewegten. „Die Wachen patrouillieren regelmäßig, und wir dürfen nicht entdeckt werden."

Ich nickte und folgte ihm durch die labyrinthartigen Korridore. Mein Herz schlug schneller, und ich spürte, wie die Anspannung in meinem Körper zunahm. Doch ich wusste, dass dies notwendig war. Die Kaiserin Wang und ihre Anhänger waren eine ständige Bedrohung für mich und meinen Sohn Hong, und ich musste wissen, was sie planten.

Schließlich erreichten wir einen abgelegenen Teil des Palastes, der nur selten betreten wurde. Zhang führte mich zu einer schmalen Tür, die fast unsichtbar in der Wand verborgen war. Er öffnete sie leise, und wir traten in einen kleinen, dunklen Raum ein. „Hier", sagte Zhang und deutete auf eine schmale Öffnung in der Wand.

„Von hier aus können wir den Raum der Kaiserin beobachten, ohne gesehen zu werden." Ich trat näher und blickte durch die Öffnung. Der Raum auf der anderen Seite war hell erleuchtet, und ich konnte deutlich sehen, was darin vor sich ging. Die Kaiserin Wang saß an einem prächtigen Tisch, umgeben von ihren engsten Vertrauten. Unter ihnen war Konkubine Ziran, deren scharfe Augen und berechnende Art mich immer wieder aufs Neue beunruhigten.

„Sie sind alle hier", flüsterte ich leise zu Zhang.

„Was planen sie?" Zhang zuckte mit den Schultern.

„Das wissen wir nicht genau. Aber sie sind seit Stunden hier, und sie scheinen etwas Wichtiges zu besprechen." Ich nickte und konzentrierte mich wieder auf die Szene vor mir. Die Kaiserin sprach mit ruhiger, aber bestimmter Stimme, und ihre Worte waren voller Autorität.

„Die Geburt des Jungen hat alles verändert", sagte sie scharf.

„Er ist eine Bedrohung für unsere Position, und wir müssen handeln, bevor es zu spät ist." Konkubine Ziran nickte zustimmend.

„Ja, Eure Majestät. Der Junge ist der Sohn des Kaisers, und er wird immer eine Bedrohung darstellen, solange er lebt." Ich spürte, wie sich mein Magen zusammenkrampfte, und ich musste mich festhalten, um nicht zu stolpern. Sie sprachen über meinen Sohn, über Hong. Sie wollten ihm etwas antun.

„Wir müssen vorsichtig sein", sagte die Kaiserin weiter.

„Der Kaiser hat den Jungen unter seinen Schutz gestellt, und wir können nicht riskieren, dass er Verdacht schöpft."

„Was schlagen Sie vor, Eure Majestät?", fragte Ziran mit scharfer Stimme.

Die Kaiserin lächelte kühl.

„Wir werden warten. Der Junge ist noch jung, und es gibt viele Möglichkeiten, wie ein Kind in diesem Alter sterben kann. Ein Unfall, eine Krankheit… die Möglichkeiten sind endlos."

Ich spürte, wie die Wut in mir aufstieg, und ich musste mich festhalten, um nicht aufzuschreien. Sie planten, meinen Sohn zu töten. Meinen kleinen Hong. Zhang legte eine Hand auf meine Schulter und flüsterte mir ins Ohr. „Wir müssen gehen, Meiniang. Es ist zu gefährlich, hier zu bleiben."
Ich nickte langsam und folgte ihm aus dem Raum. Mein Herz schlug wild in meiner Brust, und ich spürte, wie die Angst und die Wut in mir kämpften.

Als wir meine Gemächer erreichten, war ich erschöpft und zitterte vor Wut. Ning war noch wach und blickte mich besorgt an, als ich den Raum betrat.
„Meiniang, was ist passiert?", fragte sie leise.
„Du siehst so blass aus." Ich setzte mich auf das Bett und atmete tief durch.
„Die Kaiserin", sagte ich schließlich, meine Stimme war schwach und zitternd. „Sie plant, Hong zu töten." Ning‘s Augen weiteten sich vor Schock, und sie setzte sich neben mich. „Nein", flüsterte sie.
„Das kann nicht wahr sein. Ich nickte langsam und erzählte ihr alles, was ich gesehen und gehört hatte. Als ich fertig war, war Nings Gesicht blass vor Angst.
„Was sollen wir tun?", fragte sie schließlich.
„Wir können nicht zulassen, dass sie Hong etwas antun." Ich blickte auf Hong, der friedlich in seinem Bettchen schlief. Sein kleines Gesicht war so unschuldig und rein, und ich spürte, wie mein Herz vor Liebe überschwappte.
„Wir werden kämpfen", sagte ich fest. „Wir werden alles tun, um ihn zu schützen. Egal, was passiert."
In den folgenden Tagen arbeiteten Ning, Zhang und ich daran, einen Plan zu schmieden, um Hong zu schützen. Wir wussten, dass die Kaiserin und ihre Anhänger uns genau beobachteten, und wir mussten vorsichtig sein.

„Wir müssen Hong aus dem Palast bringen", sagte Zhang eines Abends, als wir uns in meinen Gemächern trafen.
„Es ist der einzige Weg, um ihn sicher zu halten." Ich nickte langsam.
„Ja, aber wie? Die Kaiserin hat überall ihre Spione." Zhang dachte einen Moment nach, dann sagte er:
„Es gibt einen geheimen Tunnel, der aus dem Palast führt. Er wurde vor vielen Jahren gebaut, aber nur wenige kennen ihn. Wenn wir Hong durch diesen Tunnel bringen, können wir ihn in Sicherheit bringen."
Ich blickte auf Hong, der friedlich in meinen Armen schlief.
„Und was ist mit mir?", fragte ich leise. „Ich kann nicht ohne ihn sein."
Zhang legte eine Hand auf meine Schulter.
„Du musst hier bleiben, Meiniang. Wenn du verschwindest, wird die Kaiserin Verdacht schöpfen. Aber wir werden Hong in Sicherheit bringen, und du wirst ihn wiedersehen, sobald es möglich ist."
Ich nickte langsam und strich Hong sanft über die Wange.
„Ja", sagte ich leise. „Wir werden ihn in Sicherheit bringen."

In der Nacht, als der Plan in die Tat umgesetzt werden sollte, war ich nervös und angespannt. Ich hielt Hong fest in meinen Armen und flüsterte ihm leise zu, während wir uns durch die dunklen Gänge des Palastes bewegten.
„Es wird alles gut, mein kleiner Prinz", sagte ich leise, während ich ihn sanft wiegte.
„Du wirst sicher sein, und ich werde immer bei dir sein."
Zhang führte uns durch die labyrinthartigen Korridore, bis wir schließlich den geheimen Tunnel erreichten. Er öffnete die versteckte Tür und blickte sich vorsichtig um.
„Hier", sagte er leise. „Der Tunnel führt zu einem kleinen Dorf außerhalb des Palastes. Dort wird Hong sicher sein." I

ch nickte langsam und drückte Hong fest an mich.
„Bitte pass gut auf ihn auf", sagte ich leise. „Er ist alles, was ich habe."
Zhang nickte und nahm Hong vorsichtig in seine Arme.
„Ich werde alles tun, um ihn zu schützen", sagte er fest.
„Und du wirst ihn wiedersehen, sobald es sicher ist." Ich blickte auf Hong, der friedlich in Zhangs Armen schlief, und spürte, wie die Tränen in meine Augen stiegen.
„Ich liebe dich, mein kleiner Prinz", flüsterte ich, während ich ihn sanft küsste.
„Und ich werde immer für dich da sein."

Als Zhang mit Hong den Tunnel betrat und die Tür sich leise hinter ihnen schloss, spürte ich, wie mein Herz brach. Doch ich wusste, dass dies der einzige Weg war, um ihn zu schützen. Die Kaiserin und ihre Anhänger würden alles tun, um uns zu vernichten, aber ich war bereit, alles zu riskieren, um meinen Sohn zu retten.

Als ich in meine Gemächer zurückkehrte, war ich erschöpft und zitterte vor Angst. Ning war noch wach und blickte mich besorgt an, als ich den Raum betrat. „Ist alles in Ordnung?", fragte sie leise. Ich nickte langsam und setzte mich auf das Bett. „Ja", sagte ich leise. „Hong ist in Sicherheit." Ning setzte sich neben mich und legte eine Hand auf meine Schulter. „Du hast das Richtige getan, Meiniang. Hong wird sicher sein, und du wirst ihn wiedersehen." Ich nickte langsam und strich mir eine Träne aus dem Gesicht. „Ja", sagte ich leise. „Und bis dahin werde ich kämpfen. Für ihn. Für uns."

Sommer 653 n. Chr.

Die Wochen nach Hongs Flucht aus dem Palast waren von einer tiefen Traurigkeit und einem nagenden Gefühl der Leere geprägt. Obwohl ich wusste, dass mein Sohn in Sicherheit war, fühlte ich mich, als ob ein Teil von mir fehlte. Die Nächte waren lang und einsam, und der Palast, der einst so voller Leben und Intrigen gewesen war, schien jetzt wie ein kalter, leerer Käfig. Eines Abends, als ich allein in meinen Gemächern saß und in die Flammen des Kamins starrte, klopfte es leise an der Tür. Ich blickte auf und sah Ning hereinkommen, ihr Gesicht war ernst.

„Meiniang", sagte sie leise, während sie sich neben mich setzte.

„Du kannst nicht so weiterleben. Du musst dich ablenken, sonst wirst du verrückt."

Ich nickte langsam und strich mir eine Träne aus dem Gesicht.

„Ich weiß", sagte ich leise. „Aber es ist so schwer. Ich vermisse ihn so sehr."

Ning legte eine Hand auf meine Schulter.

„Ich weiß, dass es schwer ist. Aber du musst stark bleiben. Für Hong. Für dich selbst."

Einige Tage später, als ich durch die Gärten des Palastes spazierte, begegnete ich Huaiyi. Er war ein junger Offizier, der kürzlich in den Palast gekommen war, und ich hatte ihn schon ein paar Mal aus der Ferne gesehen. Er war groß und gutaussehend, mit dunklen Augen und einem charmanten Lächeln, das viele Frauen im Palast in seinen Bann gezogen hatte.

„Konkubine Meiniang", sagte er mit einer tiefen, sanften Stimme, als er mich sah.

„Darf ich mich Ihnen anschließen?" Ich nickte langsam und lächelte schwach. „Natürlich" Wir gingen eine Weile schweigend nebeneinander her, und ich spürte, wie die Anspannung in meinem Körper langsam nachließ. Huaiyi hatte eine beruhigende Präsenz, und ich genoss es, in seiner Nähe zu sein.

„Sie sehen traurig aus", sagte er schließlich, während er mich ansah.

„Darf ich fragen, was Sie bedrückt?" Ich zögerte einen Moment, dann seufzte ich.

„Es ist schwer zu erklären", sagte ich leise.

„Ich vermisse jemanden, der mir sehr wichtig ist." Huaiyi nickte langsam.

„Ich verstehe. Manchmal ist es schwer, mit dem Verlust umzugehen."

Ich blickte ihn an und spürte, wie eine Welle der Dankbarkeit mich durchflutete. „Danke", sagte ich leise. „Es tut gut, mit jemandem zu sprechen, der versteht." Huaiyi lächelte und legte eine Hand auf meine Schulter. „Ich bin immer hier, wenn Sie jemanden zum Reden brauchen.

In den folgenden Wochen trafen Huaiyi und ich uns regelmäßig in den Gärten oder in abgelegenen Teilen des Palastes. Er war ein guter Zuhörer, und ich fühlte mich in seiner Nähe sicher und verstanden. Doch mit der Zeit wurde unsere Beziehung intensiver, und ich spürte, wie sich meine Gefühle für ihn veränderten. Eines Abends, als wir uns in einem abgelegenen Pavillon trafen, spürte ich, wie die Anspannung zwischen uns wuchs. Huaiyi blickte mich mit seinen dunklen Augen an, und ich spürte, wie mein Herz schneller schlug.

„Meiniang", sagte er leise, während er eine Hand nach mir ausstreckte.

„Ich kann nicht länger so tun, als ob ich keine Gefühle für dich hätte."

Ich zögerte einen Moment, dann legte ich meine Hand in seine.

„Ich auch nicht", flüsterte ich. In diesem Moment, als unsere Lippen sich trafen, spürte ich, wie die Traurigkeit und die Einsamkeit, die mich so lange gequält hatten, langsam nachließen. Huaiyi war warm und sanft, und ich fühlte mich in seinen Armen geborgen.

In den folgenden Wochen wurde unsere Affäre intensiver, und wir trafen uns immer häufiger in geheimen Ecken des Palastes. Ich wusste, dass es gefährlich war, aber ich konnte nicht anders. Huaiyi gab mir die Kraft und die Wärme, die ich brauchte, um mit dem Verlust von Hong umzugehen. Doch ich wusste auch, dass unsere Beziehung nicht ohne Folgen bleiben würde. Die Kaiserin und ihre Anhänger beobachteten uns genau, und ich wusste, dass sie jeden Moment ausnutzen würden, um mich zu schwächen. Eines Abends, als ich allein in meinen Gemächern saß, klopfte es leise an der Tür. Es war Ning, ihr Gesicht war ernst.

„Meiniang", sagte sie leise.

„Es gibt Gerüchte. Die Kaiserin hat von deiner Affäre mit Huaiyi gehört."

Ich spürte, wie sich mein Magen zusammenkrampfte, und ich musste mich festhalten, um nicht zu stolpern.

„Was soll ich tun?", fragte ich leise. Ning setzte sich neben mich und legte eine Hand auf meine Schulter.

„Du musst vorsichtig sein", sagte sie fest.

Ich nickte langsam und strich mir eine Träne aus dem Gesicht.

„Ja", sagte ich leise.

„Ich werde vorsichtig sein."

Kapitel 7: Ein Traum liest auf den Seiten, die der Wirklichkeit fehlen.

Ich fand mich in einem dunklen, endlosen Korridor wieder. Die Wände waren aus schwarzem Stein, und die Luft war kalt und schwer. Ich wusste nicht, wie ich hierhergekommen war, aber ich spürte, dass ich nicht allein war. Irgendwo in der Ferne hörte ich ein leises Flüstern, so leise, dass ich es kaum verstehen konnte.

„Meiniang...", sagte die Stimme, und sie klang so vertraut, dass mir das Blut in den Adern gefror. Es war die Stimme meiner Mutter, die vor vielen Jahren gestorben war.

„Pass auf... er ist nicht, was er scheint." Ich drehte mich um, aber der Korridor war leer. Doch das Gefühl, beobachtet zu werden, ließ mich nicht los. Plötzlich hörte ich ein Lachen, so leise und kalt, dass es mir die Luft raubte. Es war das Lachen eines Kindes, aber es klang so unnatürlich, dass ich mich fragte, ob ich träumte.

„Mama...", flüsterte die Stimme, und diesmal war es die Stimme von Hong.

„Warum hast du mich verlassen?" Ich schrie auf und rannte den Korridor entlang, aber egal wie schnell ich lief, ich kam nicht voran. Die Wände schienen sich um mich zu drehen, und die Dunkelheit wurde immer undurchdringlicher. Plötzlich stolperte ich und fiel zu Boden. Als ich aufblickte, sah ich Huaiyi vor mir stehen. Huaiyi blickte mich an, und seine Augen waren dunkel und undurchdringlich.

„Meiniang", sagte er leise. „Du hättest nicht kommen sollen."

Ich spürte, wie die Angst in mir wuchs, und ich wusste, dass ich in Gefahr war. Doch bevor ich fliehen konnte, spürte ich, wie eine kalte Hand mich am Arm packte. Ich schrie auf und versuchte, mich loszureißen, aber die Hand war zu stark.

„Du hast mich gerufen", sagte Huaiyi, und seine Stimme war so kalt und undurchdringlich, dass ich mich fragte, ob er überhaupt noch ein Mensch war.

„Und jetzt gehört du mir." Ich spürte, wie die Dunkelheit mich umhüllte, und ich wusste, dass ich keine Wahl hatte. Ich musste kämpfen, um zu überleben. Mit aller Kraft, die ich noch hatte, riss ich mich los und rannte den Korridor entlang. Die Wände schienen sich um mich zu drehen, und die Dunkelheit wurde immer undurchdringlicher. Doch ich wusste, dass ich fliehen musste. Ich hörte Huaiyis Schritte hinter mir, und ich spürte, wie die Angst mich überwältigte. Schließlich erreichte ich eine Tür und stieß sie auf.

Dahinter lag ein Raum, der mit seltsamen Symbolen bedeckt war. In der Mitte des Raumes stand ein Altar, auf dem eine schwarze Kerze brannte. Ich spürte, wie die Kälte mich durchdrang, und ich wusste, dass ich nicht sicher war. Plötzlich hörte ich ein Lachen, so leise und kalt, dass es mir die Luft raubte. Es war das Lachen eines Kindes, aber es klang so unnatürlich, dass ich mich fragte, ob ich träumte.

„Mama...", flüsterte die Stimme, und diesmal war es die Stimme von Hong.

„Warum hast du mich verlassen?" Ich schrie auf und versuchte, die Tür zu schließen, aber sie war verschwunden. Stattdessen sah ich Huaiyi vor mir stehen, seine Augen waren dunkel und undurchdringlich.

„Du kannst nicht entkommen", sagte er leise. „Du gehörst mir."

Ich drehte mich um, aber es war niemand da. Nur die Dunkelheit, die sich wie ein lebendiges Wesen um mich herum zu winden schien. Ich begann zu laufen, meine Schritte hallten in dem engen Korridor wider, aber egal wie schnell ich lief, ich kam nicht voran. Die Wände schienen sich zu bewegen, als ob sie mich einschließen wollten.

Plötzlich stieß ich gegen etwas, oder jemanden. Ich blickte auf und sah Huaiyi vor mir stehen. Sein Gesicht war blass, seine Augen dunkel und leer, wie zwei schwarze Löcher, die alles Licht verschluckten. Sein Schatten, der sich nicht mit ihm bewegte, lag reglos auf dem Boden, als ob er ein eigenes Bewusstsein hätte.

„Meiniang", sagte er mit einer Stimme, die nicht ganz seine eigene war. Sie klang hohl, als ob sie aus der Tiefe eines Abgrunds kam.

„Du kannst nicht entkommen. Du gehörst mir." Ich wollte schreien, aber mein Mund war wie zugeschnürt. Ich spürte, wie seine kalte Hand meinen Arm umklammerte, und ich konnte mich nicht bewegen. Sein Griff war eisig, und ich spürte, wie die Kälte in meinen Körper kroch, als ob sie mich von innen heraus einfrieren wollte. Huaiyi zog mich durch den Korridor, und ich hatte keine Kraft, mich zu wehren. Die Wände schienen sich zu öffnen, und wir traten in einen Raum, der mir bekannt vorkam – der Raum mit dem Altar, den ich im vorherigen Traum gesehen hatte. Die schwarze Kerze brannte noch immer, und der Raum war erfüllt von einem seltsamen, pulsierenden Licht, das von den Wänden auszugehen schien. Auf dem Altar lag etwas, oder jemand. Ich blickte näher hin und erstarrte. Es war Hong. Er lag reglos da, sein kleines Gesicht war blass und leblos. Seine Augen waren geschlossen, und seine Hände waren über der Brust gefaltet, als ob er schliefe.

„Nein!", schrie ich, und diesmal fand meine Stimme wieder Kraft.

„Hong!" Ich versuchte, mich loszureißen, aber Huaiyis Griff war zu stark. Er zog mich näher an den Altar, und ich spürte, wie die Dunkelheit mich umhüllte. Die Stimme meiner Mutter flüsterte wieder in meinem Ohr, aber diesmal war sie verzweifelt.

„Meiniang, du musst aufwachen!", rief sie.

„Das ist nicht real! Du träumst!"

Ich schüttelte den Kopf und versuchte, mich zu befreien, aber die Dunkelheit wurde immer undurchdringlicher. Plötzlich öffnete Hong die Augen. Sie waren schwarz, so schwarz wie die Nacht, und er lächelte – ein Lächeln, das nichts Menschliches mehr hatte.

„Mama", sagte er mit einer Stimme, die nicht seine eigene war.

„Warum hast du mich verlassen?" Ich spürte, wie die Angst mich überwältigte, aber ich wusste, dass ich kämpfen musste. Mit aller Kraft, die ich noch hatte, riss ich mich los und stieß Huaiyi zurück. Er stolperte und fiel zu Boden, aber sein Schatten blieb stehen – er löste sich von ihm und nahm eine eigene Form an. Es war eine Gestalt aus Dunkelheit, mit Augen, die wie glühende Kohlen brannten. „Du kannst nicht entkommen", sagte die Gestalt mit einer Stimme, die aus tausend Flüstern bestand. „Du gehörst uns." Ich blickte auf Hong, der immer noch auf dem Altar lag. Sein Gesicht war jetzt verzerrt, und seine schwarzen Augen starrten mich an. „Mama", flüsterte er. „Du hast mich verlassen. Jetzt gehöre ich ihnen."

„Nein!", schrie ich und rannte zu ihm. Ich packte ihn an den Schultern und schüttelte ihn, aber er war kalt und leblos. „Hong, bitte, wach auf!" Plötzlich spürte ich, wie eine Hand mich am Arm packte. Ich drehte mich um und sah Huaiyi vor mir stehen. Sein Gesicht war jetzt verzerrt, und seine Augen waren voller Wut.

„Du kannst ihn nicht retten", sagte er kalt.

„Er gehört uns jetzt."

Ich schrie auf und setzte mich im Bett auf. Mein Herz schlug wild in meiner Brust, und ich spürte, wie der Schweiß auf meiner Stirn perlte. Der Raum war still und dunkel, und ich wusste, dass ich allein war. Doch das Gefühl der Angst blieb.

„Es war nur ein Traum", flüsterte ich mir selbst zu, während ich versuchte, mich zu beruhigen.

„Nur ein Traum." Doch die Erinnerung an Huaiyis kalte Augen und Hongs schwarze, leblose Augen ließen mich nicht los. Ich wusste, dass der Traum eine Warnung war, aber ich wusste nicht, was sie bedeutete.

Kapitel 8: Prinzessin

Frühling 654 n. Chr.

Die Sonne schien durch das filigrane Holzgitter des Pavillons, tauchte das kunstvoll verzierte Muster in warmes Licht und ließ die Schatten der Magnolienbäume auf dem weißen Steinboden tanzen. Ein sanfter Wind trug den süßen Duft von blühendem Pfirsich und Jasmin durch den Garten, während ich meine Hand sanft auf meinen Bauch legte. Ich fühlte das Leben in mir wachsen, eine zarte, aber unaufhaltsame Kraft, die mich mit tiefer Freude erfüllte.

„Du lächelst", sagte Ning neben mir und schenkte mir eine dampfende Tasse Tee ein. „Das sieht man in letzter Zeit oft bei dir." Ich lachte leise.

„Wie könnte ich nicht? Noch vor wenigen Jahren war ich nur ein Mädchen aus der Provinz. Und jetzt …"

Ich ließ den Satz in der warmen Frühlingsluft verhallen. Ich legte eine Hand über meinen Bauch.

„Ich frage mich, ob es ein Junge oder ein Mädchen wird."

„Der Kaiser wird auf einen Sohn hoffen", sagte Ning leise.

Ich sah hinaus auf die Teiche, wo Kraniche mit anmutigen Bewegungen durch das Wasser schritten.

„Ein Mädchen wäre gut", sagte ich schließlich. „Vielleicht sogar besser."

Ning runzelte die Stirn.

„Warum sagst du das?" Ich wandte den Blick nicht von den Kranichen ab.

„Jungen sind eine Bedrohung", sagte ich langsam.

„Für andere. Für sich selbst. Sie müssen kämpfen, sich beweisen, Feinde abwehren. Aber ein Mädchen … ein Mädchen kann überleben, indem es klug ist, indem es sich im Schatten bewegt. Es kann warten, bis seine Zeit gekommen ist."

„So wie du?" fragte Ning leise.

Ich lächelte.

„Vielleicht."

Eine sanfte Brise ließ die Blütenblätter der Magnolien von den Ästen regnen, ein leises, fast lautloses Schauspiel. Ich schloss die Augen und stellte mir ihr Gesicht vor, das Gesicht meines ungeborenen Kindes. Ein Mädchen, mit wachsamen, dunklen Augen. Mit klugen Händen, die die Welt verstehen würden. Ein Mädchen, das überleben würde.

„Diesmal nimmt dich mir keiner weg", flüsterte ich. Und in diesem Moment glaubte ich es wirklich.

Drei Wochen später

Die Korridore des Palastes waren dunkel und still, nur das Echo meiner Schritte hallte auf dem polierten Steinboden wider. Dienerinnen senkten den Blick, als ich vorbeiging, ihre Bewegungen hastig, als fürchteten sie, gesehen zu werden. Ein leises Zittern lag in der Luft, eine Unsichtbarkeit aus Angst. Die Kaiserin wartete. Ich spürte ihr Netz aus Intrigen lange bevor ich die Tür erreichte. Sie hatte mich rufen lassen, eine Einladung, die keine war. In diesem Palast war nichts ein Geschenk, und jedes Wort konnte eine Klinge sein. Als ich den Saal betrat, stand sie bereits am Fenster, ihr langes, goldenes Gewand fiel in perfekten Falten um ihre schmale Gestalt. Ihr Profil war makellos, hoch erhoben, stolz, aber kalt wie gemeißelter Stein.

„Du hast mich rufen lassen, Eure Majestät." Sie drehte sich langsam zu mir um. „Meiniang", sagte sie, als würde sie den Klang meines Namens kosten.

„Wie schön, dass du so schnell gekommen bist."

Ich senkte mein Haupt, gerade tief genug, um Respekt zu zeigen, aber nicht genug, um Unterwerfung zu signalisieren.

„Eure Majestät weiß, dass ich Eurem Wort stets folge." Sie lächelte, eine feine, messerscharfe Kurve ihrer Lippen.

„Ist das so?" Sie trat einen Schritt näher, ihr Gewand raschelte leise.

„Ich frage mich oft, ob dein Gehorsam so aufrichtig ist, wie du ihn erscheinen lässt."

Ich hielt ihrem Blick stand. „Ich würde niemals wagen, Euch zu täuschen." Ein leises Lachen entkam ihrer Kehle, ein Laut, der mehr Verachtung als Amüsement enthielt.

„Meiniang", sagte sie, und diesmal war meine Name kein Gruß, sondern eine Warnung. „Du bist eine kluge Frau. Eine sehr kluge Frau. So klug, dass es mir fast Sorgen bereitet." Ich neigte leicht den Kopf.

„Es ehrt mich, dass Ihr mir so viel zutraut." Ihr Blick verengte sich. „Vorsicht mit deinen Worten, meine Liebe."

Meine Liebe. Die Kälte in ihrer Stimme ließ einen Schauer über meinen Rücken laufen. Es war nicht Fürsorge, die darin lag. Es war Besitzanspruch.

„Ich habe gehört", fuhr sie fort, „dass du mit großer Freude über deine Schwangerschaft sprichst."

Mein Herz setzte für einen Moment aus.

„Natürlich", sagte ich mit gespielter Ruhe. „Es ist eine große Ehre, dem Kaiser wieder ein Kind zu schenken."

Die Kaiserin schritt langsam um mich herum, ihre Finger glitten über den Rand eines mit Jade verzierten Tisches.

„Eine Ehre", wiederholte sie. „Und doch … frage ich mich, ob du verstehst, was es bedeutet, eine Kaiserin zu sein."

Ich blieb ruhig. „Erleuchtet mich, Eure Majestät." Sie blieb abrupt stehen, ihre dunklen Augen bohrten sich in meine. „Es bedeutet, dass keine andere Frau jemals wichtiger sein darf als ich."

Ein eiskalter Schauer lief durch meinen Körper, aber ich zwang mich, nicht zu reagieren. „Das seid Ihr zweifellos", sagte ich ruhig.

Sie schmunzelte, ein Ausdruck, der mir mehr Angst machte als jeder Wutausbruch.

„Und doch … gibt es da eine gewisse … Unruhe in meinem Herzen."

Sie trat näher, so nah, dass ich ihren Parfümduft riechen konnte, eine Mischung aus Sandelholz und etwas Schwerem, Bedrückendem.

„Ein Gefühl, dass du nicht nur ein Kind gebären wirst … sondern eine Bedrohung."

Ich hielt den Atem an. Sie wusste es. Sie wusste, dass mein Kind, vor allem wenn es ein Junge wird, in den Augen des Kaisers eine Bedeutung haben könnte, die ihr nicht gefiel.

„Ich bin keine Bedrohung für Euch, Eure Majestät", sagte ich leise.

Sie lachte sanft.

„Nein? Und doch hat der Kaiser in letzter Zeit so oft von dir gesprochen. Seine Augen leuchten, wenn er dich sieht. Es ist bezaubernd."

Ein Stich der Angst in meiner Brust.

„Der Kaiser ist ein gütiger Mann."

„Der Kaiser ist ein Mann." Ihr Blick war kalt. „Und Männer lassen sich leicht blenden. Eine kluge Frau weiß, wann sie ihre Schönheit nutzen kann."

Ich senkte den Blick.

„Ich würde es niemals wagen, Eure Majestät in den Schatten zu stellen."

„Und doch tust du es bereits."

S. 84

Ihr Tonfall war messerscharf.Eine lange, schwere Stille füllte den Raum. Dann trat sie noch näher, ihre Stimme kaum mehr als ein Flüstern.„Weißt du, was mit Frauen passiert, die zu viel wollen?"Mein Herz raste.„Sie werden vergessen", sagte sie sanft. „Oder ... ausradiert."

Mein Magen zog sich zusammen, aber ich zwang mich, ruhig zu bleiben.
„Ich bin mir meiner Position bewusst", sagte ich mit fester Stimme. Sie lächelte erneut, dieses falsche, grausame Lächeln.
„Gut." Sie trat zurück, als hätte sie genug gespielt. „Ich hoffe, du genießt deine Schwangerschaft, Meiniang."
Mein Körper spannte sich an.
„Denn wer weiß, wie lange du sie noch genießen kannst."
Ein Blitz aus Angst schoss durch mich, aber ich zwang mich, nicht zu reagieren.
„Eure Majestät ist so gütig", sagte ich leise.
Sie drehte sich um, ihr Gewand rauschte hinter ihr her, als sie zum Fenster trat und hinaus in die Dunkelheit blickte.
„Güte hat hier keinen Platz, Meiniang." Ich spürte, wie mir die Luft knapp wurde.
„Das solltest du nie vergessen." Ich verneigte mich tief.
„Ich werde es mir merken." Dann wandte ich mich ab und verließ den Raum. Hinter mir brannten ihre Worte wie eisige Finger in meinem Rücken.

Sommer 637 n. Chr.

Die Luft über Wenshui flirrte vor Hitze. Die Sonne stand hoch über den dichten Wäldern und den lehmigen Straßen der Stadt, ließ den Staub golden glühen und trieb die Diener in den Innenhöfen unter die schattigen Vordächer. In der

Ferne plätscherte der Fen-Fluss träge, sein Wasser glänzte wie geschmolzenes Silber. Ich stand barfuß auf den heißen Steinplatten des Hofes unseres Anwesens, das Haar zerzaust, der Atem schwer. Meine Knie waren staubbedeckt, meine Finger zitterten vor Anstrengung. Gerade hatte ich Lin, meinen älteren Bruder, zu Boden gerungen. Er lag im Staub, keuchend, und starrte mich an, als sei ich nicht seine Schwester, sondern eine Bestie. Mein anderer Bruder, Yuan, stand neben ihm, die Arme vor der Brust verschränkt, sein Gesicht angespannt. Seine dunklen Augen funkelten nicht nur vor Ärger, sondern vor etwas anderem, etwas, das er nicht zugeben wollte. Vielleicht Respekt. Vielleicht Furcht.

„Zhao!" spuckte er meinen Namen aus, als wäre er Gift. „Hör auf, dich wie ein Junge aufzuführen!"

Ich richtete mich auf, zog die Schultern zurück und wischte mir mit dem Handrücken den Schweiß von der Stirn.

„Ich bin kein Junge", sagte ich ruhig. „Aber ich bin auch keine Vase, die man in die Ecke stellt."

Lin rappelte sich auf und schüttelte den Staub aus seinem Gewand. Sein Gesicht war rot vor Wut.

„Mädchen kämpfen nicht! Mädchen wissen ihren Platz!"

Ich hob eine Augenbraue.

„Und wo genau soll mein Platz sein? Etwa hinter einem Schirm, schweigend, mit gesenktem Kopf? In einer stickigen Kammer, umgeben von Stickereien, die mich nicht interessieren?"

Yuan trat einen Schritt näher, sein Schatten fiel über mich. Er war groß für sein Alter, fast schon ein Mann. Ich wusste, was jetzt kam, die gleiche Lektion, die sie mir immer wieder erteilen wollten.

„Nicht hier draußen", sagte er langsam. „Nicht mit bloßen Füßen im Hof wie ein Straßenkind. Und schon gar nicht mit Worten, die einem Mann gehören sollten."

Ich lächelte, ein gefährliches, kühles Lächeln. „Worte gehören niemandem", erwiderte ich. „Sie gehören dem, der den Mut hat, sie auszusprechen."

Ein Schatten huschte über sein Gesicht. Ich kannte ihn gut genug, um zu wissen, dass ich einen Nerv getroffen hatte.

„Vater würde es nicht dulden, wenn er dich so sehen würde", sagte er dann mit falscher Ruhe. „Mutter auch nicht."

Ich hob das Kinn.

„Vater ist nicht hier." Ein Moment des Schweigens. Yuan verengte die Augen. Ich wusste, dass ich mit Feuer spielte, doch die Hitze der Sonne brannte bereits auf meiner Haut, was machte es da aus, wenn ich noch ein wenig näher an die Flammen trat? Lin lachte trocken.

„Sie glaubt wirklich, sie könnte tun was sie will." Ich trat einen Schritt vor, stand nun so nah vor Yuan, dass ich seinen Atem spüren konnte.

„Sag mir, großer Bruder", flüsterte ich, „wenn ich wirklich so schwach bin … warum fürchtest du mich dann?"

Sein Blick verdüsterte sich. Dann wandte er sich abrupt ab. „Du bist es nicht wert, dass ich mich mit dir streite."

Er drehte sich um und ging. Lin warf mir noch einen letzten spöttischen Blick zu, bevor er ihm folgte. Ich blieb stehen, während der Wind durch den Hof wehte und meine Haare aufwirbelte. Die Zikaden zirpten weiter, als wäre nichts geschehen.

Ich wischte mir mit dem Ärmel den Schweiß von der Stirn, strich mein einfaches Seidengewand glatt und setzte mich in Bewegung. Der Duft von Pfirsichblüten und warmem Staub lag in der Luft, als ich die schmale, gepflasterte Straße hinunterging, die sich durch unsere Nachbarschaft schlängelte. Die hohen Mauern der Herrenhäuser warfen lange Schatten, und gelegentlich hörte ich hinter den Toren das Lachen von Bediensteten oder das Klappern von

Geschirr. Mein Ziel war das Haus von Madame Li, unserer Nachbarin. Madame Li war eine Witwe mittleren Alters, die mit ihrem Sohn und ihrer Schwiegertochter lebte. Während andere Frauen meiner Familie kaum mit ihr sprachen – eine Witwe hatte wenig Ansehen, hatte ich oft ihre Gesellschaft gesucht. Sie erzählte mir Geschichten über vergangene Zeiten, sprach über den Hof und die alten Legenden unserer Vorfahren. Als ich am hölzernen Tor ankam, klopfte ich dreimal mit der Faust gegen das Holz. Es dauerte einen Moment, dann öffnete eine ältere Dienerin die Tür einen Spalt breit.

„Ah, Miss Zhao", sagte sie überrascht. „Die Herrin ruht sich gerade aus, aber … "

„Ich möchte nur kurz mit ihr sprechen", unterbrach ich sie höflich.

Sie zögerte, dann ließ sie mich eintreten. Das Haus von Madame Li war kleiner als das unsrige, aber es hatte eine besondere Atmosphäre.

Der Garten war voller alter Pflaumenbäume, deren Blütenblätter sanft in der heißen Sommerluft tanzten. Der steinerne Pfad knirschte unter meinen Füßen, als ich auf die überdachte Veranda zuging, wo die alte Frau in einem Bambusstuhl saß.

„Zhao, du bist es", sagte sie und richtete sich langsam auf. Ihre dunklen Augen funkelten unter den tiefen Falten ihres Gesichts. Ich verbeugte mich leicht.

„Ich hoffe, ich störe nicht, Madame Li." Sie winkte ab.

„Setz dich. Eine kluge Zunge wie deine ist immer eine willkommene Ablenkung."

Ich nahm auf dem hölzernen Hocker neben ihren Platz. Die Dienerin brachte uns Tee, und für einen Moment genossen wir einfach die Ruhe.

„Ich habe gehört, dass du wieder mit deinen Brüdern gestritten hast", begann sie schließlich mit einem wissenden Lächeln. Ich zuckte mit den Schultern.

„Sie glauben, ich sei zu wild. Dass ich lernen soll, mich unterzuordnen.

„Madame Li betrachtete mich einen Moment lang, dann nippte sie an ihrem Tee.

„Weißt du, Zhao", sagte sie leise, „es gibt zwei Arten von Frauen in dieser Welt. Die einen sind wie Wasser , sie passen sich jeder Form an, werden in die Gefäße gegossen, die für sie bestimmt sind.

„Und die anderen?" fragte ich neugierig.

„Die anderen sind wie Feuer. Sie zerstören, was sie nicht akzeptieren können. Oder sie formen eine neue Welt aus der Asche. „

Ihre Worte ließen mich erschaudern. Ich sah sie an, suchte in ihrem Gesicht nach Hinweisen.

„Und welche von beiden warst du, Madame Li?" Sie schmunzelte, aber es war ein trauriges Lächeln.

„Ich war einst Feuer, aber ich wurde gezwungen, Wasser zu werden. Vielleicht wirst du mehr Glück haben als ich.

„Ich wusste damals noch nicht genau, was sie meinte. Aber tief in mir spürte ich, dass sie recht hatte. Ich war nicht dazu bestimmt, ein Fluss zu sein, der sich dem Beet fügt, das für ihn gegraben wurde.

Gerade als Madame Li und ich in die Stille eintauchten, unterbrochen nur vom leisen Klirren unserer Teeschalen, hörte ich schnelle, feste Schritte auf dem Kiesweg. Ich musste nicht einmal aufsehen. Ich wusste genau, wer es war.

„Zhao!" Die Stimme meiner Mutter durchschnitt die friedliche Nachmittagshitze wie eine scharfe Klinge. Die Dienerin zuckte zusammen, Madame Li hob nur eine Augenbraue, doch ich spürte, wie mein Magen sich verkrampfte. Langsam stellte ich meine Teeschale ab. Meine Mutter, stand am Eingang des Gartens. Ihre schmale

Gestalt war in eine aufwendig bestickte Robe aus blassgrüner Seide gehüllt, ihr dunkles Haar kunstvoll hochgesteckt, ohne eine einzige lose Strähne. Ihr Gesicht war beherrscht, aber ihre Augen funkelten vor unterdrücktem Zorn.

„Steh auf", befahl sie knapp.

Ich blieb sitzen

„Guten Tag, Madame Wu", sagte Madame Li ruhig, ohne sich aus der Fassung bringen zu lassen.

„Zhao war nur für einen kurzen Besuch hier.

"Ein kurzer Besuch?" Meine Mutter schnaubte. „Meine Tochter stromert durch die Straßen wie ein verwaister Junge und sucht sich unpassende Gesellschaft, während ihre Familie sich auf das Abendessen vorbereitet! Ist das die Erziehung, die man von der Tochter der Wu-Familie erwarten sollte?"

Ich ballte meine Hände in den Falten meines Gewandes.

„Ich bin keine Streunerin", sagte ich leise. „Ich wollte nur"

„Du wolltest?" Ihre Stimme schnitt durch meine Worte.

„Seit wann ist es deine Aufgabe zu wollen? Du gehorchst, Zhao. Du folgst den Regeln deines Hauses.

„Mein Nacken brannte vor Wut und Demütigung. Ich spürte den Blick von Madame Li auf mir, sah die Dienerin, die ängstlich den Kopf senkte. Meine Mutter kam näher, packte mein Handgelenk und zog mich hoch. Ihr Griff war fest, aber nicht grob – es war kein Ausdruck körperlicher Strafe, sondern der eiserne Griff einer Frau, die niemals zulassen würde, dass man ihr widerspricht.

„Du kommst sofort nach Hause." Ich wusste, dass es sinnlos war, zu widersprechen. Ich war zwölf, und sie war meine Mutter – eine Frau mit Macht, eine Frau, die es nicht duldete, dass man ihr widersprach. Bevor sie mich aus dem Garten schleppte, warf ich Madame Li einen letzten Blick zu. Die alte Frau erwiderte meinen Blick mit einem Hauch von Bedauern und vielleicht auch mit einer Spur von Stolz.

Dann zog meine Mutter mich durch die Straßen von Wenshui, an neugierigen Blicken vorbei, während mein Herz wütend gegen meine Brust pochte.

Meine Mutter zog mich mit sich, ohne ein weiteres Wort zu sagen. Ihr Griff war fest, aber nicht grob, und dennoch brannte die Wut in mir wie glühende Kohlen. Ich spürte die Blicke der Dienerinnen und Nachbarn, als wir die gepflasterten Straßen von Wenshui entlanggingen. Einige der Frauen, die unter den schattigen Dächern saßen, warfen sich vielsagende Blicke zu, manche verbargen ein Lächeln hinter ihren Ärmeln, andere tuschelten leise. Ich biss die Zähne zusammen und zwang mich, nicht zu protestieren. Es war schon schlimm genug, dass sie mich vor aller Augen packte wie ein ungehorsames Kind, wenn ich mich jetzt auch noch lautstark wehrte, würde sie mir das nie verzeihen. Das Anwesen der Wu-Familie lag nicht weit entfernt, ein großes Haus mit geschwungenen Dächern, verzierten Holzsäulen und kunstvollen Fenstern aus Reispapier. Diener verneigten sich hastig, als meine Mutter mich durch das Tor zog. Kaum hatten wir den Hof betreten, ließ sie mein Handgelenk los.
„Geh in dein Zimmer und wasch dich", befahl sie mit schneidender Stimme, „du wirst dich nicht wie eine Landstreicherin an den Tisch setzen."
Ich öffnete den Mund, um etwas zu entgegnen, doch ihr Blick ließ mich verstummen. Also presste ich die Lippen aufeinander, drehte mich um und marschierte mit angespannten Schultern in meine Kammer.
Die Dienerin Lian erwartete mich bereits mit einem Waschbecken und einem sauberen Gewand. Sie sagte nichts, aber ich sah, wie sie mich besorgt musterte, während ich mir hastig Gesicht und Hände wusch. Die Dienerin Lian erwartete mich bereits mit einem Waschbecken und einem sauberen Gewand. Sie sagte nichts, aber ich sah, wie sie

mich besorgt musterte, während ich mir hastig Gesicht und Hände wusch.

„Wieder Ärger mit den Herren?" fragte sie schließlich leise. Ich schnaubte.

„Mit meiner Mutter."

Lian reichte mir das frische Gewand.

„Dann solltest du dich beim Abendessen besser beherrschen." Ich warf ihr einen schiefen Blick zu.

„Glaubst du wirklich, ich bin dazu fähig?"

Sie verzog die Lippen zu einem gequälten Lächeln.

„Nein, Miss Zhao."

Ich schüttelte den Kopf, zog das Gewand an und band mir das Haar zusammen. Dann straffte ich die Schultern und trat hinaus in den Korridor, bereit für den Kampf, der mich am Tisch erwartete. Als ich das Speisezimmer betrat, saßen mein Vater und meine Brüder bereits auf ihren Plätzen. Yuan, der Älteste, wie immer aufrecht und würdevoll, als wäre er bereits ein hoher Beamter. Mein zweiter Bruder, Lin, musterte mich spöttisch, während er sich eine dampfende Teigtasche in den Mund schob. Wu Yuan, der Älteste, saß wie gewohnt aufrecht, würdevoll, mit einem Gesicht, das fast immer von einer ernsten Ruhe durchzogen war.

„Ah, sie hat es also doch zum Abendessen geschafft", bemerkte er mit einem höhnischen Grinsen, das seine Worte begleitete.

„Ich war nicht weit weg", erwiderte ich scharf.

„Nur bei Madame Li."

Meine Mutter, die bereits Platz genommen hatte, fixierte mich mit einem strengen Blick. „Du wirst diese unpassenden Besuche lassen. Deine Aufgabe ist es, dich um das Wohl der Familie zu kümmern, nicht dich in fremde Haushalte einzumischen."

Ich presste die Zähne zusammen, doch anstatt mich zu wehren, setzte ich mich in meine gewohnte Position. Ich wusste, dass jedes Wort, das ich sagte, von ihr als Herausforderung gedeutet würde, und ich hatte nicht die Kraft, mich heute noch weiter mit ihr zu streiten. Die Stille am Tisch war drückend, und nur das leise Klirren von Geschirr und Besteck war zu hören. Ich hielt meinen Blick gesenkt und versuchte, mich zu beruhigen. Doch in meinem Inneren brodelte es. Ich wusste, was meine Mutter dachte, was sie von mir erwartete und es widersprach allem, was ich war. Der Raum war plötzlich viel zu still. Keiner von uns sprach, als die Diener die ersten Gänge des Abendessens servierten. Die Luft war schwer, und in mir wuchs ein Gefühl der Enge, als ob die Wände mich erdrückten.

Herbst 654 n. Chr.

Schweiß rann mir über die Stirn, mein Körper zitterte noch von der Anstrengung. Ich lag auf dem bestickten Lager, mein Atem ging schwer, während die Schreie meines neugeborenen Kindes durch die Gemächer hallten. Die Ammen eilten geschäftig umher, doch ich beachtete sie kaum. Meine Gedanken rasten. Ich musste Eunuch Zhang sprechen. Sofort.
„Holt Zhang!" Meine Stimme war heiser, aber fest. Eine der Dienerinnen zögerte, dann verneigte sie sich hastig und eilte hinaus.

Die Tür öffnete sich leise, und Eunuch Zhang trat ein. Er verneigte sich tief, doch als er aufsah, lag in seinem Blick mehr als nur Respekt, da war Sorge.
„Lady Meiniang", sagte er leise. Ich lachte bitter.

„Wovor nicht? Mein Kind ist kaum geboren, und ich sehe die Messer bereits im Schatten lauern. Kaiserin Wang wird nicht zulassen, dass sie gedeiht."

Ich lachte bitter.

„Wovor nicht? Mein Kind ist kaum geboren, und ich sehe die Messer bereits im Schatten lauern. Kaiserin Wang wird nicht zulassen, dass sie gedeiht."

Zhangs Augen verengten sich leicht.

„Ihr fürchtet um das Leben der Prinzessin?"

Ich nickte.

„Nicht nur um ihres, auch um meines. Ich habe gesehen, was mit Frauen geschieht, die zu viel Macht gewinnen. Wang wird mich vernichten, wenn sie kann."

Zhang trat einen Schritt näher.

„Eure Angst ist nicht unbegründet. Ich habe in den letzten Wochen viel beobachtet. Kaiserin Wang spielt ein gefährliches Spiel."

Mein Herz schlug schneller.

„Erzählt mir alles."

Er beugte sich leicht vor, seine Stimme wurde noch leiser.

„Sie arbeitet daran, den Kaiser gegen Euch aufzubringen. Sie flüstert ihm Dinge ein, die ihn beunruhigen sollen. Sie spricht von den Traditionen, von der Ordnung des Himmels, davon, dass er nicht gegen die Ahnen handeln sollte."

Ich schnaubte.

„Und damit meint sie, dass er sich von mir distanzieren soll."

Zhang nickte langsam.

„Ja. Doch es geht noch weiter. Sie setzt andere Frauen gegen Euch ein. Sie ermutigt sie, sich dem Kaiser gefügig zu zeigen, sanft, unterwürfig. Sie hofft, dass sie seinen Blick auf sich ziehen und Ihr in Vergessenheit geratet."

Wut stieg in mir auf.

„Aber er liebt mich."

„Ja", sagte Zhang ruhig.

„Noch.".

Das Wort hallte in mir nach. Liebe allein war nicht genug.
Ich wusste das. Liebe war flüchtig, und der Kaiser war
nicht nur ein Mann, er war ein Herrscher. Ein Herrscher
konnte es sich nicht leisten, schwach zu sein. Und Kaiserin
Wang tat alles, um ihn daran zu erinnern.

„Was kann ich tun?" fragte ich leise. Zhang musterte mich
lange, dann sagte er langsam: „Ihr dürft Euch nicht von
Angst leiten lassen. Ihr müsst klüger sein als sie. Wang mag
den Kaiser beeinflussen, doch Ihr… Ihr habt etwas, das sie
nicht hat."

Mein Blick glitt zu meiner Tochter. Ich hatte dieses Kind.
Diese Prinzessin. Vielleicht kein weiterer Erbe, aber ein
Band, das den Kaiser an mich kettete. Ich konnte sie nicht
schützen, indem ich mich versteckte. Ich musste angreifen.

Langsam hob ich den Blick zu Zhang.

„Sag mir alles, was du weißt. Jedes Wort, das sie
gesprochen hat, jede Intrige, die sie spinnt."

Er nickte und trat näher.

„Es gibt viel zu erzählen, Herrin."

Kapitel 9: Feigling

Die Kammer war still, abgesehen vom leisen Atem meiner Tochter. Ich hielt sie noch immer in meinen Armen, ihr winziges Gesicht entspannte sich allmählich, als sie sich in den Schlaf verlor. Doch meine Gedanken ruhten nicht. Eunuch Zhang stand aufrecht vor mir, sein Blick wachsam, seine Miene ernst. Er wusste, dass ich keine Zeit hatte, meine Rolle als Mutter zu genießen. Ich war nicht nur eine Frau, die ein Kind geboren hatte – ich war eine Frau, die inmitten eines Krieges stand, verborgen hinter seidigen Vorhängen und vergoldeten Wänden.

„Sprich", sagte ich schließlich.
„Ich will alles wissen."
Zhang trat einen Schritt näher, senkte die Stimme.
„Kaiserin Wang hat den Kaiser mit Worten umgarnt, ihn mit ihrer Loyalität erweicht. Sie redet von Ordnung und Harmonie, davon, dass er sich von seinen ungezügelten Leidenschaften lösen muss, um ein wahrer Sohn des Himmels zu sein."
Ich lachte leise, bitter.
„Ungezügelte Leidenschaften? Sie meint mich."
Zhang nickte.
„Ja. Sie sagt, Ihr seid eine Gefahr für seine Herrschaft, weil Ihr zu viel Einfluss auf ihn nehmt."
Ich schloss kurz die Augen. Ich wusste, dass Wang mich hasste. Doch dass sie so weit gehen würde, um meine Stellung zu untergraben, ließ meine Wut wie heiße Glut in mir aufflammen.
„Und der Kaiser? Glaubt er ihr?" fragte ich leise.

Zhang zögerte einen Moment.

„Er liebt Euch, Herrin. Aber er ist ein Mann, und Männer lassen sich von Schuld und Pflicht plagen. Wang erinnert ihn daran, dass sie seine rechtmäßige Kaiserin ist, dass sie an seiner Seite sein sollte, nicht Ihr."

Meine Finger krampften sich um das Seidentuch meiner Tochter.

„Doch das ist nicht alles", fuhr Zhang fort. „Sie spielt ein doppeltes Spiel. Während sie dem Kaiser Treue und Unterordnung schwört, arbeitet sie heimlich gegen ihn. Sie hat sich mit den Familien der alten Minister verbündet, jenen, die Euch und Euren Einfluss für gefährlich halten. Sie will sich absichern, falls der Kaiser sich endgültig gegen sie wendet."

Mein Atem ging flach. Wang war schlauer, als ich gedacht hatte. Sie tat nicht nur alles, um mich zu schwächen – sie schützte auch sich selbst vor dem Fall.

„Und die Konkubinen? Die anderen Frauen?" fragte ich.

Zhangs Miene verhärtete sich.

„Sie sind Mittel zum Zweck. Wang ermutigt sie, den Kaiser zu umgarnen. Sie denkt, wenn er seine Gunst unter ihnen verteilt, wird seine Zuneigung zu Euch schwinden. Besonders Lady Liu ist gefährlich. Sie ist jung, klug und von Wang gelenkt."

Ich biss mir auf die Lippe. Ich hatte Lady Liu beobachtet, ihre vorsichtigen Bewegungen, ihre artige Zurückhaltung. Sie war kein einfaches Mädchen, das sich naiv in die Arme des Kaisers warf. Sie war eine Spielfigur, bereit, zu gehorchen.

„Sie unterschätzt mich", murmelte ich.

Zhang neigte leicht den Kopf.

„Vielleicht. Aber Wang ist keine gewöhnliche Frau. Sie ist aufgewachsen mit dem Wissen, dass sie Kaiserin ist. Sie kämpft nicht nur um Liebe, sondern um ihren Namen, ihre Existenz."

Ich atmete tief durch und blickte auf meine Tochter hinab. Si. Ein Name, der noch keine Bedeutung trug. Ein Name, der in Gefahr war, bevor er überhaupt in den Annalen der Geschichte verzeichnet wurde. Ich war keine Kaiserin. Noch nicht. Doch ich hatte etwas, das Wang nicht hatte, einen Willen aus Stahl.

„Zhang", sagte ich schließlich. „Ich will wissen, mit wem sie spricht, welche Boten sie empfängt, welche Minister sie auf ihre Seite zieht."

Er verneigte sich tief.
„Ich werde meine Augen überall haben, Herrin."
Ich nickte langsam.
„Gut. Und was Konkubine Liu betrifft… Ich werde mich selbst um sie kümmern."
Mein Herz schlug ruhig. Die Angst war noch da, aber sie war nicht mehr lähmend. Sie war zu etwas anderem geworden.

Die Nacht war still, doch ich konnte nicht schlafen. Das Flackern der Öllampen warf tanzende Schatten an die Seidenvorhänge meines Gemachs. Meine Tochter schlummerte ruhig in ihrem mit Gold bestickten Nest, die zarte Bewegung ihres Brustkorbs war der einzige Beweis dafür, dass sie lebte. Ich jedoch war wach, meine Gedanken ein Sturm aus Strategien, Befürchtungen und Plänen. Zhang hatte mich mit Informationen versorgt, doch es reichte nicht, nur zu wissen. Ich musste handeln. Leise setzte ich mich auf, ließ die Seidendecke von meinen Schultern gleiten und stand auf. Ich trat ans Fenster, blickte hinaus in die dunklen Gärten des Palastes. Dort draußen, hinter den kunstvoll geschnittenen Bäumen und verborgenen Gängen, spannen die anderen Frauen ihre Intrigen. Sie flüsterten in Korridoren, lächelten in den Hallen, während ihre Gedanken in Dolchen geschliffen wurden. Aber nicht nur seine. Ich drehte mich um, trat leise zu der kleinen Wiege, in der meine Tochter lag. Si. Ihr Name war noch nicht in den Annalen der Geschichte eingraviert, doch er würde es sein. Ich schwor es. Ich strich sanft über ihre Wange.

„Dein Leben wird nicht in Vergessenheit enden, meine Kleine", flüsterte ich. „Ich werde dafür sorgen."
Ein leises Klopfen ließ mich aufblicken.
„Herein" sagte ich ruhig.
Aber nicht nur seine. Eine Dienerin trat ein, verbeugte sich tief.
„Eure Majestät, eine Botschaft von einer der Konkubinen."
Ich hob die Augenbrauen.
„Von wem?" Die Dienerin senkte den Kopf noch tiefer.
„Konkubine Liu." Ah. Lady Liu, die Marionette von Kaiserin Wang. Sie hatte also beschlossen, ihren Zug zu machen. Ich nahm das feine Seidenstück, auf das die Botschaft mit kunstvollen Strichen geschrieben war, und las sie lautlos.
„Eure Majestät, ich bitte demütig um eine Audienz. Ich habe Dinge zu besprechen, die Euch interessieren könnten."
Ich ließ meine Finger über das Papier gleiten. Lady Liu war schlau, aber war sie auch klug genug zu überleben? Ich faltete die Botschaft sorgfältig zusammen.
„Sag ihr, sie soll mich morgen früh besuchen", befahl ich.
Die Dienerin verbeugte sich erneut und verließ das Gemach. Ich ließ mich zurück auf meinen Sitz gleiten, meine Hände ruhten ruhig auf meinem Schoß.

Der nächste Morgen brachte keine Erleichterung. Die Sonne ging auf, doch die Schatten in meinem Herzen blieben. Ich hatte die Nacht damit verbracht, über Lady Lius unerwartete Botschaft nachzudenken. Über Wang. Über die Zukunft meiner Tochter. Konkubine Liu war gekommen, hatte sich verbeugt, hatte süßlich gelächelt und hatte nichts gesagt, was ich nicht bereits wusste. Sie spielte ihr eigenes Spiel, lauerte auf eine Gelegenheit, sich in eine bessere Position zu bringen. Doch sie hatte mir nichts gegeben, was ich gegen Wang einsetzen konnte. Und der Kaiser? Er war freundlich, ja. Aber ich spürte es. Die Samen des Zweifels, die Wang gepflanzt hatte, begannen zu keimen. Ich konnte es in seinem Blick sehen, wenn er mich ansah. Ich konnte es in den kurzen Momenten der Stille hören, bevor er sprach.

Die Tage nach der Geburt meiner Tochter verliefen in einer eigenartigen Stille. Der Hof bewegte sich weiter wie eine kunstvoll geölte Maschine, ein endloses Spiel aus Grüßen, Verbeugungen und hinter vorgehaltener Hand geflüsterten Worten. Doch für mich fühlte sich alles an, als hätte die Zeit eine seltsame Zähigkeit angenommen. Ich lag auf dem Ruhebett in meinem Gemach, während eine Dienerin meine Haare kämmte. Jede Strähne wurde mit Sandelholzöl behandelt, bis sie weich und glänzend fiel. Früher hätte mich diese Prozedur entspannt, doch nun schienen selbst kleine Berührungen meine Gedanken nicht beruhigen zu können.

„Eure Majestät, möchtet Ihr einen süßen Reisbrei? Er wurde mit Honig aus den inneren Gärten verfeinert", fragte eine andere Dienerin, während sie sich tief verbeugte. Ich schüttelte kaum merklich den Kopf. „Später vielleicht."

Mein Appetit war klein geworden. Nicht, weil ich mich schwach fühlte, sondern weil meine Gedanken sich unaufhörlich um all die Dinge drehten, die sich um mich herumbewegten. In der Ferne hörte ich das leise Plätschern eines Brunnens. Vögel zwitscherten, irgendwo lachte eine junge Dienerin, vielleicht eine, die noch nicht wusste, dass der Palast ein Käfig aus vergoldeten Gitterstäben war.

Ich seufzte leise und ließ mich tiefer in das Kissen sinken. Dann trat Ning ein.

„Herrin." Sie verbeugte sich knapp, doch ich sah die leichte Anspannung in ihren Schultern.

„Ning." Ich richtete mich auf. „Gibt es Neuigkeiten?"

Sie zögerte kurz, dann schüttelte sie den Kopf.

„Nicht direkt, Meiniang. Aber… Ich habe bemerkt, dass Lady Liu heute besonders lange mit der Kaiserin gesprochen hat."

Konkubine Liu. Die Frau, die mir nichts gegeben hatte außer vagen Worten und höflichem Lächeln. Ich strich mit den Fingern über die Stickerei meiner Robe.

„Und worüber haben sie gesprochen?" fragte ich ruhig.

„Ich konnte es nicht hören", gab Ning zu.

„Aber es war kein kurzer Austausch. Es schien… als hätte Lady Liu etwas von großer Bedeutung mit ihr zu besprechen."

Ich schnaubte leise. Natürlich. Liu wusste, dass ich ihre Spielchen durchschaut hatte. Also suchte sie sich nun ein neues Netz, in das sie sich sicher fallen lassen konnte. Ning trat näher und sprach leise:

„Es könnte bedeuten, dass Wang ihr bereits etwas versprochen hat."

Ich schloss kurz die Augen. Alles bewegte sich weiter, selbst wenn ich stehen blieb. Ich war müde. So müde.

„Lass uns heute nicht über Politik sprechen, Ning", sagte ich schließlich. „Bleib ein wenig hier. Ich brauche… eine Pause."

Sie musterte mich kurz, dann nickte sie und kniete sich neben das Ruhebett.

„Wie Ihr wünscht."

Der Palastgarten lag in der Dämmerung, als ich mich auf den Weg zu den Gemächern des Kaisers machte. Die Laternen entlang der gepflasterten Wege warfen lange Schatten, die sich in den schimmernden Wasserbecken spiegelten. Ein kühler Wind strich durch die Bäume, ließ die Blütenblätter der Pflaumenbäume sanft erzittern. Doch in mir tobte ein Sturm. Ich spürte die Anspannung in meinen Schultern, das unterschwellige Brodeln einer Wut, die ich nicht mehr lange unterdrücken konnte. Als ich durch die schweren Türen in seine Gemächer trat, saß Kaiser Lizhi an seinem Schreibtisch, das Gesicht im Schein einer Kerze halb im Dunkeln verborgen.

Vor ihm lagen Schriftrollen, Berichte von Beamten, doch als er mich sah, legte er die Pinsel beiseite.

„Meiniang." Seine Stimme war ruhig, fast sanft, doch ich ließ mich davon nicht täuschen. Ich trat näher.

„Warum hast du mich nicht gerufen?" Er runzelte die Stirn.

„Was meinst du?" Ich schnaubte leise, verschränkte die Arme vor der Brust.

„Seit der Geburt von Prinzessin Si hast du mich kaum besucht. Andere mögen denken, dass du beschäftigt bist, aber ich weiß, dass du dir Zeit für diejenigen nimmst, die dir wichtig sind."

Er seufzte, rieb sich über die Schläfen.

„Meiniang, nicht jetzt."

Doch das war nicht die Antwort, die ich hören wollte.

„Nicht jetzt?"

Ich trat näher, bis ich direkt vor ihm stand.

„Und wann dann? Wann wirst du aufhören, dich hinter Pflichten zu verstecken, während die Kaiserin jeden Tag neue Fäden spinnt? Glaubst du, ich sehe nicht, was passiert?"

Lizhi sah mich nun direkt an, sein Blick schärfer als zuvor.

„Und was genau siehst du?"

Ich lachte leise, bitter.

„Ich sehe, dass du mich beiseite schiebst. Dass du zulässt, dass Kaiserin Wang mich in eine Falle lockt. Sie spielt ein Spiel, und du bist entweder blind oder zu feige, um es zu durchschauen!"

Seine Augen verengten sich.

„Vorsicht, Meiniang."

„Vorsicht?" Ich spürte, wie meine Hände sich zu Fäusten ballten.

„Du sagst mir, ich soll vorsichtig sein, während du mich langsam ins Messer laufen lässt? Ich habe dir mein Leben gegeben, Lizhi! Und jetzt… jetzt behandelst du mich wie eine von vielen."

Er erhob sich abrupt, sodass sein Stuhl leicht kippte.

„Du überschreitest eine Grenze."

Ich wich nicht zurück.

„Welche Grenze, Lizhi? Die Grenze, die mich zur stummen Puppe macht? Die mich zur Dienerin einer Kaiserin degradiert, die mich vernichten will? Sag mir, ist das die Grenze, die ich nicht überschreiten darf?"

Für einen Moment herrschte zwischen uns nur angespannte Stille.

Dann sprach er, leise, gefährlich:

„Du verstehst nicht, wie schwer es ist."

Ich lachte hart auf.

„Nein. Du verstehst nicht, wie schwer es ist. Du sitzt auf dem Drachenstuhl, aber du bist nicht der Einzige, der kämpft. Ich habe alles geopfert, um hier zu sein. Und ich werde nicht zusehen, wie du es mir nimmst."

Seine Kiefermuskeln zuckten, seine Finger krallten sich in die Tischkante.

„Also was willst du, Meiniang?" fragte er schließlich.

„Dass ich die Kaiserin verstoße? Dass ich dich zur neuen Herrscherin mache?"

Mein Herz hämmerte gegen meine Brust.

„Ich will", sagte ich langsam, „dass du dich entscheidest, ob du mit mir kämpfst, oder gegen mich."

Er sagte nichts. Und das Schweigen sprach lauter als Worte.

Ich schnaubte. Ich trat einen Schritt näher, bis kaum noch Raum zwischen uns war.

„Was genau fordere ich, Lizhi? Dass du mich nicht verrätst? Dass du nicht zulässt, dass Kaiserin Wang mich zerstört? Ist das eine so unmögliche Bitte?"

Seine Kiefermuskeln zuckten.

„Du siehst die Dinge zu einfach. Der Hof ist kein Märchen, Meiniang. Ich kann nicht einfach eine Entscheidung treffen, ohne die Folgen zu bedenken."

„Folgen?" Mein Lachen war bitter. „Die Folgen davon, dass du Stärke zeigst? Die Folgen davon, dass du endlich handelst, anstatt dich von Wang und ihren Schergen kontrollieren zu lassen?"

Er rieb sich über die Stirn, als würde er versuchen, einen aufkommenden Kopfschmerz zu vertreiben.

„Du verstehst nicht, wie viele Augen auf mich gerichtet sind. Ein falscher Schritt, und die Minister…"

„Die Minister!"

Ich hob die Hände in einer resignierten Geste.

„Ja, die Minister, die Beamten, die Eunuchen, sie alle erwarten von dir, dass du ein schwacher Kaiser bleibst.

Dass du dich lenken lässt. Glaubst du, sie respektieren dich, Lizhi? Oder fürchten sie dich?"

Sein Blick wurde noch kälter.

„Meiniang…"

„Sag es mir!"

Ich spürte, wie meine Stimme lauter wurde, wie mein Herz gegen meine Rippen hämmerte.

„Fürchten sie dich? Glaubst du wirklich, dass du die Kontrolle hast?"

Er atmete tief ein, seine Hände auf den Tisch gestützt.

„Ich bin der Kaiser."

„Aber du handelst nicht wie einer." Das war der Moment, in dem sich die Spannung zwischen uns endgültig entlud. Lizhi schlug mit der Faust auf die Tischplatte, sodass die Teeschale darauf bebte.

„Und was glaubst du, wer du bist, Meiniang?"

Seine Stimme war nun scharf, schneidend.

„Bist du diejenige, die mir sagen will, wie ich zu regieren habe? Bist du es, die mein Schicksal bestimmt?"

Ich wich nicht zurück.

„Ich bin diejenige, die dir die Wahrheit sagt, Lizhi. Etwas, das offenbar sonst niemand in diesem Palast wagt."

Er starrte mich an, sein Atem ging schwer. Für einen Moment dachte ich, er würde mich anschreien, mich wegstoßen, mich bestrafen. Doch dann, ein leises Lachen. Nicht fröhlich. Nicht sanft. Sondern ein bitteres, resigniertes Lachen.

„Du bist unglaublich, Meiniang", sagte er schließlich, seine Stimme ruhiger, aber nicht weniger angespannt.

„Immer hast du gekämpft. Immer hast du mehr gewollt. Und ich…"

Er verstummte, ließ sich langsam wieder auf seinen Stuhl sinken. Ich beobachtete ihn genau. Sein Gesicht war eine Maske, doch ich kannte ihn zu gut. Ich sah die Zweifel, die Unsicherheit, den inneren Kampf.

„Warum hast du mich dann zu dir geholt?" fragte ich leise.

„Wenn du wusstest, wer ich bin. Wenn du wusstest, dass ich niemals nur eine unter vielen sein werde."

Er ließ den Kopf gegen die Rückenlehne sinken und schloss kurz die Augen.

„Weil ich nicht anders konnte."

Seine Stimme war kaum mehr als ein Flüstern.

„Du bist ein Feigling, Lizhi."

Die Worte verließen meine Lippen, bevor ich sie zurückhalten konnte.

„Du hast die Macht eines Kaisers, aber das Rückgrat eines Eunuchen."

Seine Augen weiteten sich.

„Was hast du gesagt?"

Seine Stimme war gefährlich leise, ein dunkles Grollen, das sich ankündigte wie ein nahendes Gewitter. Ich spürte, wie mein Herz raste, doch ich wich nicht zurück. „Ich sagte, du bist ein Feigling."

Ich trat noch einen Schritt näher.

„Jeden Tag lässt du zu, dass Kaiserin Wang dein eigenes Schicksal lenkt. Du bist nicht der Drache, Lizhi. Du bist ein Hund, an ihrer Leine."

„Genug!"

Er sprang auf, sein Stuhl kippte nach hinten und krachte auf den Boden. Seine Wut flammte nun offen auf, seine Fäuste geballt, seine Schultern angespannt. In seinen Augen loderte ein Feuer, das ich nur selten gesehen hatte, eines, das ihn tatsächlich wie einen Kaiser aussehen ließ. Aber es war zu spät.

„Du wagst es, mich so zu beleidigen?"

Sein Atem ging schwer.

„Ich habe dich aus der Dunkelheit geholt, Meiniang! Ich habe dich zu meiner Konkubine gemacht, dich in meine Nähe gelassen. Und das ist dein Dank?"

Ich lachte bitter.

S. 106

„Deine Nähe? Du hältst mich in einem goldenen Käfig, Lizhi. Und jetzt, wo du merkst, dass du ihn nicht mehr geschlossen halten kannst, fürchtest du dich vor dem, was ich sein könnte."

Er trat auf mich zu, unsere Gesichter waren nur noch einen Fingerbreit voneinander entfernt.

„Ich fürchte dich nicht", zischte er.

Etwas in mir riss.

Ich holte aus, und meine Hand traf mit einem schallenden Knall seine Wange. Der Raum schien für einen Moment stillzustehen.

Lizhi rührte sich nicht. Seine Wange begann sich rot zu färben, doch seine Augen… sie waren nicht nur wütend. Da war noch etwas anderes. Verwirrung. Unglaube. Ich atmete schwer, meine Hand zitterte noch von dem Schlag.

„Vielleicht solltest du mich fürchten", sagte ich schließlich leise.

Er sagte nichts.

Stattdessen hob er langsam die Hand und rieb sich über die brennende Stelle auf seiner Wange. Dann drehte er sich um.

„Geh", murmelte er nur.

Doch ich blieb stehen. Ich wusste, dass dies eine Grenze war, die wir soeben überschritten hatten. Eine, die es uns unmöglich machte, wieder dorthin zurückzukehren, wo wir einmal waren.

Einen Monat später

Ein Monat war vergangen. Ein endloser, zermürbender Monat, in dem ich für den Kaiser nicht mehr zu existieren schien. Die Tage verstrichen quälend langsam.

Währenddessen gingen Feste, Bankette und Zeremonien im Palast weiter – und ich war zu keinem einzigen eingeladen. Früher hatte Lizhi mich immer an seiner Seite gewollt, hatte meinen Geist geschätzt, meine Worte gesucht. Doch jetzt? Jetzt war ich nur noch ein Schatten in der hintersten Ecke des Harems. Mein Name wurde von keinem Hofbeamten mehr erwähnt, meine Stellung schien zu schrumpfen, als würde man mich langsam ausradieren. Es war, als hätte ich ihm nie eine Ohrfeige gegeben. Und genau das war es, was mich am meisten beunruhigte. Ich hatte mit Wut gerechnet. Mit Konsequenzen, mit einer Strafe, vielleicht sogar mit Verbannung. Doch stattdessen hatte Lizhi mich aus seiner Welt verbannt, ohne ein einziges Wort. Er war ein Kaiser. Er hatte unendliche Möglichkeiten, mir mein Leben zur Hölle zu machen. Doch stattdessen hatte er sich für das entschieden, was am schlimmsten war: Gleichgültigkeit. Ich war nicht mehr von Wert. Ich wusste, dass die anderen Frauen tuschelten.

„Meiniang hat den Zorn des Kaisers auf sich gezogen."
„Sie hat sich zu viel herausgenommen, nun wird sie fallen."
„Vielleicht wird sie bald verbannt…"
Ich saß in meinem Gemach, die Teeschale in der Hand, mein Blick auf den dampfenden grünen Tee gerichtet.
In der Ferne hörte ich Musik – ein Fest, ein weiteres Bankett, bei dem ich nicht erwünscht war.
„Meiniang …"
Ich sah auf. Meine treue Dienerin und engste Vertraute Ning stand am Rand des Raumes, ihre Miene besorgt.
„Ich habe gehört, dass sich die Kaiserin in den letzten Tagen auffällig oft in der Nähe des Kaisers aufhält", sagte sie leise.
Ich stellte die Teeschale mit einem leichten Klirren ab.
„Natürlich tut sie das", murmelte ich. Kaiserin Wang musste überglücklich sein. Ich war aus dem Spiel, und sie

hatte freien Zugang zu Lizhi. Sie musste glauben, dass ihr Sieg nun endgültig war. Lizhi mochte mich ignorieren, mich ausschließen, doch ich kannte ihn. Ich wusste, dass er mich nicht vergessen hatte.

Die privaten Gemächer der Kaiserin waren in warmes Kerzenlicht getaucht. Teeduft lag in der Luft, vermischt mit dem sanften Aroma von Sandelholz. Vor dem kunstvoll verzierten Paravent stand eine schlanke Gestalt – Huayi. Er hatte sich nicht verändert. Seine Haltung war aufrecht, sein Blick dunkel, und doch lag etwas in seinen Zügen, das ihn älter wirken ließ. Vielleicht war es der Schmerz, den er immer noch in sich trug. Auf einem mit Brokat überzogenen Stuhl saß Kaiserin Wang, anmutig, aber mit einer unterschwelligen Anspannung, die sie nur schwer verbarg. Sie betrachtete ihn mit neugierigen Augen, während sie eine kleine Tasse an ihre Lippen hob.
„Es ist lange her, Huayi," sagte sie schließlich. Ihre Stimme war weich, fast schmeichelnd, doch in ihr lag ein scharfer Unterton.
Huayi ließ sich auf ein Knie nieder und senkte den Kopf in einer angedeuteten Verbeugung.
„Eure Majestät hat mich rufen lassen."
„Das habe ich." Wang stellte die Tasse ab und betrachtete ihn.
„Weil wir ein gemeinsames Problem haben."
Huayi hob langsam den Blick.
„Meiniang."
Der Name allein reichte aus, um die Luft im Raum schwer werden zu lassen.
Wang nickte.
„Sie hat sich zu hoch hinaufgewagt. Sie glaubte, der Kaiser würde sie über mich stellen. Doch nun…"
Ein dünnes Lächeln umspielte ihre Lippen.

„Nun hat sie ihren Platz gefunden. Allein und vergessen."
Huayi erwiderte nichts. Er wusste, dass Wang ihn nicht
ohne Grund hierher bestellt hatte. Sie wusste von seiner
Vergangenheit mit Meiniang, von den Nächten, die sie einst
geteilt hatten, und den Dämonen, die sie schließlich von
ihm fortgetrieben hatten.

„Warum bin ich hier, Kaiserin?" fragte er ruhig.
Sie lehnte sich vor, ihre Finger glitten nachdenklich über
die Tischkante.

„Weil du der Einzige bist, der sie wirklich kennt. Der
Einzige, der in ihren Geist blicken konnte, in ihre Ängste."
Huayi versteifte sich unmerklich.

„Ihr überschätzt mich, Eure Majestät."

„Das tue ich nicht." Wang musterte ihn mit
durchdringenden Augen.

„Ich weiß, dass du sie geliebt hast."
Huayi presste die Lippen aufeinander. Ja, er hatte sie
geliebt. Zu sehr. So sehr, dass es ihn beinahe zerstört hatte.
Meiniang war wie Feuer gewesen – warm und verzehrend
zugleich. Doch es waren nicht nur ihre Worte oder ihr
Ehrgeiz gewesen, die ihn in ihren Bann gezogen hatten. Es
war das, was er in ihren schlaflosen Nächten gesehen hatte.
Die Angst.
Die Schatten, die sie heimsuchten.

„Ihr wollt, dass ich sie zerstöre?" fragte er leise.
Wang lächelte nicht.

„Ich will, dass du ihr Vertrauen gewinnst", sagte sie mit
einer Süße in der Stimme, die reines Gift war.

„Dass du dich ihr wieder näherst. Dass du in ihr etwas
aufwühlst, das sie vergessen wollte."
Huayi ballte die Hände zu Fäusten.

„Und dann?"

„Dann", sagte Wang langsam, „werden wir sehen, ob sie
wirklich so unzerbrechlich ist, wie sie sich gibt."

Einen Monat später

Ich saß allein in meinem Gemach, das flackernde Licht der Kerzen warf verzerrte Schatten an die Wände. Der Tee in meiner Schale war längst kalt, doch ich hatte keine Kraft, ihn auszutauschen. Schlaf war mir in den letzten Wochen fremd geworden. Ein Monat war vergangen. Ein Monat voller Schweigen, voller Demütigung. Lizhi hatte mich aus seinem Leben geschnitten, als wäre ich nie Teil davon gewesen. Keine Briefe, keine Nachrichten, keine Einladung zu den Festen, die er fast jede Nacht veranstaltete. Mein Name war aus der Luft des Palastes gelöscht worden. Und Kaiserin Wang? Ich wusste, dass sie ihre süßen Worte in Lizhis Ohr flüsterte, dass sie sich mit jedem Tag mehr als seine einzige wahre Frau inszenierte. Ihre Schwestern im Geist, ihre Verbündeten, all diese Frauen, die mich einst beneidet hatten – genossen nun meinen Fall. Ich wusste, was sie dachten. Ein leises Klopfen durchbrach die Stille. Ich hob den Kopf.

Ning trat vorsichtig ein. Ihr Blick war wachsam, fast besorgt.
„Meiniang", flüsterte sie, „es gibt jemanden, der Euch sehen will."
Ich runzelte die Stirn.
„Wer?"
Ning schien zu zögern.
„Ein alter Bekannter…"

Mein Herz setzte einen Schlag aus.
„Lasst ihn herein", sagte ich schließlich. Sie verbeugte sich und trat zur Seite. Dann trat er ein. Huayi. Meine Brust

wurde eng. Die Luft im Raum fühlte sich plötzlich schwer an. Er sah nicht aus wie der Mann, den ich in Erinnerung hatte der Mann, den ich einst geliebt hatte, den ich aus meinen Nächten verbannt hatte, weil seine bloße Anwesenheit mich an Dinge erinnerte, die ich nicht sehen wollte. Er wirkte aufrechter, ruhiger. Doch seine dunklen Augen… sie sahen mich an, als suchten sie nach etwas, das ich längst tief in mir vergraben hatte. Ich zwang mich zur Ruhe.

„Du solltest nicht hier sein", sagte ich kühl. Ein leises Lächeln huschte über seine Lippen, ein Lächeln, das mich an die Vergangenheit erinnerte, an die unzähligen Gespräche, die wir einst geführt hatten, an die Geheimnisse, die ich ihm anvertraut hatte.

„Und doch bin ich hier."

Ich hielt meinen Blick auf Huayi gerichtet, ließ mir nichts anmerken. Doch in mir regte sich etwas Unangenehmes, etwas, das ich nicht benennen wollte. Er war mir einst nahe gewesen, zu nahe. Er kannte Dinge über mich, die niemand wissen sollte. Dinge, die ich längst begraben hatte. Und doch stand er jetzt hier, in meinem Gemach, als wäre all das nie geschehen. Ich lehnte mich leicht zurück, verschränkte die Hände in meinem Schoß. „Warum bist du hier, Huayi?"

Er schloss langsam die Tür hinter sich, ohne seine Augen von mir abzuwenden.

„Ich wollte dich sehen."

Ein bitteres Lächeln legte sich auf meine Lippen.

„Nach all dieser Zeit? Nach allem, was passiert ist?"

Er trat näher, blieb einige Schritte vor mir stehen. Sein Blick war durchdringend, als versuchte er, etwas in mir zu erkennen.

„Ich habe gehört, was mit dir geschehen ist", sagte er leise.

„Dass der Kaiser dich meidet. Dass du allein bist."

Wut loderte in mir auf. Ich ließ mich nicht bemitleiden, nicht von ihm, nicht von irgendwem.

„Seit wann interessiert dich das?" fragte ich scharf.
Er atmete tief ein.
„Du weißt, dass ich dich nie vergessen habe."
Mein Herz zog sich zusammen, doch ich unterdrückte jede Regung.
„Vergessen…"
Ich ließ das Wort auf meiner Zunge rollen, schmeckte seine Bitterkeit.
„Wie bequem es für dich gewesen wäre, wenn ich dich vergessen hätte."
Er schwieg. Ich stand auf, trat näher, bis nur noch ein Atemzug zwischen uns lag. „Warum jetzt, Huayi?"
Meine Stimme war kaum mehr als ein Flüstern.
„Warum kommst du zurück, jetzt, wo ich schwach bin?"
Sein Blick wurde dunkler.
„Vielleicht, weil ich dich stärker in Erinnerung habe, als du dich selbst gerade siehst." Seine Worte trafen mich an einer Stelle, die ich nicht zeigen wollte. Ich hielt inne, rang nach Kontrolle, und schließlich trat ich zurück.
„Wenn du gekommen bist, um mich zu retten, bist du zu spät."
Ich drehte mich um, wandte ihm den Rücken zu.
„Ich brauche dich nicht."
Ein leises, spöttisches Lachen erfüllte den Raum.
„Meiniang…"
Seine Stimme war weich, aber sie trug eine Kälte in sich, die mich erschaudern ließ. „Glaubst du wirklich, dass ich gekommen bin, um dich zu retten?"
Ich drehte mich langsam zu ihm um.

Er betrachtete mich mit einem Blick, den ich nicht einordnen konnte kein Mitleid, keine Liebe, aber auch kein Hass. Es war, als würde er mich mustern, als wäre ich ein Rätsel, das er endlich zu lösen gedachte.

„Du bist nicht schwach", sagte er schließlich.

„Du bist gefährlich. Und genau das ist dein Problem."

Ich verschränkte die Arme vor der Brust.

„Ist das so?"

Er nickte.

„Du warst nie dazu bestimmt, nur eine Frau des Kaisers zu sein. Sie fürchten dich, weil sie wissen, dass du mehr willst. Und Lizhi…"

Ein bitteres Lächeln erschien auf seinen Lippen.

„Lizhi ignoriert dich nicht, weil er dich vergessen hat. Sondern weil er Angst vor dir hat." Seine Worte ließen mich erstarren.

Angst? Nein. Lizhi war wütend, vielleicht verletzt, aber Angst? Huayi trat noch einen Schritt näher, seine Stimme wurde sanfter.

„Denk doch nach, Meiniang. Warum hat er dich nicht bestraft? Warum hat er dich nicht verbannt, nicht degradiert? Er hält dich in der Schwebe, als wüsste er nicht, was er mit dir tun soll."

Er hatte recht. Lizhis Schweigen war keine Gnade. Es war ein Zeichen von Unsicherheit. Ich ließ seine Worte auf mich wirken, doch ich weigerte mich, ihm zu zeigen, dass sie mich trafen.

„Du glaubst also, du kennst mich?" fragte ich kühl. Huayi sah mich einen Moment an, als suchte er nach etwas in meinem Gesicht. Dann schüttelte er langsam den Kopf.

„Nein", sagte er ruhig.

„Nicht mehr."

Ich atmete tief durch. Er hatte recht.

Ich war nicht mehr die Frau, die ihn einst geliebt hatte. Ich war mehr.

„Was willst du von mir, Huayi?" Er zögerte, und zum ersten Mal meinte ich so etwas wie Unsicherheit in seinen Augen zu sehen.

„Ich will wissen, ob du immer noch träumst."

Meine Hände wurden eiskalt.

Die Träume. Er wusste davon. Natürlich wusste er es. Ich hatte sie ihm einst anvertraut, in einer Zeit, in der ich glaubte, er könnte mein Schutz sein. Ich biss die Zähne zusammen, hielt seinem Blick stand.

„Nein."

Huayi neigte leicht den Kopf.

„Lügnerin."

Ich wollte ihn fortschicken, wollte seine Stimme nicht mehr hören, doch ich konnte mich nicht bewegen. Er machte einen Schritt auf mich zu, seine Stimme war nun kaum mehr als ein Hauch.

„Sie kommen zurück, nicht wahr?" Ein Schauder lief mir über den Rücken.

„Hör auf."

„Du kannst sie nicht verdrängen, Meiniang. Sie sind ein Teil von dir." Ich ballte die Hände zu Fäusten. „Ich habe gelernt, sie zu kontrollieren."

„Hast du das?" Huayi lächelte traurig.

„Oder hast du dich nur an den Schmerz gewöhnt?"

Seine Worte trafen mich härter als sie sollten. Ich wollte ihn anschreien, ihm befehlen zu gehen, ihn aus meinem Leben verbannen, ein weiteres Mal. Aber ich tat nichts davon. Ich wusste, dass er recht hatte. Er trat einen Schritt zurück, ließ mir Raum.

„Ich werde nicht verschwinden, Meiniang", sagte er leise.

„Nicht dieses Mal."

Dann wandte er sich zur Tür.

Bevor er ging, hielt er noch einmal inne.

„Und vergiss nicht… Ich bin nicht der Einzige, der zurückkehrt."

Dann war er fort. Ich blieb zurück, allein mit der Vergangenheit, die sich langsam, aber unaufhaltsam, wieder in mein Leben schob.

Ich stand reglos da, als die Tür hinter Huayi ins Schloss fiel. Sein letzter Satz hallte in meinem Kopf nach wie ein Echo, das nicht verstummen wollte. Die Nachtluft strömte durch das offene Fenster, trug den Duft von Jasmin und feuchter Erde mit sich. Es sollte beruhigend sein. Aber in meinem Inneren herrschte ein Sturm. Ich trat näher ans Fenster, legte eine Hand auf das kalte Holz des Rahmens. Huayi war nicht einfach aus Sentimentalität zurückgekehrt. Er hatte einen Grund. Und dieser Grund beunruhigte mich. Ich schloss die Augen, versuchte meine Gedanken zu ordnen. Ich durfte mich nicht von ihm verunsichern lassen. Huayi war ein Geist aus einer Zeit, die ich längst hinter mir gelassen hatte. Ein Schatten, der mich immer wieder einzuholen versuchte. Aber ich war nicht mehr die naive Zhao aus meiner Kindheit. Ich war nicht mehr das Mädchen, das sich nach Schutz sehnte.

Ein leises Klopfen an der Tür ließ mich zusammenzucken. Ich blinzelte, holte tief Luft und richtete mich auf.

„Herein."

Die Tür glitt leise auf, und Eunuch Zhang trat ein. Seine Schritte waren ruhig, seine Haltung gewohnt unterwürfig, doch ich erkannte die Anspannung in seinen Schultern.

„Eure Hoheit", sagte er mit seiner sanften, aber bestimmten Stimme, „ich habe erfahren, dass Huayi euch besucht hat." Ich sah ihn an, ließ mir meine Überraschung nicht anmerken. Natürlich wusste er es. Zhang hatte Augen und

Ohren überall. Ich drehte mich ganz zu ihm um, verschränkte die Arme vor der Brust.

„Ja, das hat er."

Zhangs Gesicht blieb ausdruckslos, aber sein Blick verriet seine Besorgnis.

„Warum?" fragte er.

Ich zögerte. Sollte ich ihm alles sagen? Huayi hatte mir nichts Konkretes verraten, aber seine Worte hatten ein Unbehagen in mir ausgelöst, das ich nicht abschütteln konnte. Schließlich antwortete ich:

„Er sagte, ich sei nicht die Einzige, die sich vor etwas fürchtet."

Zhangs Miene veränderte sich kaum, doch ich bemerkte, dass seine Finger sich an seinem Ärmel verkrampften.

„Er sagte das?" Ich nickte langsam. Einen Moment lang war Stille zwischen uns. Dann trat Zhang näher und senkte die Stimme.

„Eure Hoheit… Ich habe Gerüchte gehört."

Mein Herzschlag beschleunigte sich.

„Welche Gerüchte?"

Zhangs Augen huschten zur Tür, als fürchtete er, jemand könnte lauschen. Er wartete einen Moment, dann sprach er noch leiser:

„Es heißt, die Kaiserin trifft sich heimlich mit Leuten außerhalb des Palastes. Und sie sucht nach Möglichkeiten, ihren Einfluss auf den Kaiser zu stärken."

Ich schloss kurz die Augen, atmete tief durch. Natürlich tat sie das. Ich hatte mich zu lange in meiner Isolation verkrochen, während Wang ihre Fäden spann.

„Was genau hast du gehört?" fragte ich scharf. Zhang senkte die Stimme noch weiter. „Es heißt, sie hat sich mit jemandem getroffen… Jemandem, den man schon lange für tot gehalten hat."

Mein Atem stockte. Ich richtete mich auf.

„Wer?" Zhang schüttelte kaum merklich den Kopf.
„Ich weiß es nicht genau. Aber ich werde es für euch
herausfinden."
Mein Blick bohrte sich in seinen, suchte nach Unsicherheit.
Doch Zhang blieb standhaft. Er war mir treu. Ich nickte.
„Gut. Finde es heraus. Und Zhang…"
Er wartete.
„Lass mich sofort wissen, wenn du etwas erfährst."
Er verneigte sich tief.
„Wie ihr wünscht, Eure Hoheit."
Dann drehte er sich um und verließ lautlos den Raum.

Ich blieb allein zurück, mit den Schatten, die sich um mich
verdichteten. Huayis Worte, Zhangs Warnung, alles fügte
sich zu einem Bild zusammen, das mir nicht gefiel.

Ich hatte zu lange gewartet. Ich hatte geglaubt, Lizhis Zorn
würde sich legen, dass er mich bald wieder an seiner Seite
haben wollte. Aber was, wenn er das nicht tat? Was, wenn
Kaiserin Wang in meiner Abwesenheit genug Macht
gewonnen hatte, um mich endgültig zu vernichten? Ich
musste handeln. Ich trat zurück zum Fenster, ließ den Blick
über die dunklen Palastgärten schweifen. Ich dachte an
Lizhi. An seine kalten Blicke, seine Weigerung, mich zu
sehen.

Hatte ich mich so sehr geirrt? War ich wirklich in seiner
Gunst gefallen?

Mein Herz verengte sich bei dem Gedanken. Aber nein.
Und wenn er mich wirklich loswerden wollte, hätte er es
längst getan.

Ich biss mir auf die Lippe. Nein. Er wartete. Auf den
richtigen Moment.

Oder…
Vielleicht fürchtete er sich doch vor mir? Huayi hatte es
angedeutet, und Zhang hatte es bestätigt: Ich war
gefährlich. Und ich wusste, dass ich kämpfen musste. Ich
richtete mich auf. Mit einer ruhigen Bewegung wandte ich
mich von dem Fenster ab.

Frühling 655 n. Chr.

Die Tage im Palast zogen träge dahin, während ich darauf
wartete, dass Zhang mir neue Informationen brachte. Seit
meinem letzten Treffen mit Huayi hatte ich keine ruhige
Nacht mehr gehabt. Ich fand mich immer wieder dabei,
wach zu liegen, während das Mondlicht durch die kunstvoll
geschnitzten Fensterläden fiel und gespenstische Muster auf
den Boden malte. Die Palastmauern, die einst Sicherheit
bedeuteten, kamen mir nun enger denn je vor. Ich fühlte
mich wie eine Tigerin in einem goldenen Käfig, prächtig
nach außen, doch innerlich wild und ruhelos. Ich saß an
meinem Schreibtisch, eine Tasse dampfenden Tees in der
Hand. Mein Blick fiel auf ein zierliches Elfenbeinornament,
das einst ein Geschenk von Lizhi gewesen war. Es zeigte
zwei ineinander verschlungene Drachen – ein Symbol für
Einheit und Stärke. Wie weit entfernt diese Tage nun
schienen. Ein leises Räuspern ließ mich aufsehen. Eine
Dienerin, deren Name mir nicht einfiel, kniete vor der Tür
und senkte demütig den Kopf.
„Eure Hoheit, eine Botschaft von Eunuch Zhang."
Ich richtete mich auf.
„Lies vor."
„Er bittet um ein weiteres Treffen, sobald es euch beliebt."
Ich nickte langsam. Also hatte er etwas herausgefunden.

„Sag ihm, ich erwarte ihn nach Sonnenuntergang in den inneren Gärten."

Die Dienerin verneigte sich tief und zog sich zurück. Ich schloss die Augen. Es war an der Zeit, die Schachfiguren neu zu positionieren. Ich beschloss, einen Spaziergang durch die Gärten zu machen, begleitet von einigen Dienerinnen und Wachen, um jegliche Gerüchte zu vermeiden. Das Tageslicht tat gut, aber es konnte nicht die dunklen Gedanken in meinem Inneren vertreiben. Während ich über die geschwungenen Stege ging, vorbei an den Lotusteichen, hörte ich leise Stimmen hinter mir.

„Habt ihr gehört? Eine Konkubine hat angeblich eine geheime Nachricht an den Kaiser gesendet…"

„Unsinn! Niemand würde es wagen."

„Und doch… man sagt, sie wurde nie wieder gesehen."

Gerüchte waren das Blut, das durch die Adern des Palastes floss.

Und jedes Gerücht hatte einen Funken Wahrheit. Ich blieb stehen und wandte mich zu den Frauen um.

„Wovon sprecht ihr?" fragte ich mit gespieltem Desinteresse. Die Dienerinnen erstarrten. Eine errötete und verbeugte sich hastig.

„Verzeiht, Eure Hoheit, es ist nur leeres Geschwätz."

„Nichts in diesem Palast ist jemals nur Geschwätz", sagte ich sanft, doch meine Worte ließen keine Widersprüche zu.

„Erzählt mir, was ihr gehört habt."

Nach einigem Zögern begannen sie zu sprechen. Eine Konkubine, die Lizhis Gunst verloren hatte, hatte versucht, eine verschlüsselte Nachricht an einen unbekannten Empfänger zu senden. Doch bevor die Nachricht jemals den Palast verlassen konnte, war sie spurlos verschwunden.

„Wer war sie?" fragte ich.

„Ihr Name war Lady Ruolan."

Ich erinnerte mich an sie. Sie war einst eine von Wangs engsten Vertrauten gewesen. Wenn sie verschwunden war, dann bedeutete das, dass sie etwas wusste – und dass jemand dafür gesorgt hatte, dass sie schwieg. Ein Schauer lief mir über den Rücken.

Ich setzte meinen Spaziergang fort, doch meine Gedanken blieben bei Lady Ruolan. Wenn jemand mit Verbindungen zur Kaiserin nicht sicher war, dann war niemand es. Ich erinnerte mich an meine Ankunft am Hof, damals noch als Zhao Meiniang. Ich war jung gewesen, aber nicht dumm. Ich hatte schnell gelernt, dass hinter jedem Lächeln eine Klinge verborgen lag, dass jedes höfliche Wort einen Stich bedeuten konnte. Doch es war eine Sache, zu wissen, dass Intrigen gesponnen wurden und eine andere, selbst darin verwickelt zu sein. Ich ließ mich auf einer Bank nieder und beobachtete das Wasser im Lotusteich. Die Blätter wiegten sich sanft in der Brise, als wären sie unberührt von den Dramen, die sich ringsum abspielten. Ich war nicht mehr sicher, wem ich noch trauen konnte. Einzelne Frösche quakten irgendwo im Dickicht. Eine Libelle setzte sich auf meinen Ärmel, verweilte kurz und flog dann weiter. Wie einfach es wäre, so sorglos zu sein.

Nach Sonnenuntergang schlich ich mich in den inneren Garten, begleitet nur von einer einzigen Wache, die mir treu ergeben war. Zhang wartete bereits dort, in einer dunklen Ecke, wo die Fackeln kaum Licht warfen.
„Was hast du herausgefunden?" fragte ich leise.
Zhang neigte den Kopf.
„Es gibt Beweise, dass Lady Ruolan nicht verschwunden ist, weil sie gegen den Kaiser handeln wollte."
Ich runzelte die Stirn.
„Sondern?" Er atmete tief ein.
„Sie wusste von einem Verrat, den sie nicht länger verschweigen konnte. Es gibt Hinweise darauf, dass jemand

aus den inneren Kreisen Kontakt zu Feinden außerhalb der Hauptstadt aufgenommen hat."

Ein eisiger Schauder kroch meine Wirbelsäule hinauf.

„Wer?"

Zhang zögerte.

Dann sagte er:

„Wir wissen es noch nicht genau. Aber es gibt eine Spur. Und sie führt zu jemandem, der dem Kaiser sehr nahe steht."

Mein Herz hämmerte.

„Findet es heraus", sagte ich mit dunkler Entschlossenheit.

„Ja, Eure Hoheit."

Ich drehte mich um, ließ ihn zurück in den Schatten. Ich wusste, dass diese Nacht der Anfang von etwas war. Etwas Dunklem. Etwas Unvermeidlichem.

Die Dunkelheit des Palastes hatte mich fest im Griff, doch in der Stille fand ich manchmal Antworten, die ich in der Hektik des Tages übersehen hatte. Der Palast, einst ein Ort des Glanzes und der Macht, war nun ein Netz aus Lügen und Geheimnissen, in dem niemand vollkommen sicher war. Meine Schritte hallten leise durch die Gänge. Der goldene Glanz der Lampen, die an den Wänden befestigt waren, warf flackernde Schatten auf die polierten Steinböden, die wie Spiegel die verschwommenen Umrisse der Wachen widerspiegelten. Es war spät in der Nacht, aber ich konnte den Schlaf nicht finden. Gedanken rasten in meinem Kopf wie unaufhörliche Wellen. Die letzten Tage waren ein fortwährender Tanz aus Lächeln und Schmeicheleien, begleitet von den zermürbenden, ständigen Blicken hinter den Kulissen. Niemand sagte es offen, aber ich spürte den Widerstand gegen mich. Lizhi vermied mich.

Er versank tiefer in die Umarmung der Kaiserin, und ich blieb im Schatten, ein flimmerndes Bild seiner Vergangenheit, das immer mehr verblasste. Doch es gab keinen Platz für Schwäche. Ich wusste, dass ich stärker sein musste. Die Schwäche des Palastes, die Feigheit, die in den Fluren lauerte, war mein Vorteil. Jeder Schritt, den ich tat, musste bedacht und präzise sein, während ich gleichzeitig die feinen Risse in der Fassade beobachtete, die immer deutlicher wurden. An diesem Abend zog es mich in die geheimen Ecken des Palastes, in die Teile, die für die meisten der hohen Herren und Damen unsichtbar blieben. Hier, in der Dunkelheit, fanden sich die flimmernden Lichtblicke von Informationen. Wenig wusste ich jedoch, dass dieser Abend mir mehr bringen würde als bloße Worte.

„Eure Hoheit?"
Ich drehte mich um, als ich die vertraute Stimme hörte.
„Zhang", sagte ich leise und winkte ihm zu, näher zu kommen. Der Eunuch trat aus den Schatten und kniete sich vor mir nieder. Sein Gesicht war von den flackernden Fackeln im Hintergrund nur schwach zu erkennen. Doch die Entschlossenheit in seinen Augen war unverkennbar.
„Es gibt neue Informationen", flüsterte er.
„Einige Dinge, die nicht sofort veröffentlicht werden sollten, doch die Wahrheit ist…"
Er zögerte.
„Es gibt Hinweise darauf, dass nicht nur Lady Ruolan verschwunden ist."
„Was meinst du?"
Ich trat einen Schritt näher und beugte mich vor, als meine Gedanken einen Moment lang still standen.
„Die Verschwörung… sie reicht tiefer, als wir bisher vermutet haben. Die Kaiserin ist nicht die einzige, die sich

gegen euch verschworen hat. Es gibt auch Verbündete unter den höchsten Ministerien. Es scheint, dass Lizhi seine eigene Armee an Vertrauten aufgebaut hat, die nicht nur seine Entscheidungen beeinflussen, sondern auch andere Mächte im Reich manipulieren."
Ich blinzelte.
„Was für eine Armee? Und wie viele?"
Zhang senkte seinen Blick.
„Wir haben nur die oberflächlichen Verbindungen entschlüsselt. Doch es gibt Berichte über geheime Treffen in den letzten Wochen, bei denen strategische Bewegungen innerhalb und außerhalb des Palastes diskutiert wurden. Minister Xu scheint dabei eine Schlüsselrolle zu spielen."
Minister Xu, der eng mit Kaiserin Wang verbunden war…
„Und was hat das mit mir zu tun?", fragte ich, als ein kalter Schauer mir über den Rücken lief.
„Es scheint, dass die Verschwörung darauf abzielt, euch aus dem Bild zu entfernen. Sie wissen, dass ihr eine Bedrohung darstellt."
Ich atmete tief ein und stand reglos. In meinem Kopf begannen sich die Puzzleteile zusammenzusetzen. Zhangs Worte bestätigten das, was ich bereits geahnt hatte. Lizhi war nicht der naive Kaiser, als der er sich ausgab. Und ich? Ich war eine Marionette in einem Spiel, das weit größer war, als ich mir je hätte vorstellen können.
„Was sollen wir tun?", fragte ich, meine Stimme blieb ruhig, doch der Funken der Entschlossenheit war eindeutig zu spüren.
„Es gibt einen Weg, diese Verschwörung zu entlarven. Es wird gefährlich sein. Aber ihr könntet die Oberhand gewinnen, wenn ihr die richtigen Entscheidungen trefft."
Zhang trat näher und flüsterte nun mit einem Hauch von Dringlichkeit:
„Wir müssen die Spuren verfolgen, bevor sie uns vollständig überrollen."

Die nächsten Tage vergingen in einer Mischung aus gespielter Normalität und heimlichen Treffen. Ich ließ mich bei offiziellen Veranstaltungen sehen, beobachtete aufmerksam die Bewegungen der Höflinge, während ich meine eigenen Ermittlungen vorantrieb. Jede Begegnung mit Lizhi, jede Diskussion mit Minister Xu, jede noch so unauffällige Geste der Kaiserin – all dies wurde zu einem potenziellen Hinweis, der in meinem Gedächtnis gespeichert wurde. Ich bemerkte, dass eine junge Dienerin, eine der wenigen, die mir noch höflich begegneten – nervös wirkte. Sie bewegte sich zu schnell durch die Flure, hielt den Kopf gesenkt und flüsterte mit einer anderen Magd, bevor sie hastig davonlief. Ich ließ sie gehen, doch mein Instinkt sagte mir, dass sie etwas wusste.

Ich konnte mir kein Risiko erlauben.
„Ning", sagte ich zu meiner treuen Dienerin, als sie mich abends in mein Gemach begleitete.
„Finde heraus, was diese Dienerin verbirgt. Ich möchte wissen, wem sie dient."
Ning nickte.
„Ich werde alles herausfinden, Meiniang."

In den stillen Stunden der Nacht traf ich mich erneut mit Zhang. Jede Information, jedes Detail wurde zusammengefügt, als würde ich ein zartes Netz weben.
„Sie werden bald handeln", sagte Zhang.
„Minister Xu und seine Verbündeten warten nur noch auf den richtigen Moment."
Ich nickte langsam.
„Und ich werde bereit sein."

Einige Tage später wurde ein großes Fest zu Ehren von Kaiserin Wang ausgerichtet. Ich saß an meinem zugewiesenen Platz, umgeben von der höfischen Gesellschaft. Das Lächeln auf meinem Gesicht war ruhig, doch mein Inneres war aufgewühlt. Lizhi saß auf seinem Thron, die Kaiserin an seiner Seite, und er beachtete mich nicht.

Ich spürte Blicke auf mir. Minister Xu. Konkubine An. Die Diener, die durch die Reihen huschten und leise Botschaften überbrachten. Alles war eine perfekte Inszenierung. Ich sah Lizhi an und wusste, dass er sich gegen mich gestellt hatte. Aber wenn er dachte, dass ich einfach verschwinden würde, dann kannte er mich schlecht. Das Spiel war noch lange nicht zu Ende.

Kapitel 10: Die Entscheidung

Ich saß in meinem Gemach, während die Nacht wie ein undurchdringlicher Schleier über den Palast fiel. Die Fenster waren geöffnet, doch die kühle Brise konnte die stickige Enge in meiner Brust nicht vertreiben. Mein Plan war gescheitert. Alles, was ich vorbereitet hatte, all die stillen Hoffnungen, die ich in den Schatten gesät hatte, sie waren zunichte gemacht worden. Lizhi hatte mich durchschaut. Nein – nicht er allein. Kaiserin Wang, Minister Xu, vielleicht sogar andere, von denen ich nicht einmal wusste, dass sie gegen mich arbeiteten. Ich war in eine Falle getappt, und jetzt war ich nichts weiter als eine Spielfigur, die langsam an den Rand des Brettes geschoben wurde. Plötzlich ertönte ein leises Klopfen an der Tür. Ich wusste, wer es war, bevor er sprach.

„Eure Hoheit?"

Zhang.

Ich holte tief Luft. „Tritt ein."

Der Eunuch bewegte sich mit seiner gewohnten Vorsicht in den Raum. Er war ein Schatten unter Schatten, jemand, den die meisten übersahen – und genau das machte ihn so gefährlich. „Es gibt noch eine Möglichkeit." Ich musterte ihn. Seine Stimme war ruhiger als sonst, aber seine Augen… sie waren schärfer als je zuvor. „Ich will es nicht hören." Er neigte leicht den Kopf. „Doch ihr werdet es hören müssen." Ich stand abrupt auf, meine Finger krallten sich in die Ärmel meines Gewandes. „Ich habe keine Lust auf weitere vergebliche Hoffnungen, Zhang. Kein weiteres Täuschungsmanöver, kein weiteres…"

„Es geht nicht um Hoffnung." Etwas an seiner Stimme ließ mich verstummen. „Was dann?" Zhang trat näher, bis nur noch ein Schritt zwischen uns lag. Er sprach leise, fast so,

S. 127

als fürchtete er, dass selbst die Wände lauschten. „Es gibt nur eine Möglichkeit, sich dauerhaft von euren Feinden zu befreien." Ich sagte nichts. Er hielt meinem Blick stand. „Die Kaiserin. Minister Xu. Ihre Verbündeten. Sie stehen euch im Weg. Doch was, wenn sie nicht mehr existierten?" Mein Magen zog sich zusammen.

„Du willst…" „Eine Lösung, die nicht nur ein weiteres Spiel ist, das ihr verlieren könntet", unterbrach er mich. „Ihr müsst das Spiel beenden." Ich spürte, wie mir das Blut aus dem Gesicht wich.

„Nein."

„Ihr habt keine andere Wahl."

Ich wirbelte herum und wandte ihm den Rücken zu. „Das ist Wahnsinn, Zhang. Selbst wenn ich… selbst wenn…" Ich presste die Lippen aufeinander. „Es würde auffallen. Ein einziger Fehler, und ich verliere nicht nur meine Stellung, ich verliere mein Leben."

„Nicht, wenn es perfekt geplant ist." Seine Stimme war so ruhig, so überzeugend, dass ich mich zwingen musste, ihm nicht zuzuhören.

„Ich werde diesen Vorschlag nicht einmal in Betracht ziehen."

„Dann werdet ihr fallen."

Ich schluckte schwer.

„Ich will das nicht hören."

„Aber ihr werdet es nicht vergessen können."

Ich ballte meine Hände zu Fäusten. „Verschwinde, Zhang."

Er neigte leicht den Kopf, ohne eine Spur von Emotion auf seinem Gesicht. „Wie ihr wünscht."

Ohne ein weiteres Wort verließ er den Raum.

Ich stand da, während die Dunkelheit über mich hinwegspülte, und wusste, dass er recht hatte. Ich wollte seine Worte nicht hören. Doch sie würden mich nicht mehr loslassen.

Ich saß in meinem Gemach, das Licht der flackernden Kerzen schien zu schwanken, als wäre auch es unsicher, ob es weiter brennen sollte. Der Raum war von der Stille durchzogen, die nur vom leisen Rascheln meiner Atmung und dem entfernten Murmeln der Hofdamen unterbrochen wurde. Der Moment, den Zhang mir vorgeschlagen hatte, fühlte sich immer realer an, wie ein Schatten, der mich immer tiefer in einen Abgrund zog, in dem es keinen Ausweg gab. Ich wusste nicht, wie viel Zeit vergangen war, seit Zhang den Raum verlassen hatte, aber der Gedanke an seine Worte hatte mich wie ein unsichtbares Band gefesselt. Ich war wie eine Marionette, die an den Fäden des Zweifels und der Verzweiflung hing. Ich wusste, dass ich in diesem Spiel nicht länger nur die Zuschauerin war. Ich war eine Spielerin und es war an der Zeit, zu handeln. Aber konnte ich das tun? Ich erhob mich und ging zum Fenster, blickte in die dunkle Nacht hinaus. Der Palast, der mir einst so sicher und vertraut erschien, fühlte sich jetzt wie ein fremder Ort an. Jeder Schritt, den ich tat, war begleitet von einem beunruhigenden Gefühl, als würde der Boden unter mir jederzeit nachgeben. Doch was war die Alternative? Mich zurückzuziehen und zu warten, bis ich das nächste Opfer dieses Spiels wurde? Mich weiterhin an die schwache Illusion von Macht klammern, nur um zu sehen, wie sie mit jedem Tag weiter zerrann?

Ich atmete tief ein und fühlte die kühle Nachtluft auf meiner Haut, als wollte sie mich in einen Moment der Klarheit entführen. Doch die Gedanken kehrten immer wieder zu Zhangs Vorschlag zurück. Die Kälte, die ich in mir spürte, war nicht die der Nacht. Es war eine innere Kälte, die mich verzehrte, die mich glauben ließ, dass es keinen Weg zurück mehr gab. Ich dachte an Kaiserin Wang und ihre manipulativen Lächeln, an Minister Xu und seine verborgenen Pläne. Sie waren der Kern meines Dilemmas.

Sie waren die, die immer in der Dunkelheit schlichen und in den Schatten arbeiteten, um die Fäden zu ziehen, die mein Leben bestimmten. Sie waren meine Feinde, ja. Doch was, wenn sie nicht mehr da wären? Was, wenn ich die Kontrolle über das Spiel übernehmen könnte? Das Gefühl, das ich empfand, war wie eine dunkle Wolke, die sich immer weiter in meinem Inneren ausbreitete, bis ich es nicht mehr leugnen konnte. Vielleicht gab es keinen anderen Weg. Vielleicht musste ich zu diesen Mitteln greifen, um mein Leben und meine Position zu retten.

Ich konnte nicht mehr wegsehen.

Plötzlich hörte ich ein leises Klopfen an der Tür. Es war Zhang, zurück in meinem Raum. In seinen Augen lag ein Funken der Unnachgiebigkeit. Es war der Funken eines Mannes, der wusste, dass der Moment der Entscheidung gekommen war.
„Habt ihr nachgedacht?" fragte er ruhig, ohne jede Eile in seiner Stimme. Ich nickte, auch wenn ich keine Antwort geben konnte. Es war eine Antwort, die ich längst kannte, auch wenn sie mir bitter im Munde lag. Die Antwort war, dass ich wusste, dass der Zeitpunkt gekommen war, eine Wahl zu treffen, die mich für immer verändern würde.
„Ich kann nicht zurück", murmelte ich schließlich.
„Der Moment, in dem ich mich entschieden habe, war schon längst gekommen."
Zhang schien zufrieden, doch in seinen Augen spiegelte sich auch eine unheimliche Vorahnung. „
Dann wisst ihr, was zu tun ist."
„Ich weiß es."
Es war kaum mehr als ein Flüstern, als ich die Worte aussprach. Doch sie hallten laut in meinem Inneren wider. Ich war mir sicher, dass es kein Zurück mehr gab. Die Entscheidung war gefallen, ob ich wollte oder nicht. Ich

hatte den Moment überschritten, in dem ich noch eine andere Wahl hätte treffen können. Ich stand auf und trat zu dem Tisch, auf dem das Schreiben und die Verschwörungspläne lagen, die ich in den letzten Tagen immer wieder durchgesehen hatte. Die Namen, die ich hatte streichen müssen, die Taktiken, die ich hatte entwickeln müssen – alles war vorbereitet. Alles war bereit für den nächsten Schritt. Doch als ich meine Hand auf das Papier legte, spürte ich, wie sich mein Körper gegen die Entscheidung sträubte. Es war, als würde ein unsichtbares Band mich zurückhalten, mich vor dem endgültigen Schritt warnen.

„Was tue ich nur?", fragte ich mich selbst, doch die Antwort, die ich in meinem Inneren fand, war die gleiche wie immer: Ich musste handeln. Das war der einzige Weg, um in diesem Spiel zu überleben. Ich wandte mich zu Zhang.
„Es gibt keinen anderen Weg. Wir tun es."
Zhang nickte langsam.
„Es ist der einzig mögliche Weg. Eure Feinde sind nicht nur eure Rivalen. Sie sind die, die euch zu Fall bringen werden, wenn ihr sie nicht entfernt."
Die Kälte, die ich fühlte, war jetzt allumfassend. Ich hatte die Entscheidung getroffen. Und es gab keine Rückkehr mehr. Die Falle war bereits gestellt, und ich war die, die den letzten Schritt tun musste.
Die Stunden vergingen in einer trüben Schwärze, die mich nicht losließ. In meinem Gemach war es still, aber in meinem Kopf tobte ein Sturm. Was ich tat, war nicht mehr nur ein politischer Schritt. Es war ein Bruch mit allem, was ich jemals gekannt hatte. Ein Bruch mit meiner Moral, mit meinen Prinzipien, mit allem, was mich bis hierher getragen hatte. Ich dachte an den Plan, an die Details, die Zhang mir vorgelegt hatte. Er war kalt und präzise, fast

schon klinisch. Kein Raum für Fehler. Kein Raum für Zweifel. Es war die einzige Möglichkeit, das Spiel zu gewinnen. Doch als ich darüber nachdachte, konnte ich nicht anders, als mich zu fragen, was es mit mir tun würde, wenn ich diesen Schritt wirklich wagte.

Und doch spürte ich es: Der Moment war gekommen, um die Entscheidung zu treffen. Ich musste diesen letzten Schritt tun, um nicht nur zu überleben, sondern um das Spiel zu beherrschen. Und in diesem Moment wusste ich auch, dass ich nie mehr der Mensch sein würde, der ich einmal war. Es war, als würde eine unsichtbare Mauer um mich herum wachsen, die mich von allem, was früher war, trennte. Und als ich die Türen zu diesem nächsten Kapitel aufstieß, spürte ich, wie sich mein Leben unwiderruflich veränderte.

Der Mond stand hoch am Himmel, sein silberner Glanz flutete durch das Fenster meines Gemachs und warf einen sanften, fast geisterhaften Schimmer auf den Raum. Der Palast um mich herum lag in einer schlafenden Ruhe, die nur durch das gelegentliche Knistern des Feuers im Kamin durchbrochen wurde. Die dunklen Ecken des Raumes schienen mich zu beobachten, als ob sie Geheimnisse bargen, die niemand je zu ergründen vermochte. Es war eine Nacht der Stille, eine Stille, die drückend und fast unerträglich war, als ob der Palast selbst darauf wartete, dass etwas Unaussprechliches ausgesprochen wurde. Ich saß allein vor dem Spiegel, dessen Oberfläche in der flimmernden Lichtquelle des Feuers lebendig zu werden schien. In diesem Moment betrachtete ich mich nicht nur mit den Augen einer Frau, die von der Welt geformt wurde, von den Schlägen und Prüfungen, die sie im Laufe der Jahre erlitten hatte, sondern auch mit den Augen einer Seele, die sich fragte, was das alles eigentlich bedeutete.

Wer war ich in diesem riesigen Spiel, das von Macht, Intrigen und der endlosen Jagd nach dem nächsten Schritt geprägt war? Was war der wahre Zweck all dessen, was ich tat?

Die Antwort entglitt mir wie Wasser, das durch meine Finger rann. Denn in der Stille der Nacht stellte ich mir eine Frage, die mich seit langem quälte – eine Frage, die jenseits von Macht, Politik und den Spielen derer lag, die mich umgaben.

„Was ist der Sinn des Lebens?", fragte ich mich leise, während mein Blick auf meinem eigenen Spiegelbild haftete. Es war eine Frage, die mich wie ein unsichtbares Band gefesselt hielt, die mich immer wieder in Momenten der Einsamkeit heimsuchte. Was war der wahre Zweck dieses Daseins? War es einfach nur ein ständiger Aufstieg, ein Streben nach mehr, nach größerer Macht, nach höherer Stellung? War das alles, was wir von diesem Leben erwarten sollten – und wenn ja, warum fühlte es sich dann so leer an? Die Gedanken wirbelten in meinem Kopf, schwer wie dunkle Wolken. Die ständige Jagd nach mehr hatte mich in eine Falle getrieben, aus der ich nun nicht mehr zu entkommen schien. Und doch war ich nicht die Einzige, die sich in dieser Falle wiederfand. Jeder, der in den Gängen dieses Palastes wanderte, jeder, der sich an der Macht berauschte, war ebenso gefangen – gefangen in einem Netz, das wir selbst gesponnen hatten. Doch in der Stille dieser Nacht begann ich zu erkennen, dass wir alle auch in etwas anderem gefangen waren – in der Vergänglichkeit des Lebens, das von uns allen ergriffen wurde und uns schließlich in den Tod führte. Der Tod. Ich hatte ihn oft als etwas Abstraktes betrachtet, etwas, das uns irgendwann ereilen würde, aber in meinen Gedanken hatte er nie wirklich Form angenommen. Doch heute Nacht, in dieser Stille, war der Tod nicht mehr nur ein fernes Konzept, sondern etwas, das mir in die Augen blickte. Etwas, das die ganze Welt beherrschte, selbst das, was ich getan hatte, die Entscheidungen, die ich getroffen hatte. Er war der unausweichliche Schatten, der immer hinter uns schlich und doch oft unbemerkt blieb.

Ich schloss die Augen und ließ den Gedanken zu. Was, wenn der Tod nicht das Ende war? Was, wenn das, was wir als Ende wahrnahmen, in Wirklichkeit nur ein Übergang war? Ein Übergang zu etwas, das weit über das hinausging, was wir begreifen konnten, eine Realität, die den Bereich des Bekannten überstieg. Vielleicht war der Tod nicht der Feind, den wir in ihm sahen, sondern der Torwächter zu einer anderen Welt, einer Welt, die uns die Antworten auf all die Fragen liefern könnte, die uns quälten. Die Vorstellung, dass der Tod nur ein Übergang war, fühlte sich zugleich beruhigend und beängstigend an. Wenn der Tod nur ein Übergang war, was bedeutete das für all das, was wir in unserem Leben taten? Warum strebten wir nach so viel, wenn der Tod und vielleicht auch das Leben, nur ein Moment war? Was blieb von den Kämpfen, den Siegen und Niederlagen, wenn die Zeit selbst wie Sand durch unsere Finger rann? Ich nahm einen tiefen Atemzug und ließ mich zurück in den weichen Sitz sinken. Die Fragen, die sich in meinem Inneren wirbelten, wollten keine Ruhe finden. Doch eines wusste ich: Diese Gedanken waren nicht neu. Sie hatten mich immer begleitet, auch wenn ich sie bis jetzt nie wirklich zugelassen hatte. Ich war zu sehr damit beschäftigt gewesen, das Spiel zu spielen, um über das Spiel hinauszusehen. Doch in dieser Nacht war das Spiel ein ferner Gedanke. Jetzt ging es nur noch um die Essenz, die Wahrheit, die unter all dem lag, was wir täglich taten.

„Warum fürchten wir den Tod so sehr?", fragte ich mich erneut. Was, wenn der Tod uns nicht das Ende brachte, sondern das wahre Leben? Was, wenn es nur der Beginn einer neuen Reise war, einer Reise, die unsere Augen öffnete und uns von den Ketten befreite, die wir uns selbst angelegt hatten? Ich richtete mich auf, meine Gedanken trugen mich weiter, tiefer in diese philosophische Betrachtung. Wir lebten in einer Welt, in der jeder Schritt, den wir taten, von den Konsequenzen beeinflusst wurde. Doch wie viel von unserem Leben war wirklich unser eigenes, und wie viel davon war das Ergebnis von äußeren Einflüssen, von der Gesellschaft, den Erwartungen, den Normen, die uns auferlegt wurden? Unsere Wünsche, unsere Ängste, unsere Kämpfe, waren sie wirklich unsere eigenen, oder hatten wir uns in den Erwartungen anderer Menschen verloren? Das Leben, so dachte ich, war wie ein langer Fluss, der unaufhaltsam dahinfloss. Und wir? Wir waren wie Schiffe, die uns auf diesem Fluss treiben ließen, ohne den Kurs wirklich selbst zu bestimmen. Wir kämpften gegen die Strömung, versuchten, die Richtung zu beeinflussen, aber am Ende waren wir nur ein kleiner Teil eines viel größeren Ganzen.

Was, wenn der Tod uns von diesem Fluss befreien würde? Was, wenn er uns die Möglichkeit gäbe, aus der Strömung herauszutreten und das große Bild zu sehen? Vielleicht war das der wahre Sinn des Lebens, nicht das Streben nach Macht oder Ruhm, sondern das Verständnis dessen, was jenseits von all dem lag. Vielleicht war es unsere Aufgabe, nicht gegen den Fluss zu kämpfen, sondern zu lernen, ihn zu akzeptieren und uns zu fragen, was wir von ihm lernen konnten. Ich blickte aus dem Fenster, auf das dunkle, stille Wasser des Hofs, das im Licht des Mondes glitzerte. Was war der Fluss des Lebens? Und was war der wahre Zweck unserer Reise? War es genug, einfach zu existieren, oder mussten wir etwas Größeres finden, etwas Tieferes? Der

Tod schien nicht nur das Ende, sondern auch die Möglichkeit einer neuen Perspektive zu sein. Vielleicht war der Tod nicht der Feind, sondern der Wegweiser. Vielleicht mussten wir lernen, nicht nur zu leben, sondern auch zu verstehen, was es bedeutet, wirklich zu leben. „Leben und Tod", flüsterte ich, „sind nicht Feinde. Sie sind Teile eines größeren Ganzen."

Die Gedanken flossen wie ein Strom durch meinen Kopf, unaufhaltsam, fast berauschend. Ich fühlte mich frei und doch gefangen in der Erkenntnis, dass es keine endgültige Antwort gab. Die Wahrheit war, dass das Leben niemals einfach war. Es war ein ständiger Tanz, ein Streben nach etwas, das immer einen Schritt vor uns blieb. Doch vielleicht war der wahre Frieden nicht in der Antwort auf all diese Fragen zu finden, sondern in der Akzeptanz der Tatsache, dass wir niemals alles wissen konnten. Ich schloss die Augen und ließ den Gedanken an den Tod und das Leben los. Vielleicht war das der wahre Sinn – nicht die Antwort, sondern die Reise selbst. Und solange ich atmete, war es genug.

Die Stille der Nacht umhüllte mich, und ich wusste, dass der Weg noch lang war. Doch für einen Moment fühlte sich alles, was ich tat, wie ein Teil von etwas Größerem an. Ein Teil von einem Kreislauf, der nicht mit dem Tod enden würde, sondern mit der ewigen Frage, die den Fluss des Lebens und des Universums vorantreibt. Es war der Moment der Erkenntnis, dass wir, egal wie oft wir versuchten, uns zu entziehen, niemals wirklich dem Fluss des Lebens entkommen konnten. Aber vielleicht war es genau das, was uns menschlich machte, die Fähigkeit, in den Strom zu tauchen und zu schwimmen, selbst wenn wir die Richtung nicht kannten.

Die Entscheidung war gefallen.

Kapitel 11: Nein

Die Luft war stickig. Der Duft von Räucherwerk brannte in meiner Nase, süßlich, schwer. Das flackernde Licht der Öllampe ließ die Schatten an den Wänden tanzen. Draußen herrschte Stille, eine Stille, die mich erdrückte.

Ich saß neben der Wiege und sah auf das Kind hinab. Sein kleiner Brustkorb hob und senkte sich sanft, gleichmäßig. Winzige Finger lagen entspannt auf der Seidendecke, die Lippen leicht geöffnet, als würde es von etwas Schönem träumen. Mein Herz zog sich schmerzhaft zusammen.

Ich strich mit den Fingerspitzen über seine Wange. So weich. So warm. Ich sollte nicht zögern. Aber meine Hände zitterten.

Ich wollte mich an etwas klammern, an einen Gedanken, an eine Rechtfertigung.

Doch es gab keine. Es gab nur diesen Moment, diesen unausweichlichen Abgrund, vor dem ich stand.

„Es gibt keinen anderen Weg." Diese Worte hatte ich so oft gehört, dass sie längst Teil von mir geworden waren. Sie waren das Fundament, auf dem ich mein Leben errichtet hatte. Ich hatte sie verinnerlicht, hatte nach ihnen gehandelt, hatte sie als Wahrheit akzeptiert.

Aber jetzt?

Jetzt fühlten sie sich an wie eine Lüge.

Meine Finger schlossen sich um den kleinen Hals.

Das Kind bewegte sich im Schlaf, murmelte leise, schmiegte sich an meine Berührung. Mein Griff lockerte sich für den Bruchteil einer Sekunde.

Nein.

Zögern bedeutete Schwäche.

Schwäche bedeutete Tod.

Ich drückte zu.

Das sanfte Atmen wurde zu einem Keuchen.

Kleine Hände zuckten, versuchten, sich an mir festzuhalten.
Winzige Finger krallten sich in meine Haut, als würden sie
mich um Gnade bitten.
Etwas in mir schrie.
Ich presste die Lippen zusammen, verstärkte den Druck.
Mein Herz hämmerte in meiner Brust, meine Augen
brannten, aber ich blinzelte die Tränen fort.
Ich durfte nicht weinen.
Nicht jetzt.
Nicht für das, was ich tat.
Die Bewegungen meiner Tochter wurden schwächer.
Ein letzter, verzweifelter Laut, kaum mehr als ein Hauch.
Dann … nichts mehr.
Mein Atem ging flach.
Ich ließ los.
Das kleine Gesicht war friedlich.
Ihre Arme lagen reglos auf der Seidendecke, der Mund
noch leicht geöffnet, als würde es immer noch atmen.
Aber Si atmete nicht mehr.
Ich blieb lange dort sitzen.
Die Stille lastete auf mir wie eine unbarmherzige Hand.
Mein Körper fühlte sich fremd an, meine Hände taub.

Hinter mir knackte das Holz der Tür. Ein leises, scharfes
Einatmen. Ich drehte mich langsam um.

Im Schatten des Wandschirms stand Ning. Ihr Gesicht war
bleich, die Augen weit aufgerissen, die Hand zitternd vor
den Mund gepresst.
Unser Blick traf sich.
Ich sah den Schrecken in ihren Augen.

Den Ekel. Die Fassungslosigkeit.

Und dann sah ich etwas anderes.

Angst.

Sie wusste jetzt, wozu ich fähig war.

Sie wusste, dass ich keine Grenzen mehr hatte.

Ich richtete mich auf, trat einen Schritt auf sie zu.

Sie wich nicht zurück.

Aber ich sah, wie ihr Körper spannte, wie sie den Atem anhielt.

Niemand durfte davon erfahren.

Niemand durfte mich aufhalten.

Morgen würde die Sonne aufgehen.

Und ich würde Kaiserin werden.

Kapitel 12: Und du wirst es verstehen

Sommer 633 n. Chr.

Es war ein heißer Sommermorgen, als ich, noch ein Kind, mit meiner Schwester Shun in der weitläufigen Gartenanlage unseres Anwesens spielte. Die Bäume spendeten kaum Schatten, die Erde war staubig und der Duft von getrockneten Blumen lag schwer in der Luft. Meine Schwester war immer diejenige, die mich zu Abenteuern anstiftete, auch wenn es uns beide oft in Schwierigkeiten brachte. Ich erinnere mich an ihre lachenden Augen, die immer auf Entdeckungsreise gingen, als ob sie die Welt um uns herum für uns beide erobern wollte. Shun war die Tochter von Vater Shihuo und seiner ersten Frau. Sie hatte dunkle, glänzende Augen und langes, schwarzes Haar, das in der Sonne glänzte, als ob es tausend Sterne in sich trug. Ihr Lächeln war so hell, dass es die Schatten des Gartens zu vertreiben schien. Sie war bei allem, was sie tat, mutig und selbstsicher, während ich oft in der Ecke stand und sie bewunderte. Doch heute war sie anders. Ihr Lächeln war verschwunden, ihre Augen schienen trübe, und sie sprach kaum ein Wort. Etwas war seltsam an diesem Tag, und ich konnte es nicht genau benennen. Die gewöhnliche Leichtigkeit, die unsere Spiele prägte, war fort.

„Shun, warum schaust du so traurig?", fragte ich sie, während ich neben ihr auf der steinernen Bank saß.

„Nichts", antwortete sie mit einem schwachen Lächeln, das ihre Lippen kaum berührte. „Ich fühle mich nur ein wenig müde. Ich glaube, ich sollte ins Haus gehen."
Ich nickte, ohne weiter nachzufragen, doch ein seltsames Gefühl kroch in mir hoch. Shun war niemals müde, sie war immer voller Energie und Tatendrang. Diese Veränderung war nicht zu übersehen, und es schien, als ob ein Schatten sie umhüllte, der mich selbst nicht beruhigte. Wir gingen zurück in das Innere des Hauses, doch ich bemerkte, dass sich etwas Unbehagliches in der Luft ausbreitete. Als wir den Raum betraten, empfing uns sofort eine dichte Atmosphäre. Meine Mutter, Lady Yang, saß an einem kleinen Tisch, auf dem ein silberner Teeteller stand. Sie hatte ein Lächeln auf den Lippen, aber es war keines, das ich kannte. Es war kein echtes Lächeln, sondern eines, das in den Ecken ihrer Augen zusammenbrach. „
Shun, du siehst müde aus", sagte meine Mutter mit einer Stimme, die so süß war, dass sie fast betörend wirkte. „Komm, setz dich. Ich habe etwas vorbereitet, um dich zu erfrischen."
Ich beobachtete, wie meine Schwester sich vorsichtig auf den Platz setzte und die dampfende Tasse Tees entgegennahm. Der Duft war stark, aber nicht unangenehm. Doch etwas daran schien mir nicht richtig zu sein. Es war der Tonfall meiner Mutter, ihre ungewöhnlich zuvorkommende Haltung gegenüber Shun, die mich misstrauisch machte. Ich kannte meine Mutter gut. Sie war immer hart, manchmal sogar grausam, doch heute schien sie sich in einem Zustand zu befinden, der alles, was ich von ihr kannte, verzerrte.
Shun trank den Tee, und ich saß am Rand des Raumes, die Augen auf sie gerichtet, mit einem seltsamen Knoten im Bauch. Meine Mutter war die ganze Zeit still, nur das leise Klicken der Teetasse gegen das Porzellan war zu hören. Ich

hatte das Gefühl, dass dieser Moment mehr war als nur ein gewöhnlicher Nachmittagstee. Und dann passierte es.

Shun griff sich mit beiden Händen an den Hals und begann, schwer zu atmen. Ihr Gesicht verfärbte sich von einem gesunden Rosa zu einem bedrohlichen Blau, und ihre Augen weiteten sich, als hätte sie einen tiefen Schock erlitten. Ich sprang auf, rannte zu ihr und versuchte, sie zu stützen, aber ihre Hände fielen schlaff zur Seite. Das Gefühl der Panik ergriff mich mit einem Schlag, als ich ihre Bewegungen beobachtete, die immer langsamer wurden. „Shun! Shun!", schrie ich, doch sie konnte mich nicht hören.

Meine Mutter blieb regungslos, ihre Augen blinzelten kaum, als sie uns beobachtete. Sie schien nicht überrascht, als wüsste sie schon, was geschehen würde. In diesem Moment wurde mir klar, dass sie genau wusste, was sie tat. Ein kalter Schauer lief mir den Rücken hinunter, als ich begriff, dass ich Zeugin eines Plans geworden war, eines Plans, der so eiskalt und berechnend war, dass ich mir selbst nicht sicher war, ob ich mich noch sicher fühlte.

„Was hast du getan, Mutter? Was hast du Shun angetan?", fragte ich, die Angst und die Wut vermischten sich in meiner Stimme.

Sie stand langsam auf, als hätte sie die ganze Zeit darauf gewartet, dass dieser Moment eintrat. Ihre Bewegungen waren ruhig, kontrolliert – fast als ob sie sich selbst im Spiegel betrachtete und eine Rolle spielte, die sie perfekt beherrschte.

„Sie ist nicht deine Schwester, Zhao", sagte sie leise, ihre Stimme war eine Mischung aus sanfter Zuneigung und kühler Wahrheit. „Sie ist das Kind von Shihuo und seiner ersten Frau. Du musst verstehen, dass sie nie wirklich zu uns gehörte."

Ich starrte sie an, als wäre sie ein Fremder. Ihre Worte durchbrachen etwas in mir, das ich bis dahin nicht bemerkt hatte. War Shun wirklich so wenig wert in den Augen meiner Mutter? War sie tatsächlich eine Bedrohung, nur weil sie nicht ihre Tochter war?

„Du hast sie vergiftet", flüsterte ich, während der Schmerz in meiner Brust immer größer wurde. „Warum? Warum hast du das getan?"

„Weil sie eine Erinnerung ist", sagte meine Mutter, ihre Augen nun fest und unnachgiebig. „Eine Erinnerung an Shihuo, an seine erste Frau. Sie wird uns immer an das erinnern, was wir nicht haben. Du verstehst das noch nicht, Zhao, aber du wirst es eines Tages begreifen. Wir können nicht zulassen, dass etwas uns zerstört. Sie ist der Beweis, dass Shihuo nie ganz von seiner ersten Frau loslassen konnte."

Ich hatte keine Worte mehr. Tränen stiegen in meine Augen, doch ich konnte sie nicht weinen lassen. Meine Welt war erschüttert worden, das Fundament, auf dem ich mein Leben aufgebaut hatte, begann zu bröckeln. In diesem Moment, als ich auf den leblosen Körper meiner Schwester blickte, wusste ich, dass ich in eine dunkle Welt eingetreten war. Eine Welt, in der kein Platz für Unschuld, für Zuneigung oder gar für Liebe war. In dieser Welt gab es nur Macht, und alles, was dem Wohl der eigenen Herrschaft schadete, musste zerstört werden. „Sie ist tot, Mutter", sagte ich, die Worte verhallten wie ein Echo in der Stille des Raumes. „Du hast sie getötet."

„Und du wirst es verstehen", antwortete sie kalt, „auch du wirst verstehen, dass es notwendig war."

Frühling 655 n. Chr.

Ich hätte niemals dort sein sollen. Die Luft war schwer, fast erdrückend. Die Kerzen in der Kammer warfen verzerrte Schatten, als wollten sie die Wahrheit selbst verbergen. Aber nichts konnte das verbergen, was direkt vor mir lag. Meiniang saß da, reglos, mit etwas in ihren Armen, das so klein war, dass es kaum zu existieren schien. Und doch war es alles.

Die kleine Prinzessin war tot. Ich wollte schreien. Mein Verstand weigerte sich, es zu akzeptieren, doch meine Augen hatten es gesehen. Meiniang hatte es getan.

Ein Laut entkam meinen Lippen, nicht ganz ein Schrei, nicht ganz ein Keuchen, aber genug, dass sie mich hörte. Sie hob den Kopf. Unsere Blicke trafen sich. Ich sah etwas in ihren Augen, das ich nicht verstand. Keine Reue. Keine Panik. Nur Stille. Dann bewegte sie sich. „Ning", flüsterte sie. Ich stolperte zurück. Mein Herz raste, meine Gedanken wirbelten chaotisch durcheinander.

Nein. Nein, nein, nein. Ich musste hier raus. Ich drehte mich um und rannte. Der Korridor schien endlos. Ich rannte so schnell ich konnte, meine Füße schlugen auf den kalten Steinboden, meine Lungen brannten. Hinter mir, Schritte. Nicht hastig. Nicht panisch. Entschlossen. Ich rannte schneller. Links. Dann rechts. Durch einen Vorhang, vorbei an einem steinernen Pfeiler. Mein Herz hämmerte, meine Beine schmerzten. Ich musste es schaffen. Ich musste irgendjemanden finden, irgendjemanden…

Ein harter Griff riss mich zurück. Ich stolperte, fiel fast, aber sie hielt mich fest. „Ning, bleib stehen", sagte Meiniang ruhig. Ich kämpfte gegen ihren Griff, trat nach ihr, schlug um mich, aber sie war stärker, fester.

„Lass mich los!", keuchte ich.

„Bitte, Ning", sagte sie leise. „Ich kann dich nicht gehen lassen."

Panik ergriff mich.

„Du kannst mich nicht aufhalten! Ich werde es jedem sagen!"

Ihre Augen verengten sich.

„Nein. Das wirst du nicht."

Mein Blut gefror. Ich riss mich los, stolperte rückwärts, suchte verzweifelt nach einem Ausweg. Die Welt drehte sich. Mein Atem wurde unkontrollierbar. Ich fühlte mich wie ein Tier, das in die Enge getrieben wurde.

„Meiniang…", flüsterte ich.

Sie kam näher. Langsam. „Es tut mir leid, Ning." Ich drehte mich um und wollte gerade vortrennen, ein letztes Mal.

Doch dann, ein plötzlicher Schmerz. Ein scharfes, kaltes Gefühl in meinem Bauch. Ich keuchte auf. Meine Knie gaben nach. Ich fiel. Meiniang fing mich auf, als würde sie mich wiegen.

„Shhh", flüsterte sie. Ich versuchte, Luft zu holen, aber es wurde schwer. Mein Körper fühlte sich an, als würde er zerfallen. Die Welt begann zu verschwimmen. Langsam, ganz langsam, wurde alles leiser. Ich spürte, wie mein Geist sich löste, wie ich leichter wurde, als ob ich nicht mehr an diesen Körper gebunden war.

Und dann, sah ich mich selbst.

Ich sah, wie Meiniang mich hielt, sah die Leere, die in meinen Augen aufstieg.

Ich sah mein Ende.

Und doch fühlte ich keinen Schmerz mehr.

Alles, was ich verspürte war endlose Zufriedenheit.

Kapitel 13: Bedauert Ihr es?

Mein Atem ging flach, gleichmäßig. Mein Herzschlag war schnell, aber nicht außer Kontrolle. Der Korridor um mich herum schien still zu stehen, als ob selbst die Mauern den Atem anhielten, als ob selbst die Schatten Angst davor hatten, sich zu bewegen. Die Zeit hatte sich aufgelöst, nur der Augenblick zählte. Ein Augenblick, den niemand rückgängig machen konnte. Ning lag in meinen Armen, ihr Körper erschlaffte langsam, als würde sie in einen tiefen Schlaf sinken. Ihre Augen waren noch offen, der Ausdruck in ihnen eine Mischung aus Unglauben, Schmerz und… war es Verrat? Ich zwang mich, nicht hinzusehen. Ich durfte nicht nachdenken. Nicht jetzt. Blut klebte an meinen Fingern, warm und feucht. Ich konnte das Eisen darin riechen, es spürte sich an, als wäre es ein Teil von mir geworden. Ein Teil meiner Haut, meiner Existenz. Mein Kleid war durchtränkt von der Nässe, aber das spielte keine Rolle mehr. Langsam, mit der Sanftheit einer Mutter, legte ich Ning auf den kalten Boden des Korridors. Ihr Kopf fiel leicht zur Seite, ihr Haar breitete sich um sie aus wie ein dunkler Schleier. Ihre Lippen waren leicht geöffnet, als hätte sie mir noch etwas sagen wollen. Vielleicht eine Bitte. Vielleicht einen Fluch. Doch sie würde nie wieder sprechen. Ich kniete neben ihr, meine Hände auf meinen Schenkeln. Ich beobachtete sie. Wartete. Doch nichts geschah. Die Stille war endgültig. Ein tiefer Atemzug füllte meine Lungen. Ich schloss für einen Moment die Augen. Es war vorbei. Aber warum fühlte es sich nicht wie ein Sieg an?

Die Luft im Korridor war stickig, als hätte der Raum all das Grauen, das sich in ihm abgespielt hatte, in sich aufgesogen. Ich konnte noch immer meinen eigenen Herzschlag in meinen Ohren hören. Oder war es Nings letzter Herzschlag, der durch meine Gedanken geisterte? Ich beugte mich über sie. Ihre Haut begann bereits, sich kalt anzufühlen. Ihre Wimpern zuckten nicht mehr. Ich fragte mich, ob sie mich noch hören konnte. Ob irgendein Teil von ihr noch an diesem Ort war. Oder war sie bereits fort? Hinübergegangen in eine Welt, in der ich sie nicht mehr erreichen konnte? Ein Zittern lief durch meine Finger. Ich zwang mich, aufzustehen. Mein Körper fühlte sich schwer an, als hätte er das Gewicht der Schuld auf sich geladen. Aber das war es nicht. Nein. Es war etwas anderes. Etwas Dunkleres. Ich hatte etwas hinter mir gelassen. Etwas, das ich nie wieder zurückbekommen würde. Und doch… es musste sein.

Ich hörte Schritte in der Ferne. Stimmen, die näher kamen. Meine Sinne kehrten mit einem Ruck zurück. Ich konnte es mir nicht leisten, sentimental zu werden. Nicht jetzt. Ich betrachtete Nings Körper ein letztes Mal, dann glitt mein Blick zum Schatten an der Wand. Ich musste schnell handeln. Mit einer geübten Bewegung zog ich das Tuch, das ich in den Falten meines Ärmels verborgen hatte, und wischte meine Hände ab. Das Blut verschwand nicht ganz. Es würde Zeit brauchen, bis der Fleck auf meiner Haut verblasste. Falls er das jemals tun würde. Meine Augen huschten durch den Korridor. Ich kannte diesen Palast besser als jeder andere. Ich wusste, wo die dunklen Winkel waren, wo das Mondlicht nicht hinreichte. Ich wusste, wie man sich lautlos bewegte. Ich trat zurück, verschwand in den Schatten, genau in dem Moment, als zwei Eunuchen um die Ecke bogen. Ihr leises Gespräch verstummte, als sie

Nings reglosen Körper auf dem Boden entdeckten. Einer von ihnen schrie auf.

Ich blieb stehen, beobachtete.
„Götter…", flüsterte einer.
„Ruf den Arzt!", befahl der andere panisch. Sie hatten keine Ahnung, dass es keinen Zweck hatte. Niemand konnte Ning zurückholen. Ich drehte mich um und verschwand lautlos in der Dunkelheit des Palastes. Als ich in meine Gemächer zurückkehrte, war ich allein. Die Dienerinnen waren fortgeschickt. Die Kerzen flackerten, warfen zuckende Schatten an die Wände. Ich trat zum Spiegel, musterte mich selbst. Mein Gesicht war unberührt, ruhig. Keine Tränen. Keine Wut. Nur Stille. Aber in meinen Augen… Etwas war anders. Etwas war verschwunden. Oder hatte sich verändert? Ich beugte mich näher zum Spiegel, suchte nach einem Anzeichen, dass ich noch dieselbe Frau war, die ich heute Morgen gewesen war. Aber alles, was ich sah, war eine Fremde. Mein Blick glitt zu meinen Händen. Trotz des Wassers, mit dem ich sie gewaschen hatte, bildete sich eine feine Linie getrockneten Blutes unter meinen Nägeln. Ich hob eine Hand und strich mir eine Strähne aus dem Gesicht. Die Bewegung war mechanisch, wie die einer Puppe.
„Es musste sein", flüsterte ich mir selbst zu. Die Worte klangen hohl.

Die Nacht verging. Ich schlief nicht. Am nächsten Morgen kam Eunuch Zhang zu mir. Seine Augen waren schmal, berechnend, als er sich vor mir verbeugte.
„Eure Majestät", sagte er ruhig.
Ich sah ihn an. Mein Gesicht verriet nichts.
„Darf ich Euch eine Frage stellen?"
„Sprich."
„Bedauert Ihr es?"

Ich betrachtete ihn lange. Dann richtete ich mich auf, trat ans Fenster. Draußen färbte sich der Himmel golden. Ein neuer Tag begann.

„Bedauern ist ein Luxus", sagte ich schließlich. „Den ich mir nicht leisten kann."

Zhang schwieg einen Moment. Dann nickte er langsam. „Ich verstehe."

Er verschwand lautlos aus dem Raum.

Ich blieb allein zurück. Meine Tochter würde in die Geschichtsbücher gehen. Die Prinzessin, welche von der Kaiserin Wang eiskalt ermordet worden ist. Jedoch würde sich niemand lange an Ning erinnern. Ihr Name würde in Vergessenheit geraten, ihr Leben zu einer Fußnote werden. Doch ich würde sie nicht vergessen. Denn jedes Mal, wenn ich in den Spiegel sah, wusste ich: Ein Teil von mir war mit ihr gestorben. Ein Teil von mir würde immer in jenem dunklen Korridor stehen, neben einem leblosen Körper, mit blutverschmierten Fingern.

Die Gerüchte verbreiteten sich wie ein Lauffeuer. Ich musste nichts tun, der Hof erledigte es für mich. Flüstern in den Gängen. Gedämpfte Stimmen in den Gärten. Gesenkte Blicke, wenn Kaiserin Wang vorbeiging. Die Nachricht hatte sich schneller verbreitet, als ich erwartet hatte: Kaiserin Wang hat Prinzessin Si getötet. Niemand wusste, wie genau es geschehen war, doch das spielte keine Rolle. Was zählte, war das Misstrauen, das in den Herzen der Menschen Wurzeln schlug. Selbst der Kaiser schien von einem dunklen Schatten umhüllt, wenn er über den Hof schritt. Ich hatte ihn seit Wochen nicht mehr persönlich gesehen, aber ich wusste, dass die Zweifel an seiner Frau an ihm nagten. Kaiserin Wang versuchte, ihre Fassung zu wahren. Sie erschien bei Festen, sprach mit ihren Dienerinnen, lachte in den Gärten. Doch ich konnte sehen, wie ihre Hände zitterten, wenn sie einen Kelch hob. Sie wusste, dass die Schlinge sich zuzog. Zhang hatte mich bereits über ihre Versuche informiert, sich zu verteidigen. Sie ließ ihre Vertrauten aussenden, um für sie zu sprechen, um die Gerüchte zu ersticken, doch es war zu spät. Der Kaiser hörte ihr nicht mehr zu. Er sah sie an und sah eine Mörderin. Ich konnte es kaum erwarten, ihr ins Gesicht zu sehen, wenn ihr letztes bisschen Hoffnung erlosch. Es war nur eine Frage der Zeit.

Die kaiserliche Residenz war in Unruhe. Die Hofdamen trauten sich kaum, lauter als ein Flüstern zu sprechen. Diener schlichen umher, als könnten sie mit einem falschen Schritt in den Abgrund fallen. Das Zentrum dieses Chaos war Kaiserin Wang. Sie saß auf einem kunstvoll verzierten Stuhl in ihrem Gemach, umgeben von Seide, Goldstickereien und den Überresten ihrer einstigen Macht. Ihre dunklen Augen huschten ruhelos durch den Raum. Ihre einst makellose Haltung hatte an Eleganz verloren, ihre Schultern waren angespannt, ihr Atem ging unregeläßig. „Das sind Lügen!", zischte sie und schlug mit der Faust auf den Tisch. Der Teebecher vor ihr wackelte bedrohlich, kippte und verschüttete seinen Inhalt über das edle Holz. „Er kann mir nicht den Rücken zukehren! Ich bin die Kaiserin!"
Vor ihr kniete eine junge Dienerin, die sich kaum traute, den Kopf zu heben.
„Eure Majestät... der Kaiser hat das Frühstück mit Euch verweigert..."
Wangs Miene verhärtete sich.
„Er verweigert es? Zum ersten Mal seit Jahren ignoriert er mich vollständig, und Ihr glaubt, ich soll das einfach hinnehmen?"
Die Dienerin wagte es nicht zu antworten. Wang erhob sich ruckartig, trat zum Fenster und blickte hinaus auf die Palastgärten. Sie konnte die Eunuchen flüstern sehen,

konnte spüren, wie ihre einstige Welt unter ihren Füßen zu bröckeln begann. Das durfte nicht geschehen.

„Ich werde mit ihm sprechen", verkündete sie, ihre Stimme schwankend zwischen Wut und Verzweiflung. „Er muss mir zuhören."

Doch als sie wenig später vor der Tür zu den Gemächern des Kaisers stand, wurde ihr der Zugang verwehrt.

„Seine Majestät ruht", sagte einer der Wächter.

„Er ruht?" Wangs Augen funkelten vor Zorn. „Öffnet die Tür! Ich bin die Kaiserin!"

Der Wächter hielt ihrem Blick stand.

„Verzeiht, Eure Majestät, aber der Kaiser hat angeordnet, dass Ihr nicht gestört werden dürft."

Ein eiskalter Schauer lief Wang über den Rücken. Das war es also. Es war offiziell. Sie war nicht länger die Frau an seiner Seite, sie war eine Außenseiterin geworden. Eine Verdächtige. Wang trat einen Schritt zurück. Ihr Herz hämmerte in ihrer Brust. Das durfte nicht sein. Das konnte nicht sein.

„Er glaubt es also wirklich", murmelte sie und drehte sich langsam um. Während sie durch die leeren Korridore zurückging, spürte sie die Blicke. Sie spürte, wie ihre Diener ihr aus dem Weg gingen. Wie einst loyale Freundinnen sich nicht mehr trauten, ihr direkt in die Augen zu sehen. Die Welt hatte sich gegen sie gewendet.

Die Tage vergingen. Die Situation spitzte sich zu. Hofbeamte begannen, sich leise von Wang zu distanzieren. Höflinge, die einst an ihrem Tisch speisten, sprachen nicht mehr mit ihr. Selbst ihre eigene Familie war machtlos, sie zu schützen. Und dann kam der Moment, den ich erwartet hatte. Eines Morgens, noch bevor die Sonne den Himmel

S. 152

richtig erhellte, wurde Wang in den Thronsaal gerufen. Der Kaiser saß auf seinem Platz, sein Blick kühl und distanziert. An seiner Seite standen Berater, Eunuchen und Konkubinen und ich.

Ich trug ein schlichtes, dunkles Gewand, meine schwarzen Haare waren kunstvoll hochgesteckt. Ich hielt meinen Blick gesenkt, als wäre ich nur eine besorgte Frau, die die Wahrheit erfahren wollte. Doch in meinem Inneren glühte eine kalte Zufriedenheit. Wang trat vor. Sie war blass, doch sie bemühte sich, aufrecht zu stehen.

„Euer Majestät", begann sie, ihre Stimme gefasst, aber mit einem Hauch von Panik, „ich wurde gerufen. Was ist geschehen?"

Der Kaiser betrachtete sie lange. Schließlich sprach er.

„Es gibt schwerwiegende Anschuldigungen gegen dich, Wang."

Ein ersticktes Keuchen war im Raum zu hören. Ein Flüstern ging durch die Menge. „Welche… Anschuldigungen?", fragte Wang mit zittriger Stimme.

„Man sagt, du hättest meine Tochter ermordet." Ein schweres Schweigen lag in der Luft. Wangs Lippen bebten.

„Das ist eine Lüge! Ihr könnt mir nicht ernsthaft unterstellen"

„Und doch sind die Gerüchte überall." Seine Stimme war schneidend.

„Bringt sie weg."

Wang schrie, kämpfte, doch es war sinnlos. Ich senkte den Kopf, verbarg mein Lächeln. Denn das Reich hatte seine Kaiserin verloren. Und ich wusste, wer ihre Nachfolgerin sein würde.

Herbst 655 n. Chr.

Fast ein halbes Jahr war vergangen. Ein Jahr voller Intrigen, geschickter Schachzüge und unerbittlicher Konsequenzen. Nun stand ich hier, an der Schwelle zur endgültigen Macht. Mein Herz schlug ruhig, kontrolliert, als ich mein Spiegelbild betrachtete. Das schwere, mit goldenen Drachen verzierte Gewand umschmeichelte meine Schultern, mein Haar war mit kunstvollen Haarnadeln geschmückt, und das Rot meiner Lippen wirkte wie ein Versprechen. Heute würde ich Kaiserin werden. Draußen waren die Straßen von Luoyang erfüllt mit Trommeln und dem Klang von Flöten. Menschen versammelten sich in den Gassen, um einen Blick auf die Prozession zu erhaschen. Sie jubelten, manche aus Freude, andere aus Angst. Die Gerüchte über meine Machenschaften kursierten, doch es spielte keine Rolle mehr. Ich hatte gewonnen. Als die Diener mir halfen, meine Robe zurechtzuzupfen, trat Zhang ein. Er neigte respektvoll das Haupt.
„Alles ist vorbereitet, Eure Majestät."
Majestät. Das Wort klang süß in meinen Ohren. Ich wandte mich um, nickte kaum merklich.
„Wie ist seine Stimmung?"
„Der Kaiser ist… nachdenklich. Aber er wird tun, was getan werden muss."
Zhangs Stimme verriet keine Emotion. Er hatte mich all die Jahre begleitet, hatte meine dunkelsten Seiten gesehen und war dennoch geblieben. Ich lächelte leicht.
„Dann lass uns keine Zeit verlieren."

Die Zeremonie war überwältigend. Ich schritt durch die Haupthalle des Palastes, meine Schritte waren bedächtig, würdevoll. Auf beiden Seiten knieten Höflinge, Beamte und Adlige. Manche flüsterten, manche wagten nicht einmal, mich anzusehen. Kaiser Lizhi saß bereits auf dem goldenen Thron. Sein Blick war unergründlich, doch in seinen dunklen Augen sah ich etwas, das er zu verbergen versuchte, Unsicherheit. Er hatte mich begehrt, hatte mich geliebt, doch er wusste, dass er mich nicht kontrollieren konnte. Nicht mehr. Ich kniete vor ihm nieder, so wie es die Tradition verlangte. Der Zeremonienmeister trat nach vorne und rezitierte in feierlichem Ton:

„Die Konkubine Wu Meiniang wird zur Gemahlin Seiner Majestät erhoben und heißt ab dem heutigen Tag Kaiserin Wu Zhao. Möge sie weise regieren und das Reich mit ihrer Tugend erhellen." Tugend. Wie ironisch.

Der Kaiser stand auf, nahm die kaiserliche Krone, ein schweres, mit Perlen und Juwelen besetztes Meisterwerk – und setzte sie mir selbst auf das Haupt. In diesem Moment spürte ich, wie sich das Gewicht nicht nur auf meinem Kopf, sondern in meiner Seele niederließ. Dies war der Höhepunkt meiner Rache, der Höhepunkt meines Schicksals. Ich hob den Kopf und sah Lizhi direkt in die Augen. Für einen flüchtigen Moment lag ein Ausdruck von Angst auf seinem Gesicht. Vielleicht wusste er es nun endgültig, er hatte nicht einfach eine Frau geheiratet. Er hatte eine Kaiserin erschaffen.

Das Bankett zog sich in die Nacht hinein. Die Höflinge tranken, lachten, gratulierten mir mit gekünsteltem Lächeln. Ich nahm es mit Genugtuung hin. Sie alle wussten, dass ich nicht so leicht zu durchschauen war. Ich saß nun an der Seite des Kaisers, auf einem eigenen Thron, umgeben von Gold und Macht. Ich nahm einen Schluck aus meinem Kelch und beobachtete die Feierlichkeiten. Meine Augen wanderten zu Zhang, der im Hintergrund stand. Er war stets mein Schatten gewesen, mein geduldiger Berater. Ich wusste, dass er sich fragte, was mein nächster Schritt sein würde. Plötzlich trat eine Gestalt näher. Es war eine der Hofdamen – eine, die früher Kaiserin Wang gedient hatte. Sie kniete nieder und senkte den Blick.

„Eure Majestät… möge das Glück stets an Eurer Seite sein."

Ich betrachtete sie mit kühlem Interesse. Ich erinnerte mich an ihr Gesicht, an die Art, wie sie Wang ergeben gewesen war. Doch jetzt verneigte sie sich vor mir, weil sie keine Wahl hatte.

„Steh auf", sagte ich sanft. Sie zögerte und gehorchte dann. „Ich danke Euch, Majestät."

Ihre Stimme bebte leicht. Ich erkannte Furcht darin. Und vielleicht auch etwas anderes. Groll? Ich nahm eine Lotusblüte aus einer goldenen Schale neben mir und reichte sie ihr. „Ein Zeichen der Erneuerung. Lass die Vergangenheit ruhen."

Sie senkte erneut den Kopf.

„Ja, Eure Majestät." Doch ich wusste, dass die Vergangenheit niemals ruhte. Nicht für mich. Nicht für sie.

Später in jener Nacht, als das Fest sich dem Ende neigte, trat Lizhi an meine Seite. Seine Finger strichen über den Rand seines Kelches, seine Miene nachdenklich. „Du hast es geschafft", murmelte er schließlich. Ich hob eine Braue. „Das hast du auch." Er lachte leise, doch es klang nicht glücklich. „Manchmal frage ich mich, ob ich die richtige Wahl getroffen habe." Ich lehnte mich näher zu ihm. „Es gab nie eine Wahl, Lizhi." Seine Augen trafen meine, und für einen Moment lag da nur Stille zwischen uns. Eine unausgesprochene Wahrheit. Er hatte mich zur Kaiserin gemacht. Und er wusste, dass er mich nie wieder loswerden würde.

Frühling 638 n. Chr.

„Ning", begann ich nach einer langen, angenehmen Stille. „Hattest du jemals eine erste Liebe?" Sie blinzelte überrascht und drehte den Kopf zu mir. In ihren dunklen Augen lag für einen Moment eine Melancholie, die ich nicht von ihr kannte. Sie lachte leise, aber es war kein glückliches Lachen. „Eine unerwartete Frage, Meiniang." „Warum unerwartet?" Ich zog meine Knie an mich heran und stützte mein Kinn auf meine Arme. „Wir sprechen so oft über Politik, über den Hof, über Macht. Aber nie über das, was wirklich in unseren Herzen war." Ning senkte den Blick. „Vielleicht, weil die Vergangenheit manchmal schmerzhafter ist als die Gegenwart." „Also gab es jemanden." Ich lächelte sie sanft an. „Erzähl es mir." Sie schwieg eine Weile, als würde sie mit sich selbst ringen, dann atmete sie tief durch. „Es war, als ich noch sehr jung war. Er war ein junger Gelehrter aus einer angesehenen Familie, klug, wortgewandt. Er schrieb Gedichte über den Mond, über den Fluss, über den Wind in den Bäumen." Ich schloss die Augen und stellte mir vor, wie Ning als junges Mädchen dastand, während ein eleganter, gebildeter Mann ihr Gedichte vortrug. „Und du hast ihn geliebt?" „Ich dachte, ich hätte es", flüsterte sie. „Aber Liebe… ist oft eine Illusion." Ich sah sie neugierig an. „Was ist geschehen?" Ning sah auf ihre Hände. „Seine Familie hielt mich für nicht standesgemäß. Ich war nur die Tochter eines kleinen Beamten. Und am Hof zählt nicht, was man fühlt, sondern was man vorzeigen kann." Ich spürte eine Welle von Mitleid in mir aufsteigen. „Hat er sich von dir abgewandt?" Sie lächelte bitter. „Nein, er war mutig. Er wollte sich gegen seine Familie stellen. Er sagte, er würde für mich kämpfen." „Und?" „Sein Vater ließ ihn fortschicken. In eine ferne Provinz, unter dem Vorwand einer wichtigen diplomatischen Aufgabe." Sie atmete tief durch. „Wir schrieben uns Briefe. Doch mit der Zeit wurden seine Antworten seltener. Und irgendwann... kamen keine mehr." Ich legte meine Hand auf ihre. „Er hat dich vergessen?"

„Vielleicht." Ihr Blick war auf das Wasser gerichtet. „Oder vielleicht hat er gelernt, in seinem neuen Leben ohne mich weiterzumachen." Die Nacht war still, nur das Zirpen der Grillen durchbrach die Dunkelheit. Ich wusste nicht, was ich sagen sollte. Ning war immer die Starke gewesen, die Unerschütterliche. Doch nun saß sie hier neben mir, eine Erinnerung an eine verlorene Liebe in ihrem Herzen. „Und du, Meiniang?", fragte sie schließlich und drehte den Spieß um. „Hattest du jemals eine erste Liebe?" Ich lachte leise. „Wenn man es so nennen kann." „Erzähl mir davon." Ich lehnte mich zurück und blickte zum Himmel. „Es war nicht wirklich Liebe. Nur eine Schwärmerei. Ich war ein junges Mädchen und er war ein Krieger, stark und unerschütterlich. Er hatte Narben, die von Schlachten erzählten, und eine Stimme, die klang wie Donner über den Bergen." Ning lächelte. „Das klingt nach einer romantischen Vorstellung." „Es war eine naive Vorstellung." Ich lachte bitter. „Ich war fasziniert von seiner Wildheit. Von der Freiheit, die er verkörperte. Aber er sah mich nicht wirklich. Ich war nur ein Kind für ihn." „Und was geschah mit ihm?" Ich schwieg einen Moment. „Er fiel in einer Schlacht." Ning drückte meine Hand. „Es scheint, dass weder du noch ich das Glück hatten, unsere erste Liebe zu behalten." Ich zuckte mit den Schultern.

„Vielleicht war es nie für uns bestimmt. Vielleicht war unsere Bestimmung eine andere." Sie nickte langsam. „Vielleicht."

Kapitel 14: Zhao

Der Palast war in Dunkelheit gehüllt, und doch schien er nach der Hochzeit noch zu atmen. Der Duft von verbranntem Sandelholz lag in der Luft, vermischt mit den Resten von Räucherwerk, das am Abend angezündet worden war. Die Gänge, die vor Stunden noch voller Stimmen und Gelächter gewesen waren, lagen nun still da. Diener hatten sich in die Schatten zurückgezogen, und einzig das leise Knarren des Holzbodens unter meinen Füßen war zu hören. Ich stand in den kaiserlichen Gemächern, wo der Kaiser auf mich wartete. Mein Gewand war schwer von goldbestickter Seide, das dunkle Rot der Robe ein Symbol für Glück, Leidenschaft und Blut. Die Stickereien zeigten Drachen und Phönixe, Symbole, die Macht und Wiedergeburt versprachen. Doch ich fühlte mich weder neu geboren noch besonders mächtig. Ich fühlte nur das Gewicht dieses Moments, der sich unausweichlich anfühlte. Lizhi war bereits in seinem Inneren Gemach, saß auf dem kunstvoll verzierten Bett, während sein Blick irgendwo im Halbdunkel verweilte. Der Kerzenschein warf flackernde Schatten auf sein Gesicht. Er sah nicht aus wie ein Kaiser, nicht wie der Herrscher eines riesigen Reiches, der eben erst eine neue Kaiserin geehelicht hatte. Er sah aus wie ein Mann, der sich fragte, was nun kommen würde. Ich trat näher. „Lizhi." Er wandte den Kopf zu mir, blinzelte, als hätte er nicht erwartet, dass ich schon da war. Dann musterte er mich. Seine dunklen Augen glitten über die kunstvollen Stickereien meines Kleides, über den schweren Kopfschmuck in meinen Haaren. „Zhao", sagte er leise. Es klang fremd auf seinen Lippen. „Sag es noch einmal", flüsterte ich. Er zögerte. „Zhao." Ich lächelte leicht, aber in mir zog sich etwas zusammen. Ich wusste, dass es für ihn nicht leicht war, mich so zu nennen. Es war nicht nur ein neuer Name, es war eine neue Identität. Ich war nicht mehr Meiniang, nicht mehr das Mädchen, das er einst kannte. Ich war seine Kaiserin, seine Mitverschwörerin, seine Gefährtin, aber auch seine Rivalin. „Es fühlt sich noch ungewohnt an, nicht wahr?" Er strich sich durch das Haar, ein seltener Moment der Ehrlichkeit auf seinem Gesicht. „Es fühlt sich an, als hätte ich etwas verloren." Ich trat näher, bis ich nur noch einen Schritt von ihm entfernt stand. „Und hast du es?" Er hob den Blick zu mir. Lange sagte er nichts. Dann schüttelte er kaum merklich den Kopf. „Nein", murmelte er schließlich. Er ließ sich nach hinten sinken, die schweren Ärmel seines Gewandes rutschten zurück, als er sich auf das Bett stützte. Ich beobachtete ihn. Die Art, wie sein Brustkorb sich langsam hob und senkte, wie das Spiel aus Licht und Schatten über sein Gesicht glitt. „Es ist seltsam", sagte er leise. „Wir haben so lange darauf hingearbeitet. Intrigen, Opfer… und doch fühlt es sich nicht an wie ein Sieg." Ich setzte mich neben ihn, berührte den Stoff seines Ärmels mit meinen Fingern. „Weil es keiner ist." Er wandte den Kopf zu mir. „Und was ist es dann?" Ich legte meine Finger an seine Wange, strich sanft über seine Haut. „Ein weiterer Schritt." Ein leises Lächeln umspielte seine Lippen. „Und wohin führt der nächste?" Ich ließ meine Hand an seinem Gesicht verweilen, spürte die Wärme seiner Haut. „Dorthin, wo ich Kaiserin über alles bin, was du siehst." Er lachte leise, aber es klang nicht spöttisch. Es klang… müde. „Du bist unersättlich." Ich beugte mich zu ihm hinab, sodass unsere Gesichter nur noch einen Hauch voneinander entfernt waren. „Hast du jemals etwas anderes erwartet?" Seine dunklen Augen musterten mich, suchten nach etwas, nach Zweifel, nach Zögern. Aber da war nichts. Nur Gewissheit. Ich küsste ihn. Seine Lippen schmeckten nach süßem Wein und etwas

Herbem, vielleicht die Kräuter, die er gegen Kopfschmerzen nahm. Seine Hände fanden meine Taille, hielten mich fester, als wäre ich das Einzige, woran er sich in diesem Moment klammern konnte. Lizhi war nie ein sanfter Mann gewesen. Doch in dieser Nacht, in diesem Moment, lag in seinen Berührungen eine seltsame Ehrlichkeit. Er löste sich kurz von mir, musterte mich mit einem Ausdruck, den ich nicht sofort deuten konnte. „Was ist es?" fragte ich leise. Er strich mir eine Haarsträhne aus dem Gesicht. „Ich frage mich, wie du dich in diesem Moment wirklich fühlst." Ich blinzelte. „Wie ich mich fühle?" Er nickte. „Du bist nicht nur meine Kaiserin, du bist eine Frau, die alles verloren und alles gewonnen hat. Sag mir, bist du glücklich?" Seine Frage traf mich unerwartet. War ich glücklich? Ich hatte den höchsten Rang erreicht, den eine Frau haben konnte. Ich hatte alle Hindernisse beseitigt. Ich hatte Kaiserin Wang gestürzt, meine Feinde ausgeschaltet. Ich saß nun an seiner Seite, nicht mehr im Schatten, sondern im Licht. Und doch… Ich spürte, wie sich meine Kehle zusammenzog. „Ich habe, was ich wollte", sagte ich schließlich. Er ließ die Worte auf sich wirken, seine Finger strichen sanft über meinen Handrücken. „Das war nicht meine Frage." Ich erwiderte seinen Blick, suchte nach einer Antwort, die ich ihm geben konnte. Einer Antwort, die nicht gelogen war. Doch bevor ich eine finden konnte, zog er mich erneut an sich. Dieses Mal war es nicht nur ein Kuss. Dieses Mal war es eine endgültige Besiegelung. Ich spürte seine Hände, die sich in meine Seide krallten, seine Finger, die über meine Haut strichen, als würde er mich neu kennenlernen wollen. Es war kein hastiges Verlangen, sondern eine langsame, unausweichliche Bewegung. Ein Tanz, in dem wir beide wussten, dass es kein Zurück mehr gab. Er legte mich zurück auf die seidene Bettdecke, und für einen Moment beobachtete er mich, als wollte er sich diesen Anblick einprägen.

Sommer 656 n. Chr.

Die Nacht war still. Nur das leise Knarren der Fensterläden, das entfernte Rascheln der Diener und der sanfte Atem des Neugeborenen in meinen Armen füllten den Raum. Xian lag ruhig, in feine Seide gehüllt, seine winzigen Hände zu Fäusten geballt. Sein kleines Gesicht wirkte vollkommen friedlich, als wüsste er nichts von der Schwere der Welt, in die er geboren worden war. Ich fuhr vorsichtig mit den Fingerspitzen über seine Wange. Seine Haut war warm, weich, so zerbrechlich. Ein neues Leben, das mir gehörte. Und doch... Ein eisiger Schauer kroch meine Wirbelsäule hinauf. Si. Das Bild meiner Tochter flackerte vor meinen Augen auf, so real, dass es mich den Atem kostete. Die Erinnerungen trafen mich mit brutaler Wucht: Ihr kleines Lächeln, die Art, wie sie ihre winzigen Arme nach mir ausstreckte, ihr leises, glucksendes Lachen. Ein Kind, das mich liebte, mir vertraute ein Kind, das ich geopfert hatte. Ein bitterer Geschmack legte sich auf meine Zunge. Xian war mein Sohn. Ein neues Kind. Eine neue Chance. Aber konnte ein Leben je das andere ersetzen? Mein Blick verschleierte sich. Ich blinzelte, zwang mich, ruhig zu atmen. Nein. Ich durfte nicht so denken. Ich hatte mich für meine Zukunft entschieden und für seine.

Plötzlich öffnete sich die Tür einen Spalt breit. Ich drehte meinen Kopf zur Seite, bereit, jeden Eindringling abzuweisen. Doch es war Zhang. Sein Blick war ernst. Ein Schatten lag über seinem Gesicht.

„Majestät", sagte er mit leiser Stimme, „ich habe eine Nachricht, die Ihr sofort erfahren müsst."

Ich spürte, wie sich mein Nacken anspannte.

„Sprich."

Zhang trat näher, musterte kurz das Kind in meinen Armen und neigte dann leicht den Kopf.

„Euer Sohn", sagte er langsam. „Prinz Hong… ist zurück."

Mein Herz setzte für einen Moment aus. Hong. Ich starrte Zhang an, als hätte ich mich verhört.

„Zurück?" Meine eigene Stimme klang mir fremd in den Ohren.

Zhang nickte.

„Er wurde heute Morgen in die Stadt gebracht. Man hat ihn sicher zurückgeführt."

Mein Griff um Xian wurde unwillkürlich fester. Mein Sohn. Der Sohn, den ich einst fortgeben musste. Der Sohn, den ich verlor.

Und nun… war er zurück. Ich spürte, wie meine Gedanken taumelten. Der Raum schien enger zu werden, die Luft dicker. Ich musste ihn sehen. Ich musste wissen, ob er mich wiedererkannte. Ob er mich hasste. Oder ob ich ihn noch einmal für mich gewinnen konnte. Ich atmete tief durch und richtete mich mühsam auf. Mein Körper war noch schwach, doch mein Wille war stark.

„Ich will ihn sehen", sagte ich schließlich mit fester Stimme.

Zhang verneigte sich.

„Ich werde es veranlassen, Eure Majestät." Während er den Raum verließ, spürte ich, wie mein Herz ungleichmäßig schlug. Zwei Söhne. Einer neu geboren. Einer aus der Vergangenheit zurückgekehrt.

Es dauerte nicht lange. Die Diener führten Hong leise durch die Seitengänge, weit weg von neugierigen Blicken. Ich richtete mich mühsam auf, als sich die Tür öffnete. Und dann sah ich ihn. Er war gewachsen. Natürlich war er das. Er war nicht mehr das Kind, das ich damals fortgeben musste. Sein Blick war wachsam, misstrauisch. Ich wusste nicht, was ich erwartet hatte. Er erkannte mich nicht sofort. Und dann… Sein Blick veränderte sich. Er sah mich an. Ein Herzschlag lang war nur Stille. Dann trat er näher. Seine Bewegungen waren vorsichtig, fast zögernd.

„Hong", sagte ich leise. Mein eigener Name aus seinem Mund fühlte sich wie eine fremde Sprache an. Ich streckte eine Hand nach ihm aus. Er zögerte. Dann, langsam, legte er seine kleine Hand in meine. Ich spürte die Wärme seiner Haut. Und wusste, dass nichts mehr sein würde wie früher.

Kapitel 15: Der Tee

670 n. Chr.

Der Palast war in tiefes, goldenes Licht getaucht, als ich auf der Veranda meines Gemachs stand. Von hier aus konnte ich die Gärten überblicken, in denen Hong, mein ältester Sohn, lachend zwischen den Bäumen spielte. Das sanfte Lächeln, das ich aufsetzte, verbarg die Müdigkeit in meinen Augen. In letzter Zeit fühlte ich mich oft schwach. Die Schwindelanfälle, die mich heimsuchten, kamen unerwartet, ein plötzlicher Taumel, ein dumpfer Druck in meinem Kopf, als würde etwas in meinem Inneren zerbrechen. Doch ich sagte niemandem etwas. Ein Kaiser war stark. Ein Kaiser zeigte keine Schwäche.

„Vater!"
Hongs Stimme durchbrach meine Gedanken. Der Junge rannte zu mir, seine kleinen Füße trugen ihn mit einer Begeisterung, die ich bewunderte. Ich kniete mich nieder und öffnete die Arme, um ihn aufzufangen. Als ich ihn hochhob, spürte ich es wieder, eine Sekunde lang drehte sich die Welt. Ein Schwindel, der kam und ging, als würde eine unsichtbare Hand an meinem Bewusstsein rütteln. Doch ich blinzelte es fort und lächelte.
„Mein Sohn, du bist ja ganz außer Atem. Was hast du getrieben?"
Hong lachte, seine dunklen Augen funkelten.
„Ich habe mit den anderen Kindern Verstecken gespielt! Aber niemand kann mich schlagen!"
Ich lachte leise und strich ihm über das Haar.
„Natürlich nicht. Du bist schließlich mein Sohn."

Ich war stolz auf ihn. Hong war klug, mutig und voller Leben, genau das, was ein künftiger Herrscher sein sollte. Doch tief in meinem Inneren wusste ich, dass ich nicht ewig hier sein würde, um ihn zu lehren. Das Gefühl der Endlichkeit war neu für mich. Ich richtete mich auf, während Hong sich an meinem Gewand klammerte. Gerade als ich losgehen wollte, stolperte ich leicht. Nur für einen Moment. Aber es reichte.

„Vater?", fragte Hong besorgt und blickte zu mir auf. Ich zwang mich zu einem Lächeln. „Es ist nichts. Ich bin nur müde." Hong runzelte die Stirn, als hätte er das Gefühl, dass ich nicht die Wahrheit sagte. Später in jener Nacht lag ich auf meinem Ruhebett, den Blick auf die Decke gerichtet. Mein Körper fühlte sich schwer an, als würde er tiefer in die Seide meines Bettes sinken. Ein Flüstern in meinem Inneren sagte mir, dass etwas nicht stimmte.

Die Schwindelanfälle hatten vor zehn Jahren begonnen, doch in letzter Zeit waren sie häufiger geworden. Manchmal überkam mich eine plötzliche Erschöpfung, als würde mein Körper langsam gegen mich arbeiten. War es das Alter? Ich war erst Mitte vierzig, doch es fühlte sich an, als würde die Zeit mich auszehren. Oder war es etwas anderes? Ein kalter Gedanke drängte sich mir auf, aber ich verdrängte ihn sofort. Die Tage vergingen, und mein Zustand verschlechterte sich. Ich konnte es nicht erklären, an manchen Tagen fühlte ich mich stark, an anderen so schwach, dass ich kaum die Stufen zum Thronsaal hinaufsteigen konnte.

„Eure Majestät, Ihr wirkt müde", sagte einer der Hofärzte besorgt.

„Unsinn", antwortete ich und winkte ab. „Ich brauche nur Ruhe."

Doch tief in meinem Inneren wusste ich, dass Ruhe nichts ändern würde.

Es war Hong, der mich in einer stillen Nacht an der Schwelle meines Schlafzimmers aufsuchte.

„Vater?", flüsterte der Junge.

Ich richtete mich mühsam auf.

„Was ist los, mein Sohn?"

Hong zögerte, trat näher und griff nach meiner Hand.

„Ich will nicht, dass du krank bist."

Ich blinzelte überrascht.

„Ich bin nicht krank." Hong sah mich lange an, als würde er nach einer Wahrheit suchen, die ich nicht aussprechen wollte. „Ich habe gehört, wie die Diener flüsterten", sagte Hong leise. „Sie sagen, du bist nicht mehr der Mann, der du warst."

Ich schluckte. Mein eigener Sohn spürte es. Ich zog Hong sanft an mich und hielt ihn fest. „Egal, was passiert, du bist mein Erbe. Vergiss das nie." Hong schloss die Augen und lehnte sich an mich.

Ich spüre es, Tag für Tag. Etwas nagt an mir, langsam, unaufhaltsam. Es begann vor Jahren, ein leises Unwohlsein, das ich ignorierte. Kopfschmerzen, die kamen und gingen. Eine Schwere in den Gliedern, die mich manchmal länger als gewöhnlich an mein Bett fesselte. Ich schob es auf den Stress, die Last der Herrschaft, die Verantwortung, die auf meinen Schultern ruhte. Jeden Morgen, wenn ich erwache, fühlt sich mein Körper fremder an. Es ist, als würde ich langsam zerfallen, als würde mein eigenes Blut sich gegen mich wenden.

Ich bin der Kaiser von China. Und doch fühle ich mich schwächer als je zuvor. Ich sehe ihn jeden Tag, den Becher mit Tee, der mir gereicht wird. Die Diener verneigen sich, ihre Bewegungen sind fließend, routiniert. Ich trinke, weil ich trinken muss. Doch der Geschmack ist anders als früher. Bitterer. Schwerer. Ich will es nicht wahrhaben. Ich kann es mir nicht leisten, misstrauisch zu sein. Und doch brennt der Gedanke in mir: Werde ich langsam vergiftet? Die Vorstellung ist absurd. Wer würde es wagen? Zhao ist an meiner Seite, wie sie es immer war. Ihre Stimme ist sanft, wenn sie mit mir spricht, ihre Hände sind warm, wenn sie nach mir greift. Und doch… wenn ich in ihre Augen blicke, sehe ich etwas, das ich nicht deuten kann. Mitleid? Oder Triumph? Ich weiß es nicht mehr.

Jeden Abend kommt Hong zu mir.

„Vater, wirst du bald wieder gesund?" Ich will ihm sagen, dass alles gut wird. Dass ich stark bin, dass ich nicht sterben werde. Doch meine Worte bleiben mir im Hals stecken. Hong ist klug. Er sieht, was alle anderen mir verschweigen. Er sieht meine Schwäche.

„Du bist nicht mehr wie früher", flüstert er.
„Ich merke es." Ich atme tief durch, zwinge mich zu einem Lächeln.
„Mein Sohn, du musst dir keine Sorgen machen."
Seine Finger klammern sich an meinen Ärmel.
„Versprich es mir, Vater."
Ich streiche über sein Haar.
„Ich verspreche es." Es ist eine Lüge. Und ich hasse mich dafür.

Es ist ein Tag wie jeder andere. Ich erhebe mich, kleide mich, bereite mich auf eine Versammlung vor. Die Minister erwarten mich. Der Hof erwartet mich. Ich setze einen Fuß vor den anderen, spüre den kühlen Boden unter mir. Dann… Ein Stich in meinem Kopf. Die Welt kippt. Ich will mich aufrichten, will meine Fassung wahren, doch meine Beine versagen. Ich höre Rufe, spüre Hände, die nach mir greifen. Doch alles, was ich wirklich wahrnehme, ist die kalte Härte des Bodens unter mir. Dunkelheit umhüllt mich. Und in meinem letzten klaren Gedanken frage ich mich: War es wirklich Schicksal? Oder hat jemand nachgeholfen?

Ich erwache in meinem Gemach. Die Luft ist still, schwer, als würde sie auf meiner Brust lasten. Ein fahler Lichtstrahl fällt durch die halb geöffneten Fensterläden, der Duft von Kräutern und Medizin hängt in der Luft. Mein Körper fühlt sich fremd an, als wäre ich nicht mehr ganz ich selbst.
„Vater?" Die Stimme ist leise, fast ängstlich. Ich drehe meinen Kopf und sehe Hong neben meinem Bett stehen. Sein Gesicht ist blass, seine Augen ernst.
„Du bist endlich wach."
Ich versuche zu lächeln, doch meine Lippen fühlen sich schwer an.
„Natürlich bin ich wach. Warum so besorgt?"
Hong zögert. Dann spricht er mit leiser Stimme:
„Es war Mutter."
Ich runzle die Stirn.
„Was meinst du damit?"
Er atmet tief durch.
„Du warst nicht krank, Vater. Du wirst vergiftet." Ich blinzele. Vergiftet? Von Zhao? Der Gedanke ist absurd.
„Du bist noch ein Kind", sage ich sanft.
„Aber ich bin nicht dumm!" Seine Stimme wird lauter.
„Ich sehe es doch! Mutter gibt dir jeden Tag Tee, und jedes Mal geht es dir danach schlechter!" Ich will widersprechen. Ich will ihm sagen, dass Zhao meine Frau ist, meine Kaiserin. Dass sie mich liebt. Aber ein Schatten legt sich über mein Herz.
„Vielleicht sind es nur die Kräuter", murmele ich. Hong schüttelt den Kopf.

„Warum trinkt sie dann nicht denselben Tee?" Ich schlucke. Diesen Gedanken hatte ich mir nie erlaubt.

„Mutter will mich nicht tot sehen", sage ich, mehr zu mir selbst als zu ihm. „Sie hat keinen Grund dazu."

„Bist du dir sicher?" Hongs Stimme ist ein Flüstern. Ich bin mir nicht sicher. Und das erschüttert mich mehr als alles andere. Ich versuche, mich aufzurichten, doch mein Körper ist schwach. Ein Zittern läuft durch meine Arme, als ich mich auf den Ellbogen stütze. Hong streckt die Hand aus, als wollte er mich stützen, doch ich hebe die Hand und schüttele leicht den Kopf.

„Vater…" Seine Stimme ist leise, voller Sorge. Ich zwinge mich zu einem Lächeln.

„Du brauchst dir keine Sorgen zu machen." Er sieht mich an, als wüsste er, dass ich lüge. „Mutter will nur dein Bestes."

„Dann soll sie den Tee selbst trinken", flüstert er. Ich wende den Blick ab.

Die Nacht vergeht in einem fieberhaften Dämmerzustand. Ich schlafe, wache auf, falle zurück in den Schlaf. Träume vermischen sich mit Erinnerungen, Stimmen hallen durch meinen Geist. Als ich am Morgen erwache, sitzt Zhao an meinem Bett. Ihre Finger streichen sanft über meinen Handrücken.

„Wie fühlst du dich?" Ihre Stimme ist weich, und für einen Moment frage ich mich, wie ich jemals an ihr zweifeln konnte.

„Besser", sage ich, obwohl es eine Lüge ist. Sie lächelt, doch ihre Augen verraten etwas anderes.

„Du solltest deinen Tee trinken." Sie greift nach der Porzellanschale auf dem Tablett neben mir. Ich spüre Hongs Blick. Mein Herz schlägt schneller.

„Später" murmele ich und drehe den Kopf weg. Ich bilde mir das Zittern in ihren Fingern nur ein, oder? Ein leises Lächeln huscht über ihre Lippen, doch es erreicht ihre Augen nicht.

„Natürlich, mein Geliebter. Später."

Hong verlässt meinen Gemach nicht. Ich sehe, wie er Zhao beobachtet, wie er jede ihrer Bewegungen mit Argwohn verfolgt. Er hat ihre Liebe einst mit kindlicher Hingabe angenommen, jetzt steht er zwischen uns wie ein Schatten. „Ich werde dich nicht verlieren", flüstert sie mir zu, als wir allein sind. Ich will ihr glauben. Ich will nicht glauben, dass die Frau, die ich so sehr geliebt habe, mir den Tod bringt. Aber ich weiß nicht mehr, was wahr ist. Und was bereits vergiftet wurde.

675 n. Chr.

Der Regen prasselte gegen die Palastmauern, als wäre der Himmel selbst in Trauer. In der Dunkelheit des Hofes standen die Bäume regungslos, ihre Zweige schienen sich in den Wind zu krümmen, als könnten sie die Schreie hören, die bald verstummen würden. Ich saß in meinem Gemach, die Kerzen flackerten im Luftzug. Mein Herz pochte langsam, gleichmäßig, wie es immer tat, wenn ich eine Entscheidung traf, die nicht rückgängig zu machen war. Ich hatte Hong einst in meinen Armen gehalten, sein Lächeln gesehen, seine ersten Worte gehört. Doch nun war er nicht mehr mein Sohn. Er war eine Bedrohung. Er hatte begonnen, Fragen zu stellen. Und er hatte aufgehört, mir zu glauben.

Die letzten Wochen waren von einer Kälte durchzogen gewesen, die nichts mit dem Wetter zu tun hatte. Hong mied mich, er sprach nur das Nötigste mit mir, und wenn ich in seine Augen sah, erkannte ich dort keine kindliche Bewunderung mehr, nur Zweifel. Er hatte mit dem Kaiser gesprochen. Ich wusste es. Lizhi, mein geliebter Lizhi, glaubte ihm noch nicht. Doch Zweifel waren wie Risse in einer Porzellanvase, einmal da, wuchsen sie, bis alles zerbrach. Ich durfte nicht zulassen, dass Hong weiter sprach. Nicht mit seinem Vater. Nicht mit irgendwem. Und so tat ich das, was ich immer tat. Ich entfernte die Bedrohung.

Zhang trat in mein Gemach, sein Gesicht ausdruckslos wie immer.
„Es muss geschehen", sagte ich leise. Er verbeugte sich. Keine Fragen. Keine Zweifel. Ich wusste, dass Hong vorsichtig war. Er traute mir nicht mehr. Ich konnte ihm kein vergiftetes Essen servieren oder einen „Unfall" geschehen lassen, nein, das wäre zu durchschaubar. Es musste eine Geschichte sein, die der Hof akzeptieren konnte. Eine Geschichte, die Hong zum Täter machte.
„Es wird wie ein Selbstmord aussehen", sagte Zhang ruhig. Ein gefälschter Brief würde gefunden werden, voller Worte, die ein verzweifelter junger Mann geschrieben haben könnte. Über seine Einsamkeit. Sein Wunsch Kaiser zu werden. Seine Schuldgefühle den eigenen Vater vergiftet zu haben. Niemand würde es infrage stellen. Ich nickte langsam. „Tu es heute Nacht."

Der Palast schlief, als Zhangs Schatten durch die Korridore glitt. Hong hatte sich in seinen Gemächern eingeschlossen, als könnte er die Welt aussperren. Doch vor Zhangs Klinge gab es keinen Schutz. Es dauerte nicht lange. Kein Kampf.

Kein Geschrei. Nur ein ersticktes Keuchen. Und dann Stille. Als der Morgen dämmerte, war mein Sohn tot. Und die Welt glaubte, er habe es selbst getan.

Ich trat in den Raum, als wäre ich eine trauernde Mutter. Der Kaiser hielt den Brief in den Händen, seine Finger zitterten.

„Warum…?" flüsterte er. Ich legte meine Hand auf seine. „Er hat sich allein gefühlt und sich sehnlichst Macht gewünscht", flüsterte ich. „Wir haben es nicht gesehen. Und nun ist es zu spät."

Lizhi presste die Augen zu. Ich wusste, dass der Schmerz ihn brechen würde. Doch das war der Preis, den ich bereit war zu zahlen. Für meine Sicherheit. Für meine Macht. Ich trat zurück, mein Blick glitt zu Hongs lebloser Gestalt. Und für einen Moment glaubte ich, dass seine toten Augen mich anklagend ansahen.

Der Regen prasselte in einem unaufhörlichen Rhythmus gegen die geschmückten Dachziegel des Palastes. Er hatte am Morgen eingesetzt und seitdem nicht aufgehört, als ob der Himmel selbst um meinen Sohn trauerte. Die dichten, grauen Wolken lagen schwer über der verborgenen Welt hinter den Mauern, und das eintönige Trommeln des Wassers gegen Stein schien das Schweigen der Menschen nur noch lauter zu machen. Im Inneren der kaiserlichen Gemächer lag die Luft schwer. Ein scharfer Geruch von Räucherwerk vermischte sich mit der feuchten Kühle, die durch die offenen Türen hereinwehte. Hong lag vor uns, eingehüllt in weiße Seide. Sein Körper war schmal, seine Gesichtszüge friedlich. Zum ersten Mal seit Langem sah er aus, als würde er schlafen, als könnte er jederzeit die Augen öffnen und uns mit seinem sanften Blick ansehen. Doch ich wusste, dass das niemals geschehen würde. Ich stand neben

Lizhi, der schweigend in den hölzernen Stuhl gesunken war. Seine Hände lagen schlaff in seinem Schoß, und sein Blick haftete regungslos an der kleinen, zusammengerollten Schriftrolle in seinen Fingern. Der angebliche Abschiedsbrief. Seine Schultern waren gesenkt, sein Rücken gekrümmt, als hätte ihn das Gewicht dieser Wahrheit über Nacht um Jahrzehnte altern lassen. Es war das erste Mal, dass ich ihn so sah. Ich kannte Lizhi als einen Mann von sanftem Wesen, aber auch als einen Mann, der gelernt hatte, seine Gefühle zu verbergen. Doch jetzt? Jetzt war da nichts mehr, was er verstecken konnte. Der Schmerz hatte ihn überrollt und zurückgelassen wie ein leeres Gefäß. Ich konnte fast hören, wie seine Gedanken in seinem Kopf kreisten, wie er versuchte, eine Erklärung für das Unerklärliche zu finden. Endlich brach er das Schweigen.

„Warum hat er das getan?" Seine Stimme klang hohl, als käme sie aus weiter Ferne. Ich sah zu ihm hinüber, suchte nach einer Spur von Wut, nach Zweifel,nach irgendetwas, das mich verraten könnte. Aber in seinen Augen lag nichts als Leere.

„Er fühlte sich allein", flüsterte ich schließlich, meine Worte sanft und von gespielter Trauer getragen. „Er wollte mehr wie elterliche Liebe."

Ich legte meine Hand sanft auf seine.

„Manchmal reicht Liebe nicht."

Seine Finger zuckten leicht, als ob er sich an meiner Berührung festhalten wollte, als könnte meine Nähe ihn vor dem zerbrechenden Chaos in seinem Kopf retten. Doch nichts konnte ihn retten. Ich hatte dafür gesorgt.

Die Nachricht von Hongs Tod verbreitete sich im Palast mit einer Geschwindigkeit, die mich fast amüsierte. Die Höflinge waren geübt im Verbreiten von Gerüchten, doch dieses Mal gab es nicht viel Raum für Zweifel. Der Abschiedsbrief war perfekt. Jede Zeile war mit Bedacht gewählt, jeder Satz trug die Handschrift eines verzweifelten jungen Mannes, der in der erdrückenden Welt des kaiserlichen Hofes keine Luft mehr zum Atmen fand. Die Worte hatten Hong zu einem tragischen Opfer gemacht, einem Prinzen, der seinen Vater stürzen wollte. Es war eine Geschichte, die jeder glaubte. Denn es war eine Geschichte, die jeder glauben wollte. Niemand wollte sich vorstellen, dass der kaiserliche Hof selbst den Jungen getötet hatte. Dass Machtgier und Intrigen ihn in den Tod getrieben hatten. Niemand ahnte, dass ich es gewesen war. Ich sah, wie die Minister sich vor dem Kaiser verneigten, wie die Konkubinen ihre Gesichter hinter weiten Ärmeln verbargen, während sie weinten. Und während sie in ihren sorgsam einstudierten Trauerritualen gefangen waren, stand ich ruhig neben Lizhi und beobachtete. Ich beobachtete, wie der Kaiser in seiner Schuld versank. Ich beobachtete, wie die Welt den Jungen betrauerte, den ich geopfert hatte. Ich beobachtete, wie die Wahrheit unter der Oberfläche verschwand. Genau so, wie ich es geplant hatte.

Die Nacht war längst hereingebrochen, als ich mich durch die dunklen Gänge des Palastes bewegte. Der Regen hatte nachgelassen, doch die Luft war noch immer von Feuchtigkeit durchtränkt. Ich trat in den Raum, in dem Hong lag. Die Diener hatten sich zurückgezogen, wie ich es befohlen hatte. Die Kerzen flackerten, warfen lange, zitternde Schatten an die Wände.

Langsam trat ich näher. Sein Gesicht war bleich, fast durchsichtig unter der dünnen Seide. Seine Lippen waren leicht geöffnet, als wollte er noch etwas sagen, als hätte er mir in seinen letzten Momenten noch ein letztes Wort entgegenbringen wollen. Ich beugte mich über ihn, studierte sein Gesicht. War es Einbildung, oder hatte sein Blick in den letzten Tagen wirklich Verdacht gegen mich gehegt? Hatte er es gewusst? Hatte er mich durchschaut? Ich legte eine Hand auf seine kalte Stirn.

„Vergib mir", flüsterte ich, aber meine Stimme klang fremd in meinen eigenen Ohren. Ich wusste nicht, ob ich es zu ihm sagte oder zu mir selbst. Doch es war zu spät für Reue. Es war geschehen. Ich richtete mich wieder auf, ließ meinen Blick ein letztes Mal über ihn gleiten. Dann drehte ich mich um und verließ den Raum. Der Junge, den ich einst geboren hatte, war nicht mehr. Und mit ihm war ein weiterer Teil von mir verschwunden.

Kapitel 16: Kronprinz

679 n. Chr.

Die Luft im Palast war schwer von unausgesprochenen
Worten. Die Stille hatte eine ganz eigene Art, die Mauern
zu füllen, eine Stille, die alles bedeutete und nichts. Seit
dem Tod meines Sohnes Hong war ein Schatten über den
Hof gefallen, ein ständiges, kaummerkliches Misstrauen,
das wie feine Spinnenfäden durch die Flure kroch.
Natürlich wagte niemand, mich offen zu verdächtigen, aber
ich kannte die Gedanken, die sich hinter den stummen
Blicken verbargen. Ich ließ mir nichts anmerken. Ich war
Wu Zhao, die Gemahlin des Kaisers. Bald… vielleicht
mehr als das. Doch um das zu erreichen, musste ein
entscheidender Schritt erfolgen.
Ein neuer Kronprinz musste ernannt werden. Der Kaiser
war schwächer als je zuvor. Seine Haut hatte die gesunde
Farbe verloren, sein Gang war langsamer, seine Stimme
weniger kraftvoll. Ich saß an seinem Bett, als er tief seufzte
und seinen Kopf gegen das weiche Kissen lehnte.
„Zhao…"
„Ja, mein Kaiser?" Seine Augen musterten mich mit einer
Mischung aus Zuneigung und Müdigkeit.
„Ich muss eine Entscheidung treffen. Das Reich braucht
einen Kronprinzen." Ich nickte sanft.
„Eine kluge Entscheidung." Seine Stirn war von
Sorgenfalten durchzogen.
„Xian ist mein ältester lebender Sohn. Er sollte mein Erbe
antreten." Ich nickte erneut, obwohl mir bewusst war, dass
dies nicht in meinem Sinne war. Lizhi schien zu zögern.
„Aber…" Ich hob eine Augenbraue.
„Aber?" Er schüttelte leicht den Kopf.

„Er ist anders geworden. Ich sehe es in seinen Augen. Er fragt zu viel." Ein Funken Alarm ging durch mich. Also hatte er es auch bemerkt. Xian war nicht naiv. Nicht wie Hong.

„Er ist jung", sagte ich vorsichtig.

„Er wird noch lernen, was es bedeutet, Euer Erbe zu tragen." Lizhi atmete tief durch. Ich konnte sehen, wie die Erschöpfung an ihm nagte.

„Ja… ja, du hast recht." Ich ließ meine Hand sanft über seinen Arm gleiten.

„Macht Euch keine Sorgen. Alles wird sich fügen." Er lächelte matt und schloss die Augen. Ich wusste, dass er keine Kraft mehr hatte, um Widerstand zu leisten.

Xian wusste es. Ich spürte es in jeder Begegnung, in jedem Moment, in dem er mich musterte. Er sprach nicht aus, was in seinem Inneren brannte, aber seine Augen sagten genug. Ich sah ihn oft in den Bibliotheken. Er sprach mit alten Beratern, stellte Fragen. Die Diener flüsterten über ihn.

„Seine Hoheit hat die Aufzeichnungen über Hong angesehen…"

„Er erkundigt sich nach den Berichten über vergiftete Kaiser…"

„Er zweifelt an seiner Mutter…" Ich musste handeln, bevor er sich wagte, den Verdacht laut auszusprechen.

Ich hatte Geduld, aber nicht unendlich viel. Also griff ich zu der Methode, die ich am besten beherrschte: Manipulation. Ich begann damit, Gerüchte in den Palast zu streuen. Xian sei undankbar. Er habe sich mit den Feinden der Dynastie verbündet. Er sei nicht würdig, das Reich zu führen. Ich sorgte dafür, dass diese Worte zu Lizhi drangen.

Und es funktionierte. Es begann mit einer kleinen Andeutung des Kaisers.

„Xian… spricht oft mit alten Beratern." Dann folgte das erste Misstrauen.

„Er hinterfragt Entscheidungen, die ein Kronprinz nicht hinterfragen sollte." Schließlich kam die Angst.

„Was, wenn er gegen mich arbeitet?" Ich goss stetig Öl ins Feuer.

„Ich mache mir Sorgen um Eure Sicherheit, mein Kaiser."

„Vielleicht solltet Ihr ihn vorsichtiger beobachten."

„Manche Stimmen behaupten, er habe eigene Pläne…"

Lizhi war zu müde, zu schwach, um diese Zweifel zu ignorieren. Er fing an, sich von seinem eigenen Sohn zu distanzieren. Und ich wusste, dass der Tag kommen würde, an dem er sich ganz von ihm abwandte.

Es geschah schneller als erwartet. Eines Morgens kam ein Eunuch in mein Gemach geeilt, außer Atem, sein Gesicht fahl.

„Eure Majestät… Kronprinz Li Xián wurde einer Verschwörung gegen den Kaiser bezichtigt!" Ich ließ mir nichts anmerken.

„Wo ist er jetzt?"

„Er wurde in den inneren Hof gebracht… der Kaiser will mit Euch sprechen." Ich zog ein besorgtes Gesicht und eilte sofort zu Lizhi. Als ich den Thronsaal betrat, fand ich ihn auf seinem Thron sitzend, die Stirn in tiefe Falten gelegt. Vor ihm kniete Xian, seine Hände waren hinter dem Rücken gefesselt, seine Augen voller Wut.

„Vater!", rief er mit bebender Stimme. „Das ist ein Irrtum! Ihr kennt mich! Ich würde Euch niemals verraten!"

Lizhi presste die Lippen aufeinander. Ich trat leise näher, legte meine Hand sanft auf seinen Arm.

„Was habt Ihr erfahren, mein Kaiser?" fragte ich leise. Er fuhr sich mit zitternder Hand über die Stirn.

„Die Berichte… die Beweise…" Er klang unsicher. Ich musste ihn nur ein wenig weiter schieben.

„Es tut mir weh, ihn so zu sehen", sagte ich sanft. „Aber wenn der Hof an seiner Loyalität zweifelt, dann müsst Ihr handeln. Sonst wirkt es, als wäret Ihr schwach."

Lizhi schluckte hart. Xian starrte mich mit glühendem Hass an. Er wusste. Er wusste, dass ich hinter all dem steckte. Aber er konnte es nicht beweisen. Schließlich seufzte Lizhi.

„Ich kann nicht riskieren, dass mein eigener Sohn gegen mich arbeitet." Das Urteil war gefallen. Xian wurde seines Titels enthoben. Ein Prinz ohne Erbe. Ohne Macht. Ich beobachtete ihn, als er aus dem Palast geführt wurde. Er sagte kein Wort. Aber sein Blick… Sein Blick versprach Rache.

Bald darauf wurde mein dritter Sohn, Zhe, zum neuen Kronprinzen ernannt. Ein weiterer Schritt auf meinem Weg zur uneingeschränkten Macht. Lizhi wurde schwächer. Seine Haut war blasser, seine Kraft schwand. Er würde nicht mehr lange durchhalten. Und wenn er schließlich fallen würde… Dann würde ich die Einzige sein, die noch übrig blieb. Die Einzige, die dieses Reich führen konnte.

680 n. Chr.

Die Nächte im Palast waren anders geworden. Früher hatte ich es geliebt, nach Einbruch der Dunkelheit durch die Gärten zu gehen, die süßen Düfte der Blüten einzuatmen und die Welt für einen Moment zu vergessen. Doch nun lag etwas in der Luft, eine unbestimmte Schwere, die nicht vergehen wollte. Der Mond war mein einziger stiller Zeuge, als ich durch die dunklen Korridore schritt. Die Wachen neigten demütig die Köpfe, wagten es nicht, mir in die Augen zu sehen. Früher hätte mich das amüsiert, doch jetzt war es einfach eine Tatsache. Ich war nicht mehr nur eine Kaiserin. Ich war ein Schicksal. Und alle wussten es. Zhang erwartete mich im Inneren des Pavillons. Ein einfaches Tablett mit Tee stand vor ihm, doch er rührte ihn nicht an.

„Ihr schlaft kaum noch, Eure Majestät", bemerkte er leise. Ich ließ mich auf das Kissen sinken.

„Der Schlaf ist eine Ablenkung, die ich mir nicht leisten kann."

„Oder eine Zuflucht, die Ihr meidet", entgegnete er. Ich schenkte ihm ein spöttisches Lächeln.

„Wann hast du begonnen, mich zu analysieren?" Er verneigte sich.

„Seit ich Euch diene." Ein Moment der Stille. Ich ließ meinen Blick über die Wasseroberfläche des kleinen Teiches gleiten.

„Es gibt Nächte, in denen ich an Dinge denke, die ich längst vergessen glaubte", sagte ich schließlich.

„Zum Beispiel?" Ich lehnte mich zurück.

„An meine Kindheit. An Ning." Zhang blieb still.

„Sie war eine Närrin", fuhr ich fort, mehr zu mir selbst als zu ihm.

„Doch manchmal frage ich mich, ob ich es war, die sie zum Narren hielt, oder ob sie mich durch ihre Unschuld herausforderte."

„Ihr habt getan, was notwendig war." Ich lachte leise.

„Das sagst du immer."

„Weil es wahr ist." Ich schloss die Augen. Ich konnte Ning fast sehen, ihr misstrauisches, trauriges Gesicht in jener Nacht. Die Art, wie ihre Lippen bebten, bevor sie floh. Die Art, wie sie mich ansah, als ihr Leben in meinen Händen verblasste.

„Manchmal frage ich mich, ob sie es wusste."

„Was wusste?"

Ich öffnete die Augen wieder und traf seinen Blick.

„Dass ich Mitleid mit ihr hatte." Zhang verzog keine Miene.

„Mitleid ist gefährlich, Eure Majestät." Ich nickte.

„Deshalb habe ich es mir abgewöhnt." Die Nacht zog sich dahin. Und doch blieb die Vergangenheit neben mir sitzen, still und unerbittlich.

Der Wind trug das Rascheln der Blätter durch den Pavillon, als würde er alte Stimmen flüstern lassen, die ich längst zum Schweigen gebracht hatte. Ich saß noch immer auf dem Kissen, den Blick in die Dunkelheit gerichtet. Zhang wartete geduldig, sein Blick ruhig, doch ich spürte seine Aufmerksamkeit wie eine Schlinge um meine Gedanken.

„Mitleid ist gefährlich, ja", murmelte ich. „Aber manchmal frage ich mich, ob es nicht auch eine Waffe sein kann."

„Eine Waffe?" Zhang hob eine Braue. Ich strich über das Porzellan meines Teeschälchens, das mittlerweile kalt geworden war.

„Eine, die unterschätzt wird. Menschen erwarten, dass ich kalt bin, unnahbar, berechnend. Aber was, wenn ich ihnen Mitleid zeige? Würde es sie nicht noch tiefer in meine Hände treiben?" Zhangs Mundwinkel zuckte.

„Ein falsches Mitleid kann mächtiger sein als die schärfste Klinge. Doch ein wahres Mitleid kann gefährlich für Euch selbst sein, Eure Majestät." Ich lachte leise.

„Dann ist es gut, dass mein Herz längst versteinert ist." Ich sagte es, weil ich es sagen musste. Aber in der Stille, die folgte, dachte ich an Hong. An den letzten Blick in seinen Augen, bevor man ihn fand, an den gefälschten Brief, den ich selbst verfasst hatte. Sein Blut war nicht auf meinen Händen gewesen. Doch sein Tod war durch meine Worte besiegelt worden. Ich hatte nicht einmal geweint. Und doch … Ich riss mich aus den Gedanken und erhob mich.

„Die Vergangenheit interessiert mich nicht mehr." Zhang nickte langsam.

„Und doch besucht sie Euch immer wieder in der Nacht." Ich warf ihm einen scharfen Blick zu.

„Weil ich sie kontrolliere. Nicht umgekehrt." Er sagte nichts. Doch in seinen Augen lag ein unausgesprochener Zweifel. Ich verließ den Pavillon, meine Schritte sicher und lautlos zugleich. Der Hof schlief, und doch wusste ich, dass überall Augen auf mich gerichtet waren. Manche volle Ehrfurcht, manche voller Angst. Aber keine voller Liebe. Das hatte ich mir selbst genommen. Und ich würde es mir nie wieder erlauben.

Sommer 680 n. Chr.

Der Palast war ein endloser Kreislauf aus Höflichkeiten und stillen Spannungen. Jede Geste, jedes Lächeln und jede Stille hatte eine Bedeutung. Jeder suchte nach Macht oder Schutz, nach Anerkennung oder schlichtem Überleben. Doch an diesem Tag war es anders. Ich saß in einem der kleineren Gärten, in denen die Chrysanthemen bereits leicht ihre Blüten verloren hatten. Der Herbst war mild, aber der Wind trug die ersten Anzeichen der Kälte mit sich. Die Hofdamen um mich herum hielten sich bedeckt, sprachen in gedämpften Tönen. Mein Blick fiel auf eine Frau, die etwas abseitsstand. Sie war schlank, mit dunklen, schlicht aufgesteckten Haaren, und trug ein einfaches Gewand in gedeckten Farben. Eine der vielen Konkubinen des Kaisers. Ich hatte sie schon einige Male gesehen, aber nie beachtet. Doch heute fiel mir ihr Blick auf. Er war nicht scheu, nicht schmeichelnd. Er war beobachtend, vielleicht sogar prüfend. Ich legte die Teeschale ab und hob den Kopf.

„Wie heißt du?" Sofort verstummten die Gespräche um mich herum. Die Hofdamen warfen ihr versteckte Blicke zu, als hätten sie Angst, dass sie eine falsche Antwort geben könnte. Die Frau senkte leicht den Kopf, aber nicht unterwürfig.

„Eure Majestät, mein Name ist An Fei."

„An Fei." Ich ließ den Namen langsam über meine Lippen gleiten.

„Ich habe dich hier oft gesehen. Du hältst dich zurück." Sie hob vorsichtig den Blick.

„Ich bin nur eine von vielen, Eure Majestät." Ein kluges Mädchen. Sie wusste, dass zu viel Aufmerksamkeit ihr gefährlich werden konnte, sowohl von mir als auch von anderen.

„Setz dich." Ein leises Raunen ging durch die Anwesenden, doch niemand wagte, sich zu rühren. Fei blieb einen Moment lang stehen, als würde sie abwägen, ob meine Einladung ernst gemeint war. Dann setzte sie sich langsam, mit einer ruhigen Eleganz, die mir gefiel. „Wie lange bist du schon im Palast?"

„Seit zwei Jahren, Eure Majestät." Zwei Jahre. Eine lange Zeit, um im Schatten zu bleiben. „Der Kaiser ruft dich nicht oft zu sich." Sie senkte leicht den Blick.

„Seine Majestät hat viele Frauen." Eine diplomatische Antwort. Ich lehnte mich leicht zurück. „Warum hast du mich so angesehen?" Zum ersten Mal zögerte sie.

Dann sagte sie ruhig: „Weil Ihr anders seid als die anderen Frauen hier."

Ein überraschendes Kompliment.

„Anders?"

„Ihr seid nicht nur die Kaiserin. Ihr seid…" Sie stockte, suchte nach den richtigen Worten. „Ihr seid jemand, der Dinge bewegt. Jemand, der nicht nur wartet, sondern handelt."

Ich sah sie lange an. Sie verstand mehr, als sie zugeben wollte. Ich nahm meine Teeschale wieder auf und sagte beiläufig: „Du hast eine scharfe Beobachtungsgabe."
Sie neigte leicht den Kopf.
„Ich habe gelernt, dass man im Palast nur überlebt, wenn man genau hinsieht." Ein ehrliches Geständnis. Vielleicht war sie nützlich. Oder vielleicht war sie einfach eine Frau, die nicht wusste, wohin sie gehörte.

In den nächsten Wochen begegneten wir uns immer wieder, scheinbar zufällig, aber ich wusste, dass sie begann, meine Nähe zu suchen. Eines Tages, als wir gemeinsam durch einen der Höfe gingen, wagte sie es, mir eine Frage zu stellen.
„Eure Majestät... glaubt Ihr an Schicksal?" Ich blieb stehen und sah sie an.
„Schicksal?"
„Dass unser Leben vorbestimmt ist." Ich lachte leise.
„Wenn ich das glauben würde, dann hätte ich nie gehandelt. Ich habe mein eigenes Schicksal erschaffen."
Sie schwieg einen Moment, dann sagte sie leise:
„Manchmal frage ich mich, ob es einen anderen Weg gibt. Einen, bei dem man nicht kämpfen muss."
Ich betrachtete sie nachdenklich.
„Es gibt keinen Platz für Unschuld im Palast." Sie senkte den Kopf.
„Ich weiß." Ich wusste nicht, warum ich so offen mit ihr sprach. Vielleicht, weil sie keine Bedrohung war. Vielleicht, weil sie etwas an sich hatte, das mich an jemanden erinnerte, den ich einmal gekannt hatte. Oder vielleicht, weil es im Leben der Kaiserin selten war, mit jemandem zu sprechen, der nichts von einem wollte.

Fei war ein Rätsel. Eine Konkubine, die sich still im Hintergrund hielt, beobachtete und nicht um Macht rang wie die anderen. In einer Welt, in der Frauen sich an den Kaiser klammerten, um Bedeutung zu erlangen, war sie anders Und doch suchte sie meine Nähe.

War es aus Neugier? Oder hatte sie eine tiefere Absicht? Ich konnte es nicht einschätzen.

Aber ich ließ sie gewähren. Eines Abends, als sich der Himmel in blutrote Farben tauchte, begegnete ich ihr wieder im Chrysanthemenhof. Der Wind spielte mit den herabgefallenen Blüten, ließ sie über den steinernen Boden tanzen. Ich saß auf einer Bank, eine Tasse dampfenden Tee in meinen Händen, als ich ihre leisen Schritte hörte. „Ihr kommt oft hierher", stellte sie fest. Ich drehte mich nicht zu ihr um.

„Der Palast ist laut. Hier ist es still."

„Ja." Sie trat neben mich, blickte auf die verwelkten Blumen.

„Es heißt, Chrysanthemen stehen für Unsterblichkeit." Ich lachte leise.

„Unsterblichkeit? Nichts in diesem Palast ist unsterblich."

Sie schwieg für einen Moment, dann setzte sie sich vorsichtig neben mich. Ich ließ es zu.

„Eure Majestät…" Sie zögerte.

„Darf ich Euch eine Frage stellen?" Ich sah sie aus dem Augenwinkel an.

„Seit wann fragst du nach Erlaubnis?"

Sie senkte leicht den Blick.

„Warum… warum hat sich der Kaiser für Euch entschieden?"

Ich stellte meine Tasse ab. Das war eine gefährliche Frage. Und sie wusste es.

„Warum fragst du?"

„Ich möchte es verstehen." Ich lehnte mich zurück.

„Er hat mich nicht gewählt. Ich habe mich selbst gewählt."
Sie runzelte leicht die Stirn. Ich lächelte kühl.
„Die anderen Frauen warteten darauf, dass der Kaiser sie
ansah. Ich habe dafür gesorgt, dass er es tut." Fei wirkte
nachdenklich.
„Also habt Ihr Euer eigenes Schicksal geformt."
„Wie sonst überlebt man in diesem Palast?" Sie ließ ihren
Blick über die Gärten schweifen.
„Und nun seid Ihr Kaiserin."
„Ja." Ich musterte sie.
„Willst du auch Kaiserin werden?" Sie riss die Augen auf.
„Nein! Nein, so war das nicht gemeint…" Ich beobachtete,
wie sie hastig nach den richtigen Worten suchte. Dann
beugte ich mich leicht zu ihr.
„Gut." Sie atmete langsam aus.
„Aber du möchtest mehr als das, was du hast", fuhr ich fort.
Sie sah mich an, als hätte ich in ihr Innerstes geblickt. Dann
senkte sie den Blick.
„Vielleicht." Ich lehnte mich wieder zurück.
„Dann wirst du lernen müssen, wie man spielt." Sie wirkte
überrascht.
„Das Spiel?"
„Das Spiel um Macht." Ihr Ausdruck veränderte sich. Eine
Mischung aus Neugier und Vorsicht.
„Und Ihr würdet es mich lehren?" Ich nahm meine Teetasse
und führte sie an die Lippen. „Das hängt davon ab, wie
nützlich du bist." Ein Zittern ging durch ihre Finger. Sie
hatte verstanden. Und doch blieb sie. Vielleicht war sie
doch nicht so harmlos, wie sie wirkte.

683 n. Chr.

Der Palast war stiller geworden. Es war keine natürliche Stille, keine friedliche Ruhe, es war die gespannte, bedrückende Stille, die ein Reich umhüllt, wenn sein Herrscher dem Tod näher ist als dem Leben. Lizhi hatte sich verändert. Seine Haut war fahler, seine Gestalt schmaler, und sein Blick schien oft ins Leere zu gehen. Es begann mit gelegentlichen Schwindelanfällen, dann kamen die Ohnmachtsanfälle. Die kaiserlichen Ärzte redeten von einer Schwächung, vom natürlichen Verschleiß des Körpers. Aber ich wusste es besser.

Jeder Bissen, den er aß, jede Flüssigkeit, die seine Kehle hinunterfloss, war von mir sorgfältig kalkuliert. Es war eine langsame, präzise Arbeit. Ein Gift, das seine Kräfte stetig zerrte, ohne ihn sofort zu töten. Er sollte nicht merken, dass er vergiftet wurde. Und er merkte es nicht. Doch jemand anderes tat es. Mein Sohn, der nun ein Mann war, mit scharfem Verstand und einem Gespür für Macht. Er hatte immer zu Lizhi aufgesehen, hatte ihn bewundert. Seine Treue zu seinem Vater, sowie Hong, war unerschütterlich und genau das machte ihn gefährlich. Ich bemerkte, wie seine Blicke auf mir ruhten, wie er begann, sich vorsichtiger zu verhalten. Er stellte Fragen. Nicht direkt an mich, aber an die Ärzte, an die Diener, an die Eunuchen. Und dann ließ er eines Tages eine Bemerkung fallen, beiläufig, als wir gemeinsam im Innenhof Tee tranken.
„Vater hat oft Schwindelanfälle", sagte er. Ich hielt die Teeschale mit ruhiger Hand.
„Ja. Die Ärzte tun ihr Bestes." Er sah mich an.
„Es ist merkwürdig, nicht wahr? Er war immer stark, aber seit einigen Jahren scheint er schwächer zu werden... und niemand weiß genau, warum." Ich traf seinen Blick und lächelte sanft.

„Das Alter kommt für uns alle." Er sagte nichts weiter, aber ich wusste: Der Verdacht war da. Zhe hatte mich durchschaut. Und das bedeutete, dass er eine Bedrohung war. Sein Atem ist flach, seine Lippen trocken. Die Ärzte knien vor seinem Bett, aber sie wissen, dass sie nichts mehr tun können. Ich stehe an seiner Seite, halte seine Hand.

„Zhao…", flüstert er. Seine Stimme ist kaum mehr als ein Hauch. Ich beuge mich näher zu ihm.

„Ich bin hier." Seine Augen, einst so durchdringend, sind nun trüb.

„Pass… auf unser Reich auf…" Ich lächle sanft.

„Natürlich." Er drückt meine Hand schwach, seine letzte Geste des Vertrauens. Dann, mit einem letzten, zitternden Atemzug, verlässt ihn das Leben. Ein Moment der Stille. Dann der Aufschrei der Diener, das Wehklagen der Hofdamen. Ich richte mich auf, blicke auf den Leichnam meines Mannes. Das Reich gehört nun mir. Aber ich weiß: Bevor ich es ganz in meinen Händen halte, muss ich mich um eine letzte Gefahr kümmern. Zhe.

Kapitel 17: Ich bin dein Sohn

Der Palast war in Trauer gehüllt, doch die Trauer war nur eine Maske. Hinter den Vorhängen wurde geflüstert, Intrigen gesponnen, Bündnisse neu geschmiedet. Ein Kaiser war gestorben und mit ihm ein altes Machtgefüge. Ich trug mein Trauergewand, hielt mich an den Riten und Traditionen. Doch in meinem Herzen war kein Schmerz, nur das Bewusstsein, dass ich am Ziel war. Lizhi war fort. Und nun musste Zhe verschwinden. Seit dem Tod seines Vaters war sein Blick noch durchdringender geworden, sein Misstrauen wuchs. Zhe war nicht dumm. Er wusste, dass Lizhi nicht einfach an Altersschwäche gestorben war. Er wusste, dass ich dahintersteckte. Doch er war der rechtmäßige Nachfolger. Der neue Kaiser. Noch. Sein erstes Dekret war symbolisch: eine Zeit der strengen Trauer für seinen Vater, eine Phase des Stillstands. Doch seine zweite Entscheidung war eine Herausforderung: Er wies meine engsten Verbündeten aus dem inneren Kreis der Macht. Ein direkter Angriff auf mich. Ich lächelte in mich hinein. Es war an der Zeit, dass er verschwand. Zhe saß an seinem Tisch, ein Schriftstück vor sich, eine Kerze flackerte. Als er die Männer in schwarzen Rüstungen sah, wich die Überraschung sofort einer bitteren Erkenntnis.

„Also hast du dich entschieden", sagte er leise. Ich trat hinter den Wachen hervor, mein Blick kalt, meine Haltung aufrecht.
„Du hast es mir nicht leicht gemacht", sagte ich. Er lachte trocken.

„Ich hätte es dir niemals leicht gemacht, Mutter." Seine Stimme trug keine Angst, nur Enttäuschung. „Vater hat dir vertraut. Er hat dich geliebt." Ich trat näher.

„Er war schwach." Zhes Augen funkelten.

„Er war gerecht." Ich seufzte.

„Gerechtigkeit ist ein Luxus für die Mächtigen." Ein Moment der Stille lag zwischen uns. Dann hob ich meine Hand. Ein Zeichen. Die Wachen traten vor. Zhe kämpfte. Er war jung, stark, aber er war allein. Als das Schwert seine Brust durchbohrte, keuchte er auf, fiel auf die Knie. Sein Blick suchte meinen, voller Schmerz.

„Ich… bin… dein Sohn…"

„Du bist mein Gegner", flüsterte ich. Sein Körper fiel, das Blut färbte den Boden. Ich trat näher, beugte mich über ihn. Seine Lippen bebten.

„War es das wert…?"

Ich legte meine Hand auf seine Wange, sanft, fast liebevoll.

„Ja."

Sein letzter Atemzug war ein Zittern, dann war es vorbei. Ich richtete mich auf.

„Lasst es wie einen Suizid aussehen", wies ich die Wachen an. Sie nickten und begannen ihre Arbeit. Ich trat hinaus in die kalte Nacht. Der Weg war frei. Ich war nun allein an der Spitze.

Ich saß auf dem goldenen Thron, umgeben von Flüstern, Furcht und dem Klang meines eigenen Atems. Ich ließ den Hof von Chang'an nach Luoyang verlegen, fort von den alten Aristokraten, die mir misstrauten, hin zu einer Stadt, die mir mehr Kontrolle und strategische Vorteile bot. Chang'an mochte das Herz des alten Reiches sein, aber Luoyang würde das Zentrum meiner Herrschaft werden. Die Nacht lag schwer über dem Palast, aber ich war hellwach. Jeder Moment, jeder Entschluss führte mich weiter zu meinem endgültigen Ziel: absolute Kontrolle. Vor mir knieten meine Berater, ernste, blasse Gesichter, ihre Stirnen feucht vor Angst. Sie wussten, warum sie hier waren. Sie wussten, was ich verlangte.

„Eure Majestät", begann einer von ihnen, seine Stimme bebte kaum merklich.

„Bitte überdenkt Euren Entschluss. Eine solche Tat wird das Kaiserreich erschüttern…"
Langsam ließ ich meinen Blick durch den Raum gleiten. Eine Sekunde, zwei Sekunden, drei. Die Luft schien vor Spannung zu vibrieren.
„Das Kaiserreich braucht Klarheit", sagte ich schließlich mit kühler Stimme. „Keine Unruhe, keine Spione, keine Schlangen, die im Dunkeln lauern."
Ich erhob mich, trat mit leisen Schritten näher an die Männer heran. Mein Blick blieb an einem von ihnen hängen, einem alten Minister, dessen Hände zitterten, während er versuchte, seine Angst zu verbergen.
„Ihr fürchtet Euch vor den Konsequenzen?" fragte ich sanft. Zu sanft. „Ihr fürchtet das, was notwendig ist?"
Keiner antwortete. Ich genoss die Stille, bevor ich mich wieder in die Mitte des Raumes begab und mit jener unerschütterlichen Autorität sprach, die mich all die Jahre begleitet hatte.
„Die Konkubinen meines verstorbenen Gemahls stellen eine Bedrohung dar. Einige von ihnen schmieden Pläne, andere sprechen in verborgenen Winkeln über die Vergangenheit." Ich machte eine kurze Pause. „Ich dulde keine Schatten mehr hinter mir."
Ein Minister hob vorsichtig den Blick. „Majestät… wollt Ihr denn alle–?"
„Ja."
Ein einziges Wort.

Ein Todesurteil.

„Jede einzelne wird hingerichtet. Vor Morgengrauen."

Ein Keuchen ging durch den Raum, doch niemand wagte, sich mir zu widersetzen. Ich ließ den Moment wirken, ließ sie meine Macht spüren. Dann wandte ich mich an Zhang, meinen treuen Eunuchen.

„Bereitet alles vor."

„Wie Ihr befehlt, Eure Majestät." Seine Stimme war fest, doch ich hörte den Hauch von Ehrfurcht, oder war es Angst?

Langsam kehrte ich auf meinen Thron zurück. Ich spürte die Blicke der Minister auf mir, spürte ihre Unsicherheit, ihre Verzweiflung.

„Das Kaiserreich ist keine Marionette", sagte ich ruhig. „Und ich bin keine Puppe. Ich bin die Herrscherin."

Niemand widersprach.

Die kaiserlichen Gärten, einst ein Ort der Ruhe und Schönheit, verwandelten sich in eine Bühne des Todes. Die Laternen warfen flackernde Schatten auf den kalten Boden, wo die Konkubinen in Reihen knieten. Manche weinten, manche flüsterten Gebete, manche waren starr vor Angst.

Ich stand auf einer erhöhten Plattform und beobachtete sie aus der Dunkelheit. Mein Herz schlug ruhig. Dies war notwendig. Dies war meine Entscheidung. Eine der Frauen, einst eine Lieblingskonkubine meines verstorbenen Gemahls, hob die Hände flehend in die Höhe.

„Eure Majestät!" rief sie. „Ich habe Euch nie etwas getan! Ich bin nur eine vergessene Frau aus der Vergangenheit!"

Ich betrachtete sie. Ihre tränennassen Augen, ihre bebenden Lippen.

„Ihr seid alle Frauen der Vergangenheit", sagte ich leise.
„Und genau deshalb könnt Ihr nicht bleiben." Ich hob die
Hand. Ein einfaches Zeichen.
Die ersten Schwerter hoben sich. Schreie. Blut spritzte auf
den Steinboden. Die Luft füllte sich mit dem metallischen
Geruch von Eisen und Tod. Ich beobachtete, wie sie fielen.
Einer nach dem anderen. Die Schreie wurden leiser, das
Wimmern verstummte. Manche starben leise, andere
klammerten sich bis zum letzten Moment an ihr Leben. Ich
blieb stehen, ruhig, unerschütterlich. Ich durfte keine
Schwäche zeigen. Ich durfte nichts fühlen. Als der letzte
Körper zu Boden sackte und die Nacht wieder still wurde,
wandte ich mich ab. „Verbrennt die Leichen", befahl ich.
Meine Stimme war ruhig. Fest. Unerschütterlich. Mit dem
Sonnenaufgang würde es sein, als hätte es diese Frauen nie
gegeben.

Die Morgensonne tauchte den Palast in blasses Gold, doch
ihre Wärme erreichte mich nicht. Ich saß auf meinem
Thron, hoch oben über all den Köpfen, die sich vor mir
verneigten. Vor mir kniete der Kanzler, seine Stirn berührte
fast den Boden. Seine Stimme war fest, aber in ihr lag die
unausgesprochene Furcht, die inzwischen jeder vor mir
empfand.
„Eure Majestät, das Volk spricht über die… Vorfälle.
Manche munkeln, dass der Palast mit Blut getränkt ist."
Ich hob eine Augenbraue.
„Ist er das nicht immer?"
Der Kanzler zuckte kaum merklich zusammen. „Eure
Majestät… vielleicht wäre es ratsam, dem Volk eine Geste
der Gnade zu zeigen. Eine Zeremonie, um ihre Sorgen zu
beruhigen."
Gnade.

Ein amüsanter Vorschlag.

Doch ich wusste, dass das Volk gefüttert werden musste – nicht nur mit Nahrung, sondern mit Geschichten. Ich konnte nicht zulassen, dass ihre Fantasien sich gegen mich richteten.

Ich ließ mir Zeit mit meiner Antwort. Dann sprach ich:

„Richtet ein Fest aus. Lasst den Himmel von Feuerwerken erhellen. Gebt den Menschen Wein und Fleisch. Und lasst sie wissen, dass ich ihre Kaiserin bin – und dass sie unter meiner Herrschaft sicher sind."

Der Kanzler verbeugte sich tief.

„Euer Wille geschehe."

Als die Nacht über Luoyang hereinbrach, flammten Fackeln auf den Straßen auf. Musik erfüllte die Luft, Trommeln donnerten durch die Gassen, und der Geruch von gebratenem Fleisch lag über der Stadt.

Ich stand auf einem Balkon, während unter mir das Volk tanzte, trank und lachte. Sie feierten ihre Kaiserin – oder zumindest taten sie so.

Neben mir stand Zhang, seine Miene ausdruckslos.

„Ihr seht nicht erfreut aus", bemerkte ich.

Er senkte leicht den Kopf. „Eure Majestät, Ihr seid eine Herrscherin, die keine Gegner mehr hat. Und doch wirkt Ihr nicht zufrieden."

Ich lachte leise.

„Zufriedenheit ist der Feind der Macht. Sobald man sie spürt, beginnt der Niedergang."

Ich wandte mich ihm zu. „Doch Ihr habt recht. Ich habe gesiegt. Und nun...?"

Zhang zögerte. Dann sprach er langsam:

„Nun beginnt die wahre Herausforderung. Nicht der Aufstieg, sondern das Bleiben."

Ich blickte hinab auf das feiernde Volk.

Er hatte recht.

Ich war an der Spitze angekommen.

Aber wie lange konnte ich dort bleiben, bevor das Reich einen neuen Schatten suchte, den es fürchten musste?

Nach dem Fest zog ich mich in meine Gemächer zurück. Dienerinnen eilten herbei, um mich zu entkleiden, meine Haare zu bürsten, mir warmes Wasser für ein Bad einzulassen.

Doch ich winkte sie fort. Ich war müde. Nicht von den Feierlichkeiten, nicht von der Nacht, sondern von dem, was in meinem Inneren lauerte. Ich trat ans Fenster.

Die Sterne funkelten über Luoyang, doch sie schienen mir ferner als je zuvor.

Was war es, das mich an diesem Abend so unruhig machte?

War es der Gedanke an all jene, die ich hatte töten lassen? Nein.

Ich bereute nichts.

Ich war nicht die erste Herrscherin, die ihr Blut mit der Macht vermengt hatte, und ich würde nicht die letzte sein.

Und doch...

Ich spürte es.

Ein Zittern in der Ordnung, die ich erschaffen hatte.

Etwas lauerte in den Schatten.

Vielleicht war es Einbildung.

Vielleicht war es der unvermeidliche Lauf der Dinge.

Ich wusste nur eines:

Meine Herrschaft hatte noch nicht ihren Höhepunkt erreicht.

Und ich würde alles tun, um sicherzustellen, dass sie es tat.

Am nächsten Morgen rief ich den Kanzler erneut zu mir.

Er erschien schnell, sein Kopf gesenkt.

„Eure Majestät."

Ich musterte ihn einen Moment lang, dann sprach ich:

„Was denkt das Volk nun? Haben die Feierlichkeiten ihre Zweifel besänftigt?"

Er zögerte.

„Zum Teil, Eure Majestät. Doch es gibt immer noch Stimmen, die flüstern. Sie fragen sich, was mit all jenen geschehen ist, die einst an Eurer Seite standen."

Ich wusste, was er meinte.

Die Konkubinen.

Die Minister, die sich gegen mich gestellt hatten.

Die Adligen, die verschwunden waren.

Ich lehnte mich zurück.

„Lass sie flüstern", sagte ich kühl. „Solange sie es leise tun."

Er nickte, doch ich sah den Zweifel in seinen Augen.

Vielleicht glaubte er, dass meine Herrschaft aus Angst bestand.

Vielleicht fürchtete er, dass Furcht allein nicht ewig regieren konnte.

Doch er irrte sich.

Angst war nicht mein einziges Werkzeug.

Ich würde dem Volk mehr geben als nur Furcht.

Ich würde ihnen eine Kaiserin geben, die unsterblich war.

Ich erhob mich.

„Schicke Boten aus. Verkünde, dass der Tempel von Wu Sheng errichtet wird. Ein Ort zu meiner Ehre."

Der Kanzler blinzelte.

„Ein Tempel… für Euch?"

Ich lächelte.

„Ja. Sie sollen mich nicht nur fürchten. Sie sollen mich anbeten."

Die Morgensonne tauchte den Palast in blasses Gold, doch ihre Wärme erreichte mich nicht. Ich saß auf meinem Thron, hoch oben über all den Köpfen, die sich vor mir verneigten. Vor mir kniete der Kanzler, seine Stirn berührte fast den Boden. Seine Stimme war fest, aber in ihr lag die unausgesprochene Furcht, die inzwischen jeder vor mir empfand.

„Eure Majestät, das Volk spricht über die… Vorfälle. Manche munkeln, dass der Palast mit Blut getränkt ist."

Ich hob eine Augenbraue.

„Ist er das nicht immer?"

Der Kanzler zuckte kaum merklich zusammen. „Eure Majestät… vielleicht wäre es ratsam, dem Volk eine Geste der Gnade zu zeigen. Eine Zeremonie, um ihre Sorgen zu beruhigen."

Gnade.

Ein amüsanter Vorschlag.

Doch ich wusste, dass das Volk gefüttert werden musste – nicht nur mit Nahrung, sondern mit Geschichten. Ich konnte nicht zulassen, dass ihre Fantasien sich gegen mich richteten.

Ich ließ mir Zeit mit meiner Antwort. Dann sprach ich:

„Richtet ein Fest aus. Lasst den Himmel von Feuerwerken erhellen. Gebt den Menschen Wein und Fleisch. Und lasst sie wissen, dass ich ihre Kaiserin bin – und dass sie unter meiner Herrschaft sicher sind."

Der Kanzler verbeugte sich tief.

„Euer Wille geschehe."

Als die Nacht über Luoyang hereinbrach, flammten Fackeln auf den Straßen auf. Musik erfüllte die Luft, Trommeln donnerten durch die Gassen, und der Geruch von gebratenem Fleisch lag über der Stadt.

Ich stand auf einem Balkon, während unter mir das Volk tanzte, trank und lachte. Sie feierten ihre Kaiserin, oder zumindest taten sie so.

Neben mir stand Zhang, seine Miene ausdruckslos.

„Ihr seht nicht erfreut aus", bemerkte ich.

Er senkte leicht den Kopf. „Eure Majestät, Ihr seid eine Herrscherin, die keine Gegner mehr hat. Und doch wirkt Ihr nicht zufrieden."

Ich lachte leise.

„Zufriedenheit ist der Feind der Macht. Sobald man sie spürt, beginnt der Niedergang."

Ich wandte mich ihm zu. „Doch Ihr habt recht. Ich habe gesiegt. Und nun…?"

Zhang zögerte. Dann sprach er langsam:

„Nun beginnt die wahre Herausforderung. Nicht der Aufstieg, sondern das Bleiben."

Ich blickte hinab auf das feiernde Volk.

Er hatte recht.

Ich war an der Spitze angekommen.

Aber wie lange konnte ich dort bleiben, bevor das Reich einen neuen Schatten suchte, den es fürchten musste?

Ich erhob mich.

„Schicke Boten aus. Verkünde, dass der Tempel von Wu Sheng errichtet wird. Ein Ort zu meiner Ehre."
Der Kanzler blinzelte.
„Ein Tempel... für Euch?"
Ich lächelte.
„Ja. Sie sollen mich nicht nur fürchten. Sie sollen mich anbeten."

Einige Tage nach dem Fest schien sich der Alltag im Palast von Luoyang wieder einzupendeln, doch ich wusste, dass nichts jemals wirklich stillstand. Die Diener bewegten sich mit vorsichtiger Präzision durch die Hallen, Eunuchen flüsterten miteinander, und die Berater kamen und gingen mit Berichten über den Zustand des Reiches.

Ich verbrachte die Morgenstunden in meinem privaten Garten, einer Oase der Stille. Die Kirschbäume waren in voller Blüte, und ihre zarten Blütenblätter tanzten auf der sanften Brise. Ich ließ meine Finger über eine der Blumen gleiten, verlor mich in der samtigen Oberfläche der Blüten.
„Eure Majestät verbringt viel Zeit hier", bemerkte eine Stimme hinter mir.
Ich drehte mich um und sah eine meiner Hofdamen, eine zurückhaltende, aber aufmerksame Frau, die mir oft beim Tee Gesellschaft leistete.
„Manchmal ist es nötig, sich zurückzuziehen, um klarer zu sehen", erwiderte ich ruhig.
Sie reichte mir eine Schale dampfenden Tees, und ich nahm sie entgegen, ohne meinen Blick von den Bäumen zu lösen.
„Erzählt mir", sagte ich, „was wird unter den Bediensteten gesprochen?"

Zögern. Ein kaum merklicher Moment der Unsicherheit.
Doch sie wusste, dass ich auf Ehrlichkeit bestand.
„Es gibt Stimmen, die sich über die vielen Veränderungen
wundern, Majestät", sagte sie schließlich. „Die Verlegung
des Hofes, das Schicksal mancher Beamten…"
Ich lächelte dünn. „Veränderung ist notwendig. Wer sich
nicht anpasst, bleibt zurück."
Sie senkte den Blick.
Ich wusste, dass meine Entscheidungen gefürchtet wurden
– und genau das war mein Ziel.

Später am Nachmittag zog ich mich in meine privaten
Gemächer zurück. Eine meiner älteren Dienerinnen kam
mit einem Tablett, auf dem verschiedene Stoffrollen
ausgebreitet waren.
„Eure Majestät, wir haben neue Seiden aus Südchina
erhalten. Möchtet Ihr eine für ein neues Gewand
auswählen?"
Ich ließ meine Fingerspitzen über die feinen Stoffe gleiten.
Goldene Stickereien schimmerten im Licht, rote und
tiefblaue Muster spiegelten den Glanz der kaiserlichen
Macht wider.
„Dieser hier", sagte ich schließlich und wählte eine dunkle
Purpurfarbe mit aufwendigen Drachenmustern.
„Eine weise Wahl, Majestät", murmelte die Dienerin
ehrfürchtig.
Ich ließ mir ein neues Gewand aus dem Stoff anfertigen.
Jedes Detail meines Erscheinungsbildes war eine Botschaft,
ein Symbol meiner unerschütterlichen Macht.

Am Abend zog ich mich in den Westflügel des Palastes zurück, wo ich mit einigen meiner vertrauteren Hofdamen speiste. Das Mahl war üppig – dampfende Schalen mit Lamm, knusprige Ente, duftender Reis und frische Früchte. Während wir aßen, lachte eine der Damen leise.

„Majestät, erinnert Ihr Euch an das erste Fest, das Ihr als Konkubine am Hof gefeiert habt?"

Ich hob eine Augenbraue. „Natürlich."

„Ihr habt die Damen aus dem Palastgarten herausgefordert, einen Tanz aufzuführen, und sie alle in den Schatten gestellt", erinnerte sie sich.

Ein Schmunzeln umspielte meine Lippen. Ja, ich erinnerte mich. Damals war ich noch nicht Kaiserin gewesen, aber ich hatte gewusst, dass ich es eines Tages sein würde.

Kapitel 18: „Du hast mich besiegt"

Herbst 699

Der Herbstwind wurde stärker, ließ die Äste der alten
Weiden raunen, als würden sie einander Geheimnisse
zuflüstern. Ich zog meinen Mantel enger um meine
Schultern, doch die Kälte, die ich spürte, kam nicht nur
vom Wind.
„Eure Majestät", eine Stimme unterbrach meine Gedanken.
Ich drehte mich langsam um. Eine Dienerin kniete vor mir,
den Blick gesenkt. „Der Ministerrat erwartet Euch."
Ich atmete tief ein. Der Staat verlangte nach mir, wie er es
immer getan hatte. Doch diesmal fühlte sich der Ruf anders
an – dringlicher, schwerer.
„Ich komme", sagte ich ruhig und erhob mich mit jener
Eleganz, die trotz meines Alters nichts von ihrer
Erhabenheit verloren hatte.
Während ich durch die goldenen Gänge des Palastes schritt,
spürte ich die Blicke auf mir – flüchtig, respektvoll, doch
immer mit dieser verborgenen Anspannung. Sie warteten.
Lauerten.
Wie lange wird sie noch regieren?
Ich wusste, dass der Druck wuchs. Dass meine Feinde
warteten. Dass selbst meine eigene Familie nach der
Zukunft ohne mich schielte.
Doch noch war ich hier.

Der Ministerrat erwartete mich in der großen Halle, geschmückt mit dunklem Holz und roten Seidenbannern. Die Männer, die sich vor mir verneigten, waren nicht mehr dieselben, mit denen ich einst die Kontrolle erlangt hatte. Einige waren Söhne alter Berater, andere junge Beamte mit vorsichtiger Loyalität.

„Eure Majestät", begann einer von ihnen, „die Unruhen in den Provinzen nehmen zu. Es gibt Stimmen, die fordern, dass Ihr Euch zurückzieht und Euren Sohn auf den Thron setzt."

Ich musterte ihn mit einem unergründlichen Blick. Das war nicht das erste Mal, dass jemand dieses Thema ansprach.

„Und was meint Ihr?" fragte ich leise.

Der Minister zögerte. „Das Reich braucht Stabilität."

Ein dunkles Lachen entfuhr mir. Die Narren glaubten wirklich, dass mein Rückzug Stabilität bringen würde?

„Stabilität?" wiederholte ich. „Wäre es stabil, wenn ich mich zurückziehe? Oder wäre es nur der erste Schritt in ein Zeitalter der Schwäche?"

Schweigen.

„Ich bin das Kaiserreich", sagte ich schließlich. „Solange ich atme, werde ich herrschen."

Die Stille danach war erdrückend.

Aber ich wusste: Die Zeit war mein größter Feind.

Ich saß allein in meinen Gemächern. Die Kerzen warfen flackernde Schatten auf die Wände, während meine Finger über eine alte Schriftrolle glitten. Doch meine Gedanken waren woanders.

Die Geister waren heute besonders laut.

Lizhi.

Xian.

S. 205

Zhe.

Hong.

Ich hörte ihre Stimmen in der Dunkelheit, sah ihre Gesichter in den Schatten. Manchmal fragte ich mich, ob sie wirklich nur Erinnerungen waren – oder ob sie gekommen waren, um mich heimzusuchen.

Ein Klopfen an der Tür riss mich aus meiner Lethargie.

„Tretet ein", sagte ich, ohne aufzusehen.

Eine alte Dienerin, eine der wenigen, die seit Jahrzehnten an meiner Seite waren, trat ein. „Eure Majestät, möchtet Ihr noch etwas? Eine warme Suppe, vielleicht?"

Ich blickte auf. Es war eine einfache Geste, aber in dieser Dunkelheit, in dieser Einsamkeit, fühlte sie sich fast wie ein Anker zur Realität an.

„Nein", sagte ich schließlich. „Aber bleibt ein wenig."

Sie verneigte sich leicht und trat näher.

Für einen Moment, nur für einen winzigen Moment, erlaubte ich mir, nicht die Kaiserin zu sein, sondern nur eine Frau, die für einen Moment nicht allein sein wollte.

Die Morgendämmerung tauchte den Thronsaal in kaltes Licht. Die Wände aus Jade und Gold spiegelten das erste Sonnenlicht wider, doch es war ein trügerischer Glanz – ein Schein, der die Wahrheit verbarg.

Ich saß auf meinem Thron, meine Hände ruhten auf den kunstvoll geschnitzten Armlehnen. Mein Blick wanderte über die versammelten Höflinge, die Berater, die Generäle. Und meinen Sohn, Xian.

Er stand mit gestrafften Schultern vor mir, seine Miene beherrscht, doch seine Augen verrieten ihn. Dort lag keine reine Ehrfurcht mehr – sondern ein Hauch von Zweifel.

„Mutter", begann er vorsichtig, „du hast viel für das Reich getan. Doch vielleicht… ist es an der Zeit, dich auszuruhen."

Ein sanftes Lächeln umspielte meine Lippen. „Ausruhen?" Ich sah, wie einige der versammelten Beamten nervös zusammenzuckten.

„Ich habe mein ganzes Leben diesem Reich gewidmet. Glaubst du, Xian, dass ich mich einfach zurücklehnen werde?"

Seine Kiefermuskeln spannten sich an.

„Niemand will dir Schaden zufügen", sagte er langsam. „Aber das Volk… die Beamten… sie alle flüstern. Sie fragen sich, ob es nicht Zeit ist, dass ich…"

„Den Thron besteigst."

Stille.

Xian senkte den Kopf leicht.

Ich lehnte mich vor. „Du glaubst, dass ich schwach bin, weil mein Haar ergraut ist? Dass meine Herrschaft endet, nur weil eine neue Generation heranwächst?"

Er schwieg.

Ich musterte ihn einen Moment. Ich erinnerte mich an die Zeit, als er noch ein Kind war, als ich ihn in meinen Armen hielt. So viel Zeit war vergangen.

Doch ein Herrscher konnte sich keine Sentimentalität leisten.

„Höre mich gut an, Xian", sagte ich sanft, „wenn du den Thron willst, dann hol ihn dir."

Ein Raunen ging durch den Saal.

Er hob den Kopf, seine Augen weiteten sich. „Mutter…"

„Zeig mir, dass du es wert bist."

Ich erhob mich langsam. Meine Seidenroben raschelten kaum hörbar.

„Aber sei gewarnt, ich werde nicht kampflos gehen."

Denn auch wenn mein Ende nahe war…

Ich war immer noch Wu Zhao.

704 n. Chr.

Die Luft war scharf wie ein Messer. Der späte Herbst hatte die Palastgärten in eine Landschaft aus dunklem Rot und Gold verwandelt. Die alten Bäume warfen lange Schatten auf die stillen Wege, und jedes fallende Blatt klang für mich wie ein ferner Gongschlag – ein unaufhaltsames Echo, das näher rückte.

Ich spürte die Zeit. Nicht in den Falten meiner Haut oder den Schmerzen meiner Knochen – nein, ich spürte sie in den Blicken. In den Flüstern der Eunuchen. In den vorsichtig gewählten Worten der Beamten. Sie schauten mich an, als wäre ich bereits Geschichte.

Aber ich war noch hier.

Noch saß ich auf dem Thron. Noch lenkte ich die Welt.

Noch nannten sie mich Kaiserin.

Und doch… ich wusste, was kam.

„Eure Majestät."

Zhangs Stimme war leise, fast flüchtig, als würde selbst er das Schweigen nicht stören wollen, das sich über meinen Thronsaal gelegt hatte.

„Er ist da."

Ich hob den Kopf.

„Lass ihn eintreten."

Zhang verbeugte sich tief und trat zurück.

Die Türen öffneten sich mit einem tiefen, langsamen Knarren.

Xian trat ein.

Mein letzter Sohn. Mein letzter Schatten.
Er trug die dunklen Farben der Regierung, schlicht, aber
festlich. Sein Blick war ruhig, seine Bewegungen
kontrolliert. Doch ich sah das Zittern in seiner linken Hand,
das er vor allen anderen verbarg.
Nicht vor mir.
Ich hatte ihn aufwachsen sehen. Ich hatte ihn geformt.
Und vielleicht, ohne es je offen zugegeben zu haben, auch
zerstört.

„Du hast mich rufen lassen, Mutter."
Seine Stimme war fest.
Ich lehnte mich zurück in meinen Thron. „Die Zeit ist
gekommen, meinst du nicht auch?"
Er zögerte. Ein einziges, kaum merkliches Innehalten –
doch es verriet mehr als Worte.
„Ich habe nichts gegen dich im Sinn."
„Nein?" Ich neigte den Kopf. „Du triffst dich mit Ministern
hinter verschlossenen Türen. Du lässt Berichte verfassen
über meine Gesundheit. Du berechnest jeden Schritt, als
würdest du bereits auf meinem Thron sitzen."
Xian senkte den Blick, dann hob er ihn wieder.
„Ich tue das, was getan werden muss. Das Reich darf nicht
ins Chaos stürzen."
„Und ich bin das Chaos?"
Stille.
Ein Tropfen fiel von einer der Dachleisten. Draußen wehte
der Wind Blätter gegen das Fenster.
„Du bist müde, Mutter", sagte er schließlich. „Du hast
dieses Reich mit Stärke geführt, mit Entschlossenheit –
niemand wird das je vergessen. Aber nun braucht es…
Ruhe. Weitsicht. Eine Zukunft."

Ich erhob mich langsam, mein Gewand raschelte wie das Flügelschlagen eines großen Vogels.

„Sag es, Xian. Sag, was du wirklich willst."

Er schwieg.

„Du willst den Thron."

Noch immer sprach er nicht.

Ich trat von der Erhöhung meines Thrones hinab, kam auf ihn zu. Er wich nicht zurück.

„Sag es, und du bekommst ihn."

„Es ist nicht so einfach."

Ich blieb stehen, nur eine Armlänge von ihm entfernt.

„Doch. Es ist genau so einfach. Sag es – oder geh."

Er atmete tief ein. Und dann, mit ruhiger Stimme:

„Ich will den Thron."

Für einen Moment… spürte ich nichts. Kein Zorn. Kein Schmerz. Nur… Stille.

Dann lächelte ich.

„Gut."

Er wirkte überrascht.

„Aber es gibt eine Bedingung."

„Welche?"

Ich trat an ihm vorbei, hin zur Halle, ließ meinen Blick über die steinernen Säulen gleiten.

„Du musst mich besiegen. Nicht mit Waffen. Nicht mit Blut. Sondern mit Weisheit. Mit Willen."

„Ich verstehe nicht."

Ich drehte mich wieder zu ihm um.

„Ich gebe dir drei Prüfungen. Drei Aufgaben, die entscheiden, ob du würdig bist, mein Nachfolger zu sein."

„Und wenn ich scheitere?"

Ich trat näher, ganz nah, bis ich seinen Atem spürte.

„Dann wirst du niemals regieren."

Ich ließ Xian stehen, ohne ihm weitere Anweisungen zu geben. Er würde verstehen. Wenn nicht heute, dann morgen.

Am Abend saß ich allein, eine Schriftrolle halb geöffnet auf dem Schoß, während der Wind gegen die Fenster schlug. Der Tee an meiner Seite war längst kalt geworden. Ich starrte ins Flackern der Öllampe und fragte mich, ob ich zum ersten Mal in meinem Leben... müde war.

Nicht schwach. Nicht besiegt. Nur –

Müde.

Und trotzdem konnte ich ihn nicht einfach loslassen. Ich hatte zu viele Jahre geopfert, zu viele Seelen geopfert, um nun weich zu werden.

Xian war mein Sohn. Doch das hieß nicht, dass ich ihm blind vertraute.

Drei Tage später ließ ich ihn zu mir rufen.

„Du wirst morgen den südlichen Markt betreten, verkleidet. Ohne Garde, ohne Titel. Du wirst unter dem Volk gehen. Zuhören. Sehen."

Er runzelte die Stirn. „Und dann?"

„Dann wirst du zurückkehren und mir berichten, was du gesehen hast – und wie du es zu ändern gedenkst."

Er war klug genug, nicht zu protestieren.

Am nächsten Abend kam er zurück, erschöpft, schmutzig – aber seine Augen waren heller als zuvor.

„Sie hungern nicht. Aber sie fürchten. Sie lieben den Kaiserhof nicht – sie ertragen ihn."

Ich lehnte mich zurück. „Und was wirst du tun?"

„Sie brauchen Hoffnung. Nicht nur Stärke. Ich würde den Palast öffnen. Den Hof modernisieren. Den Menschen das Gefühl geben, dass sie gesehen werden."
Ein feiner Stich ging durch mich. Ich hatte ihnen Sicherheit gegeben – aber nie Hoffnung.
Ich nickte nur. „Bestanden."

„Ich werde dir fünf Namen nennen", sagte ich ihm.
„Ehemalige Beamte. Manche loyal. Manche gefährlich. Du wirst entscheiden: Leben – oder Tod."
Er sah mich scharf an. „Du forderst mich auf, Richter zu spielen."
„Ich fordere dich auf, Verantwortung zu tragen."
Er nahm sich eine Nacht Zeit. Am Morgen brachte er mir die Liste zurück. Drei Leben verschont. Zwei hingerichtet.
Ich blätterte durch die Namen.
„Du hast den klügsten Mann am Hof getötet", stellte ich fest.
„Und den gefährlichsten", entgegnete er ruhig.
Ich sagte nichts. Aber in meinem Inneren regte sich etwas, das ich lange nicht gespürt hatte: Respekt.

Ich ließ ihn am Abend wieder rufen.
„Du hast das Volk verstanden. Du hast Recht gesprochen. Doch nun kommt die letzte Prüfung."
Er sah mich an. „Welche?"
Ich trat zu ihm, hielt ihm ein Schwert entgegen.
„Du sollst mich entmachten."
Er erstarrte. „Was?"
„Mit Worten, nicht mit Blut. Du wirst mich vor dem Hof in Frage stellen. Du wirst wagen, mich zu widersprechen."

Sein Blick war erschrocken, verwirrt, dann entschlossen.

„Und wenn ich mich weigere?"

„Dann bist du nicht bereit."

Er wusste, dass dies die härteste Prüfung war.

Mich zu widerlegen – vor all den Augen, die uns seit Jahren beobachteten.

Und doch… am nächsten Morgen trat er in den Thronsaal.

Und sprach.

Nicht mit Zorn. Nicht mit Trotz.

Mit Würde. Mit Wahrheit.

Er sagte, das Reich brauche Wandel. Dass meine Stärke die Fundamente gelegt hatte – doch dass ein neues Zeitalter andere Werkzeuge verlangte.

Ich sah in die Menge. Ich sah, wie sie ihm lauschten. Wie sie ihn nicht nur hörten, sondern wirklich verstanden.

Und zum ersten Mal – seit Jahrzehnten – spürte ich…

Frieden.

Ich erhob mich, schritt auf ihn zu. Der Raum hielt den Atem an.

Ich nahm die Krone von meinem Haupt.

Und reichte sie ihm.

Er zögerte.

Ich flüsterte: „Du hast mich besiegt."

Er nahm sie.

Nicht wie ein Eroberer. Sondern wie ein Erbe.

Und ich… war bereit, loszulassen.

Kapitel 19: Shun

Sommer 633 n. Chr.

Die Morgensonne fiel in schrägen Streifen durch das Papierfenster, doch ich hatte längst vergessen, wie man in der Wärme schlief. Der Wind aus den Bergen trug die Kälte tief in die Mauern unseres Hauses, und mein Strohlager fühlte sich an, als hätte es den Frost über Nacht eingesogen. Ich lag auf der Seite und hielt die Augen geschlossen, obwohl ich längst wach war. Ich horchte auf das Knarren der Diele über mir. Ein bedachter Schritt. Zwei. Dann wieder Stille.

Das musste Lin sein, mein ältester Bruder.
Er ging, wie er redete: mit dem Anspruch, dass man ihm zuhören sollte.
Ich hasste diese Geräusche, mit denen der Tag begann.
Mein Atem ging ruhig, doch in mir war ich wach wie ein Tier im Winter, das weiß, dass es im falschen Moment erschossen werden könnte.
Es war besser, nichts zu sagen, bis man musste.

Unten im Hof schrien die Hühner. Irgendjemand hatte das Tor zu früh geöffnet. Wahrscheinlich Lan, der jüngste der Diener, der nie wusste, wie spät es war.
Ich setzte mich auf, schob die Decke zurück und ließ meine Füße auf den kalten Boden gleiten.
Eisenkraut.
Der Geruch drang durch die Wand – bitter, schwer. Mutter ließ es kochen, wenn sie aufgebracht war. Wenn sie Wut in sich trug, die sie nicht zeigen durfte.
Ich hasste Eisenkraut.

In der Küche war es stickig. Mutter stand über dem Topf, ihre Haare streng nach hinten gebunden, das Gesicht glänzend vom Dampf.

„Du bist spät."

Ich sagte nichts. Ich war nicht spät. Ich war nur nicht früh.

„Zieh dir etwas Sauberes an. Deine Schwester Shun wird heute mit ihrer Lehrmeisterin beten gehen. Ich will nicht, dass sie aussieht, als würde sie aus einem Bauernhaus stammen."

Ich biss die Zähne zusammen. Nicht, weil sie mich beleidigt hatte. Sondern weil sie es beiläufig getan hatte. So als hätte es gar nichts mit mir zu tun.

Ich zog mich um, in etwas Dunkleres, Schlichteres. Und während ich die Knoten meines Gürtels band, hörte ich, wie Mutter mit ihrer Dienerin sprach:

„Sie isst so langsam. Fast wie mit Absicht. Glaubt sie, das macht sie kultivierter?"

Ich wusste, dass sie von Shun sprach.

Und ich wusste, dass sie sie loswerden wollte, auf ihre Weise.

Mutter sprach oft von „meinen Kindern" und wenn sie das tat, wusste ich genau, dass Shun nicht mitgemeint war.

Denn Shun war nicht aus ihrem Fleisch.

Sie war die Tochter von Vaters erster Frau, die Frau, über die niemand mehr sprach, weil Mutter ihre Erinnerung mit Misstrauen und Schweigen zugedeckt hatte.

Shun war zu still, zu schön, zu … rein.

Sie machte sich klein in ihrer Gegenwart, duckte sich, wenn Mutter das Zimmer betrat. Und Mutter? Mutter betrachtete sie wie ein ungebetener Schatten, der sich nie ganz vertreiben ließ.

Doch vor Vater trug sie ein anderes Gesicht.

„Ich sorge für sie wie für meine eigene", sagte sie dann.

Ich wusste es besser. Ich hatte sie gesehen, in jener Nacht vor zwei Wintern, als sie vor der Schlafzimmertür stand und das Teewasser für Shun trank, nur um es dann mit gerunzelter Stirn wegzugießen. Sie sagte nichts. Aber ihr Gesicht sprach Bände. *Kein Tropfen für die Bastardin.*

Shun war keine Bastardin. Sie war legitim geboren. Aber in Mutters Augen war sie das: Ein Überbleibsel einer anderen Frau. Eine Blume aus einem früheren Frühling. Ein Dorn.

An diesem Morgen schickte Mutter mich, um Shun zu holen.

„Sie wartet im Nordflügel. Sag ihr, sie soll nicht träumen – der Tag ist lang."

Ich nickte und ging, auch wenn ich genau wusste, warum sie mich schickte.

Nicht aus Bequemlichkeit.

Sondern, weil sie wissen wollte, was Shun tat, wenn niemand hinsah.

Ich fand Shun in einem kleinen Innenhof, wo sie still auf einem flachen Stein saß, die Hände im Schoß gefaltet. Ihr Blick war auf einen gefrorenen Wasserlauf gerichtet, und für einen Moment glaubte ich, sie würde beten – aber nein.

Sie sprach mit niemandem.

Sie sprach nur mit sich selbst.

„Mutter will dich sehen", sagte ich.

Sie zuckte leicht zusammen, wandte sich aber nicht sofort um.

„Sag ihr, ich komme."

„Soll ich sagen, dass du zögerst?"

Jetzt drehte sie sich um. Ihre Augen waren groß, warm, wie die von jemandem, der zu viel in sich hineinfrisst.
„Du redest wie sie."
Ich hob das Kinn. „Vielleicht rede ich, wie es nötig ist."
Sie schwieg.
Ich wandte mich ab. Ich hatte keinen Grund, mit ihr zu streiten. Nicht heute.
Aber in meinem Rücken spürte ich ihren Blick, wie eine Bitte, die sie nicht auszusprechen wagte.

Sommer 633 n. Chr.

Ich rannte.
Der Regen peitschte gegen die Dächer, prasselte auf die steinernen Wege, aber ich spürte die Kälte nicht. Meine Füße schlugen hart auf den nassen Boden, mein Atem ging stoßweise, während mein Herz gegen meine Rippen pochte.
Shun war tot.
Ich wusste es. Ich hatte es gesehen. Denn Mutter hatte es so gewollt. Doch ich konnte nicht schweigen.
Ich durfte nicht.
Ich musste es ihm sagen – Vater.
Das Tor zum Hauptgebäude war geöffnet, die Diener hielten sich an den Wänden, wagten nicht, mich aufzuhalten, als ich durch die Gänge eilte.
Mein Vater saß in seinem Studierzimmer, über eine Schriftrolle gebeugt, als ich hineinplatzte.
„Vater!"
Er sah auf, überrascht, doch sein Ausdruck wurde schnell streng.
„Zhao, was hat das zu bedeuten?"
Ich stand da, keuchend, meine Kleidung nass vom Regen, meine Hände bebend vor Wut.

„Shun ist tot!" rief ich. „Mutter hat sie vergiftet! Ich weiß es, ich habe es gesehen! Sie hat ihr diesen Tee gegeben, den Tee, den sie nie trank, wenn Vater nicht da war!"

Sein Blick verdüsterte sich. Langsam legte er die Schriftrolle beiseite und musterte mich mit einem unergründlichen Ausdruck.

„Was redest du da?"

„Ich sage die Wahrheit!" Ich trat einen Schritt näher, meine Hände zu Fäusten geballt. „Du weißt, dass sie sie gehasst hat! Du weißt es, Vater! Warum siehst du es nicht?"

Er stand auf, seine Haltung aufrecht, unbeweglich.

„Genug." Seine Stimme war leise, aber kalt wie Eisen.

Ich blinzelte.

„Vater…"

„Du bist noch ein Kind, Zhao. Du verstehst nicht, was du sagst."

Mein Körper fror ein.

„Aber ich habe es gesehen."

Er trat zu mir, legte eine schwere Hand auf meine Schulter.

„Shun war krank. Es war unvermeidlich. Deine Mutter würde so etwas nicht tun."

Mein Atem stockte.

„Nein." Ich schüttelte den Kopf. „Das ist eine Lüge! Du weißt es! Du weißt es!"

Doch sein Blick war hart.

„Das Gespräch ist beendet."

Er wandte sich ab, als wäre ich nur ein Windhauch, ein Schatten, der nicht mehr existierte.

Ich stand da, meine Hände schlaff, meine Beine schwer.

Er würde nichts tun.

Mutter hatte gewonnen.

Shun war fort.

Und niemand außer mir hatte sie gesehen, wie sie wirklich war.

Ich ging.

Nicht schreiend. Nicht rennend.

Ich ging.

Meine Füße trugen mich hinaus in den Hof, durch das nasse Gras, das meine Kleider durchnässte, hin zu jenem alten Baum, unter dem Shun früher gesessen hatte.

Ich sank zu Boden.

Und weinte.

Nicht laut.

Nicht wie ein Kind.

Sondern wie jemand, der verstanden hatte, dass das, was geschehen war, nie wieder rückgängig gemacht werden konnte.

Ich fühlte keine Erleichterung, keine Wut mehr. Nur eine Leere, die sich unter meinen Rippen ausbreitete wie etwas Kaltes, Dunkles.

Shun war tot.

Nicht, weil sie krank gewesen war. Nicht, weil sie schwach war.

Sondern weil jemand entschieden hatte, dass sie stört.

Ich hatte nie gewusst, dass ein Mensch einfach so sterben durfte.

Dass jemand das beschließen konnte – mit ruhiger Hand, mit einem Lächeln.

Mutter hatte nicht gezuckt. Nicht gezögert.

Und Vater… hatte weggesehen.

Ich konnte es nicht begreifen.

Wie kann man das tun?

Einen Menschen vergiften?

Ihn ansehen, während sein Atem langsam versiegt?

Wie kann man so leben und glauben, dass man Recht hat?

Ich umklammerte meine Knie, ließ meine Stirn darauf sinken.

Nie.

Nie würde ich so werden.

Nie würde ich glauben, dass jemandes Leben so wenig zählt.

Mord war ein Stachel, der nicht heilte. Ich wusste es jetzt. Und ich schwor mir: Wenn ich je Macht haben würde – dann würde ich sie nie dafür benutzen, jemanden grundlos zu töten. Ich wollte nicht wie sie sein. Ich wollte Gerechtigkeit. Doch tief in meinem Inneren spürte ich auch: Wenn mich niemand beschützte – dann würde ich lernen müssen, mich selbst zu verteidigen. Und manchmal…war das eine sehr einsame Entscheidung.

704 n. Chr.

Manchmal erwache ich noch vor der Morgenglocke, obwohl niemand mehr von mir verlangt, dass ich es tue. Nicht die Ratgeber. Nicht das Volk. Nicht einmal mein eigener Wille. Ich sitze dann aufrecht in meinem Gemach, die Hände im Schoß gefaltet, die Haare offen, und warte auf ein Geräusch, das nicht mehr kommt. Kein Ruf nach mir. Keine Eile.

Nur Stille. Der Palast schläft anders als früher. Damals war jedes Geräusch ein Ruf zur Schlacht. Jetzt klingt alles… gedämpft. Alt. Ich bin nicht mehr jung. Und selbst das Gold an meinen Haarspangen scheint dunkler geworden zu sein. An diesem Morgen gehe ich in den östlichen Hof, wo die Zypressen am Rand der Mauer wie uralte Wächter stehen. Der Wind trägt den Duft von trockener Erde und alten Steinen.

Ein Diener begleitet mich stumm, hält Abstand. Ich mag das.

Ich brauche keine Worte.

Ich beobachte einen Vogel, der auf einem Ast sitzt und seinen Kopf schief legt.

Ein kleiner, grauer Spatz. Unbedeutend.
Und doch bleibt mein Blick auf ihm ruhen.
Er zittert in der Kälte.
Ich frage mich, ob er weiß, dass es mein letzter Winter sein
könnte.

Im Teehaus des inneren Hofs lasse ich mir Jasmintee
bringen.
Zhang, mein treuester Eunuch, sitzt schweigend mir
gegenüber. Auch er ist alt geworden, aber auf eine andere
Weise. Sanfter.
Er reicht mir die dampfende Schale, aber ich nehme sie
nicht sofort.
„Was sagt das Volk?" frage ich nach einer langen Weile.
„Es spricht leise", sagt er. „Aber freundlich."
Ich lache.
„Das Volk lügt weniger, wenn es zufrieden ist. Oder wenn
es glaubt, dass man bald stirbt."
Er senkt den Blick.
Ich nippe am Tee. Der Geschmack ist schwach. Früher
hätte ich das bemängelt. Heute finde ich es angenehm.
Am Nachmittag spaziere ich durch die alten Gänge, jene,
die kaum noch jemand betritt.
Hier hängen Wandrollen mit Gedichten, die vor zwanzig
Jahren modern waren.
Ich bleibe vor einer stehen. Es ist ein Gedicht über
Loyalität.
Ich erinnere mich nicht, wer es geschrieben hat. Aber ich
erinnere mich, wen ich damals aus dem Palast entfernen
ließ, weil er den Vers zu oft zitierte.
Ich wusste damals: Wer zu sehr von Tugend sprach, plante
Ungehorsam.
Heute frage ich mich, ob ich recht hatte.
Oder ob ich nur vorsichtig war.

Oder vielleicht einfach nur grausam.

Im inneren Garten, bei den Pflaumenbäumen, sitzt eine neue Konkubine mit einer Laute auf dem Schoß.

Sie sieht mich und erhebt sich erschrocken, verbeugt sich tief.

Ich winke ab.

„Setz dich. Spiel weiter." Ihre Finger zittern leicht, als sie die Saiten berührt. Ich erkenne das Stück. Ich höre es nicht – ich **spüre** es. Es ist das Lied, das ich als junges Mädchen heimlich zu lernen versuchte. Ich war nie gut darin. Ich wollte es nur, weil Shun es spielte. Mein Herz zieht sich zusammen. Ich schließe die Augen. Nicht aus Schmerz.

Aus Erinnerung.

Wenn die Sonne untergeht, gehe ich zurück in meine Gemächer.

Die Diener zünden die Laternen an, und das warme Licht tanzt über die Wände.

Ich sehe mein Spiegelbild im lackierten Holz. Und frage mich, wer diese Frau ist. Ich bin Kaiserin. Ich war Mutter. Ich war Tochter. Ich war Richterin. Ich war Henkerin. Und in stillen Nächten… bin ich einfach nur Zhao.

Kapitel 20: Warum

Ich erkannte ihn sofort. Obwohl zwei Jahrzehnte vergangen waren. Obwohl sein Haar nun von grauen Strähnen durchzogen war, seine Schultern nicht mehr so stolz wirkten, seine Stimme vorsichtiger, ja fast flehentlich klang. Aber es war Huayi. Und er stand in der Audienzhalle, kniete tief und sprach mit jener seidigen Stimme, die einst mein Herz zum Stolpern gebracht hatte.

„Eure Majestät… es war töricht, zu gehen. Aber törichter, so lange zu schweigen. Ich bitte um Verzeihung. Und wenn ich nur Euer Schatten sein darf… so sei es."

Ich stand nicht auf. Ich sah ihn nur an. Wie er kniete. Wie er zitterte. Wie er hoffte. Und ich erinnerte mich. An Nächte, in denen ich in seinen Armen lag, an seine Finger in meinem Haar, an seine Stimme, die meine Ängste beschworen und vertrieben hatte.

Und ich erinnerte mich, wie ich ihn fortgeschickt hatte – nicht, weil ich ihn nicht liebte.

Sondern weil ich ihn zu sehr liebte. Weil er mich weich machte.

„Du warst ein Gedicht in einem Reich aus Schwertern", sagte ich leise.

Sein Blick hob sich vorsichtig. „Und nun bin ich nur noch ein Wort – bitte, lass mich bleiben."

Ich trat langsam vom Thron herab, ließ meine Seidenroben über den Boden schleifen, bis ich vor ihm stand.

„Du willst bleiben", wiederholte ich.

„Ja."

„Warum jetzt?"

Er senkte den Blick. „Weil ich dachte… dass du mich vergessen hast. Aber das konnte ich nie glauben."

Ich beugte mich vor, so dicht, dass er meinen Atem spüren musste.

„Ich habe dich nicht vergessen, Huayi. Ich habe dich getötet – in mir."

Er blinzelte. Verstand nicht. Noch nicht.

Ich richtete mich auf.

„Bringt ihn in den Westhof. Und macht es öffentlich."

Ein Murmeln ging durch den Saal.

Huayi starrte mich fassungslos an. „Zhao…"

„Sag diesen Namen nie wieder."

„Ich habe dir nichts getan!"

„Du hast mich an das erinnert, was ich längst überwunden habe."

Er begann zu schreien, zu weinen, zu betteln.

Ich hörte nicht hin.

Ich drehte mich um, und als die Wächter ihn packten, fühlte ich keine Reue.

Nur das Echo eines Lebens, das ich nie leben durfte.

Der Himmel war bleigrau, die Wolken tief hängend, als hätte selbst der Himmel beschlossen, heute nicht zu urteilen.

Ich stand auf der erhöhten Plattform des Westhofs, umgeben von meiner Leibwache, dem Hof, ausgewählten Beamten und jenen Gesichtern, die sich nie trauten, zu lange in meine Richtung zu sehen. Vor mir: der Pfahl. An ihm – Huayi.

Sein Oberkörper war nackt, nur mit zerfetztem Stoff bedeckt, der einmal ein ehrbares Gewand gewesen war.

Sein Haar war wirr, der Blick gerötet, aber nicht gebrochen. Noch nicht. Ich hatte darauf bestanden, dass es langsam geschah. Nicht aus Rache. Sondern aus Erinnerung. Er sollte nicht einfach sterben.Er sollte wissen, **warum** er stirbt.

„Eure Majestät", flüsterte Zhang an meiner Seite. „Die Scharfrichter sind bereit."

Ich nickte.

„Beginnt."

Der erste Schnitt war kein tödlicher.

Die Klinge fuhr über seinen Oberarm – nicht tief, nicht grausam. Nur ein Anfang.

Huayi zuckte, stöhnte leise.

Ich sah, wie er versuchte, den Blick zu heben, zu mir.

Ich erwiderte ihn nicht. Ich sah ihn, aber ich ließ ihn **nicht** sehen, was in mir war.

Denn in mir war nichts.

Nur Stein.

Der zweite Schnitt kam über die Schulter, diagonal.

Jetzt schrie er.

Nicht laut. Nicht verzweifelt.

Es war ein Schrei, der wusste, dass er kein Mitleid mehr verdienen konnte.

Und trotzdem – ich spürte, wie mein Herz ganz kurz gegen den Panzer schlug, den ich über Jahrzehnte getragen hatte.

Ich zwang mich, zu atmen.

Tief. Ruhig.

„Noch fünf Schnitte", sagte ich.

„Dann der Hals."

Zhang verbeugte sich. „Wie Ihr befehlt."

Blut tropfte auf den kalten Stein.

Die Zuschauer standen still. Nicht einmal ein Kind weinte.

Niemand wagte zu flüstern. Denn ich war dort. Ich war das Auge. Ich war das Urteil.

Ich war die Geschichte, die sich selbst vollstreckte. Nach dem letzten Schnitt, bevor das Beil kam, hob Huayi noch einmal den Kopf. Sein Blick fand mich. Und für den Bruchteil eines Atems war da... kein Hass. Kein Flehen.

Nur eine Frage. *Warum?* Ich sagte nichts. Ich gab ihm keine Antwort. Denn er kannte sie längst.

Das Beil fiel. Ein einziger dumpfer Laut. Und dann war es still. Ich wandte mich ab.

Ich sagte kein Wort. Aber in meinem Inneren hallte sein letzter Blick nach wie ein Schritt in einem langen, dunklen Gang. Ich war noch immer Kaiserin. Aber einen Augenblick lang – nur einen einzigen – war ich wieder Zhao.

705 n. Chr.

Xian ging einen halben Schritt hinter mir, wie es sich gehörte.

Nicht zu nah, um gleichgestellt zu wirken. Nicht zu weit, um als abwesend zu erscheinen.

Sein Gesicht war ruhig, aber ich kannte seinen Atem. Er war schneller als sonst. Nervös.

Gut.

Er sollte nervös sein.

„Halte den Blick gerade, aber weich", flüsterte ich, ohne ihn anzusehen. „Die Alten achten auf deine Augen mehr als auf deine Worte."

„Ja, Mutter."

Ich blieb stehen. Drehte leicht den Kopf.

„Wie nennst du mich hier?"

„Majestät."

Ich lächelte kaum merklich. „Gut."

Die Türen zur Halle öffneten sich schwerfällig, wie immer, wenn der Hof vorbereitet war – aber nicht bereit.

Ich trat ein. Xian folgte.

Zhang rief unsere Ankunft aus. Alle erhoben sich.

„Eure Majestät. Kronprinz Xian."

Ich winkte nicht ab. Ich ließ sie stehen. Ich ließ sie warten.

Dann setzte ich mich auf den Thron.

Xian stand zu meiner Rechten – wo einst der Kaiser stand, wo sonst niemand stand.

Ein Zeichen.

Ein Schachzug.

Und jeder im Raum verstand es.

Minister Su trat vor, alt, erfahren, ein Fuchs mit goldenem Zopfband. Er senkte sich tief.

„Eure Majestät, es gibt Stimmen, die besorgt sind über die jüngste Hinrichtung im Westhof."

„Besorgt?" Ich hob eine Braue. „Oder beschämt?"

Ein Flimmern in seinem Blick. Er wollte widersprechen – aber tat es nicht.

„Es war ein außergewöhnlicher Fall. Manche sagen… persönlich."

Ich schwieg.

Dann wandte ich mich zu Xian.

„Was meinst du dazu, Prinz?"

Ein Raunen ging durch die Halle.

Xian schluckte. Dann: „Der Hof hat das Recht, Fragen zu stellen. Aber der Hof hat auch die Pflicht, der Majestät zu vertrauen."

Ich lächelte. Nicht für die Halle. Für mich.

Das war eine Antwort.

Nicht zu weich. Nicht zu hart.

Er konnte lernen.

Minister Han – jung, ehrgeizig, aber dumm genug, sich für klug zu halten – trat nun vor.

„Majestät, falls ich sprechen darf, vielleicht wäre es klüger, Zeichen der Stärke anders zu setzen. Durch Wohlstand. Durch Feiern. Nicht durch öffentliche Gewalt."

Ich sah ihn an, als hätte er sich selbst das Grab geschaufelt.

„Wohlstand wächst nicht aus Feigheit. Und der Pöbel feiert, weil ich ihn leben lasse."

Ein Flackern in seinen Augen.

Ich stand auf.

„Ich dulde viele Dinge: Ungehorsam. Dummheit. Selbst Fragen. Aber ich dulde keine Vergessenheit."

Ich trat auf ihn zu. Mein Gewand streifte den Boden.

„Vergesst nie, dass ich nicht darum gebeten habe, zu herrschen. Ich habe es mir genommen."

Der Hof erstarrte.

Dann wandte ich mich an Xian.

„Wenn du diesen Thron willst, wirst du nicht um Zustimmung bitten. Du wirst ihn einnehmen. Und wenn du ihn trägst – wirst du nicht bitten. Du wirst sprechen."

Xian senkte leicht den Kopf. „Ich verstehe."

„Dann lerne weiter."

Am nächsten Tag, kurz vor dem Morgengrauen, ließ Minister Su einen verschlossenen Brief überbringen. Keine Farbe, kein Siegel. Nur Papier, alt, gefaltet wie eine Entschuldigung.

Ich erkannte sofort, was das bedeutete: Kein offizieller Weg. Kein Widerspruch möglich.

Ein stiller Aufruf zum Umdenken.

Ein stiller Versuch, mich loszuwerden.

Ich las die Zeilen bei Tee und gedämpftem Licht.

„Eure Majestät hat Großes vollbracht. Doch das Reich sehnt sich nach Ruhe, nach einer weicheren Hand. Kronprinz Xian ist weise und beliebt. Eine ehrenvolle Übergabe würde das Vertrauen stärken und Euren Namen unsterblich machen."

Unsterblich.
Ein schönes Wort für:
Tret' zurück.

Ich rief Xian nicht sofort zu mir. Ich ließ ihn warten. Zwei Tage.
Am dritten kam er selbst.
„Mutter."
Ich schwieg.
Er hielt mir den Brief hin – den selben.
„Ich habe ihn auch bekommen."
Ich nahm ihn nicht.
„Und? Hast du Antwort gegeben?"
„Noch nicht."
Ich stand langsam auf. Mein Blick ruhte auf seinem.
„Und wenn du gefragt wirst, was du willst – was wirst du sagen?"
Er atmete tief. „Dass ich regieren werde, wenn es an der Zeit ist. Nicht vorher."
Ich trat näher.
„Glaubst du, du wirst gefragt?"
Er senkte den Blick nicht. „Ich hoffe, ich muss es nicht erkämpfen."
Ich nickte. Fast anerkennend.
Dann drehte ich mich zum Fenster.
„Die Männer, die dich jetzt loben, sind dieselben, die mich einst ausgelacht haben. Sie sehen in dir nicht die Zukunft –

sie sehen nur ihr altes Spiegelbild. Ihre Macht. Ihre Sprache. Ihre Regeln."

Er schwieg.

Ich fuhr fort: „Wenn du ihnen zu früh gibst, was sie wollen – dann wirst du ihre Puppe. Und du weißt, was ich mit Puppen tue."

Ein kalter Windhauch ließ das Papier rascheln.

Xian verstand.

Der nächste Hofrat war voller gespannter Blicke.

Ich wusste, was sie dachten.

Dass ich schwächelte.

Dass ich mich zurückziehen würde.

Dass Xian schon bald allein auf dem Thron sitzen würde – und sie ihm ins Ohr flüstern könnten, wie sie es einst bei meinem Gemahl versucht hatten.

Aber ich war nicht gestorben.

Ich war hier.

Und ich hatte nicht vergessen.

„Bringt Minister Han vor", befahl ich.

Er trat vor. Selbstbewusst. Ein Hauch zu stolz.

Er hatte geglaubt, sich geschickt zwischen mir und Xian gestellt zu haben.

Ein Förderer. Ein Vermittler.

Ein listiger Knoten im Seidenband der Zukunft.

„Minister Han", begann ich, „es gibt ein Problem mit einem Bericht aus der Provinz Bingzhou."

Er blinzelte. Überraschung. Dann Furcht.

„Ich… Majestät?"

„Drei Steuerabgaben, doppelt verzeichnet. Dreimal verschwunden. Drei Mal unterschrieben – von Eurer Hand."

Er öffnete den Mund. Schließ ihn wieder.

„Eine Fälschung, vielleicht? Ein Irrtum?"

Ich winkte Zhang.

Zhang reichte mir ein weiteres Blatt.

Ich las: „Und hier – ein Empfehlungsschreiben an Kronprinz Xian. Handschriftlich. Mit dem Vorschlag, *die Last der Gegenwart milde zu behandeln.*"

Die Halle erstarrte.

Xian drehte leicht den Kopf zu mir. Ich hob nur die Hand.

„Sagt nichts, Xian. Ihr sollt hören."

Ich trat die Stufen hinab, langsam, jede Bewegung kontrolliert.

„Ihr wolltet mich stürzen."

Han fiel auf die Knie. „Majestät, nein – ich… ich wollte das Reich sichern—"

„Indem Ihr Euch darin einnistet wie ein Wurm im Apfel?"

Ich umrundete ihn.

„Ihr habt geglaubt, ich würde Euch ziehen lassen. Dass ich Platz mache."

Ich hielt an.

„Heute geht Ihr. Aber nicht in den Ruhestand."

Ich sah zu Xian.

„Kronprinz. Was tun wir mit Beamten, die den Drachen füttern – nur, um ihn dann zu fesseln?"

Xian zögerte. Dann sagte er mit fester Stimme:

„Wir brennen ihre Netze."

Ich nickte.

„Lasst ihn seine Ämter niederlegen. Noch heute. Und verbannt ihn in die westlichen Berge. Ohne Familie. Ohne Name."

Zhang verneigte sich tief.

Han stieß ein letztes „Bitte…" hervor – doch niemand antwortete.

Ich setzte mich wieder auf den Thron.

Xian stand still an meiner Seite.

Seine Hände waren ruhig. Aber seine Augen?

Sie brannten.

Nicht vor Schrecken.

Vor Erwachen.

Er hatte es gesehen.

Was eine Entscheidung kosten konnte.

Und was es hieß, ein Kaiser zu sein.

Die Nacht war still. Zu still. Nicht einmal der Wind bewegte die Seidenvorhänge.

Ich saß im hinteren Pavillon, in jenem Teil des Palastes, den niemand mehr betrat, außer Zhang und den wenigen, die wussten, dass ich dort meine wirklichen Gedanken sammelte. Die Teekanne dampfte noch leicht. Ich hatte sie selbst aufgegossen – ein seltenes Ritual. Ich wollte keine anderen Hände heute.

„Tritt ein", sagte ich, ohne aufzusehen.

Die Schritte hinter dem Vorhang waren vorsichtig. Dann trat Xian ein, ohne ein Wort.

Er trug keinen Prunk, keinen Brokat. Nur schlichtes Dunkelgrau. Ich deutete auf das Kissen gegenüber. Er setzte sich. Stille. Ich ließ sie stehen, wie einen dritten Gast zwischen uns. Dann:

„Du hast heute gesehen, was Worte wiegen."

Er nickte. „Mehr als Schwerter."

„Und Blut ist nicht immer rot."

„Manchmal riecht es nach Tinte."

Ich sah ihn an. In seinen Zügen lag mein Widerspruch. Ein Teil von mir – und doch etwas Eigenes.

„Hast du gezweifelt?"

Er atmete ein, dann aus.

„Nicht an dir. Aber an mir."

„Warum?"

„Weil ich nicht wusste, ob ich mich gefreut oder geschämt habe."

Ich schwieg.

Dann schenkte ich ihm Tee ein. Langsam.

„Beides ist gut. Solange du nicht abstumpfst."

Er hob den Blick.

„Wie oft hast du dich geschämt, Mutter?"

Ich nahm einen Schluck. Schob die Tasse beiseite.

„Oft."

„Und trotzdem hast du weitergemacht?"

Ich lächelte schwach.

„Weil ich wusste: Ich werde nicht erinnert für meine Zweifel. Sondern für das, was ich trotz ihnen tat."

Der Wind kam zurück, als hätte er gelauscht. Ein Blatt löste sich vom Dachbalken und segelte zwischen uns zu Boden.

Xian hob es auf, drehte es zwischen den Fingern.

„Du wirst gehen. Irgendwann. Und dann werde ich… allein entscheiden müssen."

Ich nickte.

„Ja."

Er fragte nicht wann.
Ich sagte nicht bald.
Wir wussten beide: Die Zeit war ein Gast, der längst Platz
genommen hatte.

„Fürchtest du mich?" fragte ich leise.
Er sah mich an. Offen. Ehrlich.
„Nein. Aber ich weiß, dass ich es müsste."
Ich lächelte.
„Dann wirst du herrschen können."

Frühling 705 n. Chr.

Ich fühlte es zuerst in den Händen.
Ein Zittern, kaum sichtbar, das in den kalten
Morgenstunden begann und erst nach dem dritten Schluck
Tee nachließ.
Dann in den Beinen.
Nicht als Schmerz – sondern als eine Art Müdigkeit, die
nicht wegging, egal wie lange ich saß.
Zhang sah es. Natürlich sah er es. Doch er sagte nichts.
Denn er wusste, dass ich keine Schwäche dulde. Nicht
einmal meine eigene.

Xian stand im Audienzsaal, umgeben von Beamten.
Doch diesmal war ich nicht an meiner üblichen Stelle.
Ich hatte ihn vorgeschickt.

Ein Test. Ein Spiel.

Oder vielleicht… eine Notwendigkeit.

Ich beobachtete aus dem angrenzenden Korridor, verborgen hinter der Holzschnitzerei, die den Saal von der Schattenseite trennte.

„Die Getreideabgaben aus den südlichen Provinzen sind zurückgegangen", sagte Minister Su. „Die Beamten ersuchen eine Steuererleichterung, um die Verluste auszugleichen."

Xian hörte ruhig zu. Ich erkannte diese Stille.

Er dachte.

Er entschied.

„Nein."

Ein Raunen ging durch den Saal.

„Nein?" wiederholte Minister Su.

Xian trat einen Schritt nach vorne. „Das Reich muss Prioritäten setzen. Die Grenztruppen im Westen benötigen Versorgung. Die Handelsrouten müssen geschützt werden. Steuererleichterungen für den Süden würden nur das Problem verschieben."

„Aber das Volk—"

„Wird hungern, wenn wir nicht regieren."

Ich lächelte.

Er hatte verstanden.

Doch dann tat er etwas, das ich nicht erwartet hatte.

„Allerdings…"

Ich erstarrte leicht.

„… die Provinzbeamten sollen eine geregelte Frist zur Abgabe der Steuern erhalten. Keine Erleichterung, aber Zeit zur Anpassung."

Das Raunen wurde lauter.

Er war klug.

Zu klug.

Er hatte gelernt, zu geben, ohne zu geben.

Und doch – es war nicht meine Art.

Ich trat aus dem Schatten.

Sofort verneigte sich der Saal.

Xian blickte mich an.

Ich sah kein Schuldgefühl.

Nur Erwartung.

„Kronprinz Xian hat gesprochen", sagte ich ruhig.

Die Beamten wagten nicht, mich direkt anzusehen.

„Seine Entscheidung steht."

Später, in meinen Gemächern, trat Xian zu mir.

„Du hast nicht widersprochen", sagte er.

„Nein."

Er musterte mich lange.

„Aber du warst nicht einverstanden."

Ich schwieg.

Dann setzte ich mich langsam auf die Liege.

„Macht ist kein Schwert, Xian. Sie ist ein Seil. Ziehst du zu hart, zerreißt es. Lässt du los, verlierst du es."

Er trat näher.

„Und wenn du zu müde wirst, es zu halten?"

Ich sah ihn an.

„Dann reiße ich lieber alles mit mir."

Er schwieg lange.

Dann verbeugte er sich leicht.

Und ging.

Ich wachte auf, bevor das Licht den Raum erreichte. Der Schmerz war dumpf, tief in den Gelenken. Mein rechter Arm fühlte sich an, als gehöre er nicht zu mir. Der Tee, den Zhang mir gestern gegeben hatte, war bitter gewesen, anders als sonst.

Vielleicht war es nur der Frühling.

Vielleicht war es etwas anderes.

Ich schob die Decke zurück, langsam. Meine Knie zitterten beim Aufstehen. Es störte mich nicht, dass ich Schmerzen hatte.

Es störte mich, dass **andere** es bemerken könnten.

Zhang kam herein, wie immer leise, wie immer aufmerksam. Doch ich sah es – er musterte meine Hände länger als nötig.

Ich legte sie bewusst ruhig auf das Tischchen.

„Es ist kalt heute", sagte ich.

„Sehr, Majestät."

Lügner. Ich stand auf. Trotz allem.

„Ruf Xian zum Mittagsmahl."

Zhang verbeugte sich.

Der Palast war stiller als sonst. Ich sah Diener, die einander bedeutungsvoll ansahen. Ich hörte Schritte, die zu abrupt abbrachen, wenn ich einen Korridor betrat. *Sie wissen etwas.*

Oder sie glauben, etwas zu wissen. Vielleicht war das gefährlicher.

Xian kam zur Mittagszeit, wie befohlen. Er verneigte sich tief. Zu tief.

„Mutter." Ich sah ihn an.

„Du sprichst nicht von deiner letzten Entscheidung."

„Ich dachte, du würdest sie bewerten."

„Ich bewerte nicht. Ich beobachte."

Er schwieg.

Ich lehnte mich vor.

„Du darfst handeln. Du darfst sogar führen. Aber du darfst mich nicht vergessen, solange ich noch atme."

Sein Blick wurde ruhig. Vielleicht zu ruhig.

„Ich werde dich nie vergessen."
Ich spürte, wie sich etwas in meinem Innern regte. Kein Schmerz. Keine Angst.
Misstrauen.

Der Himmel war wolkenverhangen, aber es regnete nicht. So wie ich es wollte.
Ein stiller Himmel für ein stilles Ende.
Ich stand am oberen Ende der Drachenterrasse, das Gewand schwer wie Geschichte. Dunkles Purpur, schwarzes Gold, sieben Drachen gestickt, ihr Blick nach vorn – nicht zurück.
Vor mir: der Hof.
Alle versammelt. Beamte, Generäle, Hofdamen, Eunuchen, selbst die Alten, die sich kaum noch bewegen konnten.
Und Xian.
Er stand unterhalb der Treppen, in weißem Gewand, schlicht, aber makellos. Sein Blick hob sich zu mir, nicht zaghaft, nicht fordernd – nur bereit.
Ich hatte ihn dorthin gebracht.
Ich hatte ihn geformt.
Und nun ließ ich los.
Nicht weil ich gezwungen war.
Sondern weil ich es entschied.

Zhang trat an meine Seite. In seinen Händen: das kaiserliche Siegel.
Er hatte es wie ein Kind gehalten, das weiß, dass es gleich Abschied nehmen muss.
„Eure Majestät?" flüsterte er.
Ich nickte. Dann trat ich einen Schritt nach vorn. Der Klang meines Gewandes war das Einzige, was durch die Halle hallte. Ich hob das Siegel hoch.

„Dieses Reich hat viele Namen getragen. Doch unter mir trug es Klarheit." Meine Stimme war ruhig.

„Ich habe mit Eisen regiert, mit Blut, mit Gesetz. Ich habe mehr gefordert, als ich gegeben habe. Aber ich habe es gehalten."

Kein Laut.

„Heute gebe ich es zurück."

Ich wandte mich an Xian.

„Du hast beobachtet. Du hast gewartet. Jetzt wirst du führen."

Ich trat die ersten Stufen hinab.

Jeder Schritt schwerer als der letzte.

Nicht, weil ich es bereute.

Sondern weil ich es wirklich tat. Ich reichte ihm das Siegel.

Er nahm es mit beiden Händen, kniete tief.

„Ich, Xian, nehme das Mandat an. Und werde führen, wie gelehrt."

Ich legte meine Hände auf seine Schultern.

„Und wenn du strauchelst?"

„Dann werde ich wieder aufstehen."

„Und wenn du verrätst?"

„Dann wirst du mich richten."

Ich nickte. Und trat zur Seite. Ich trat zurück. Nicht schnell. Nicht feierlich. Einfach… entschieden. Die Drachen, gestickt in mein Gewand, wandten sich beim Gehen wie Schatten hinter mir. Jede Stufe, die ich nach unten ging, war ein Atemzug Vergangenheit. Ich sah nicht zurück. Ich hörte kein Flüstern – aber ich wusste, dass es da war. Nicht, weil sie zweifelten. Sondern weil sie wussten: *Es ist wirklich vorbei.*

Zhang erwartete mich am Rand der Halle.

„Majestät…"

Ich blieb stehen. Sah ihn an.

„Nicht mehr. Sag es nicht mehr."

Er verneigte sich tief. „Verzeiht."

Ich drehte mich ein letztes Mal um.

Xian stand auf dem Thron.

Gerade. Stark. Ruhig. Und ich? Ich war frei. Nicht von der Macht. Sondern von der Notwendigkeit, sie zu verteidigen.

Die Nacht war weich.

Zum ersten Mal seit Jahren hörte ich keinen Gong.

Kein Fußgetrappel. Keine Stimmen.

Nur den Wind.

Ich saß allein im kleinen Nebenzimmer. Nicht in den offiziellen Gemächern. Nur ein Raum mit einem Tisch, einem Kissen, einer Lampe.

Ich trug keine Insignien. Kein Gold. Kein Purpur.

Nur Grau.

Ich sah meine Hände an.

Sie zitterten leicht.

Aber sie waren leer.

Frei.

Ich nahm die Kanne, goss mir Tee ein. Langsam. Der Dampf stieg auf wie Erinnerungen.

Ich dachte an Shun. An Huayi. An Lizhi. An all die, die ich geliebt hatte. Und geopfert.

Und an mich. An Zhao. Die kleine, wütende, schweigende Zhao aus Wenshui.

Ich habe gewonnen. Ich habe verloren. Ich habe Geschichte geschrieben.

Und nun? Ich war nur noch ich. Morgen würde die Sonne auf ein neues Kaiserreich scheinen.

Aber heute Nacht…

war sie noch mein.

649 n. Chr.

Der Himmel war klar, fast unnatürlich ruhig an diesem Abend. Kein Wind. Kein Geräusch. Nur der langsame Klang von Schritten auf Stein – begleitet von weichem Seidenrauschen. Ich hatte nicht erwartet, dass er wirklich kommen würde.

Nicht, nachdem er tagelang keine meiner Bitten beantwortet hatte.

Nicht, nachdem ich gehört hatte, dass er sich zurückzog – dass seine Zeit bald zu Ende ginge. Aber er kam.

Und er kam allein.

„Meiniang."

Seine Stimme war nicht laut. Nicht schwach. Nur… einfach.

Ich stand sofort auf, verneigte mich tief.

„Majestät."

Er winkte ab. „Heute nicht."

Ich richtete mich langsam auf, ließ ihn in mein stilles Gemach treten. Nur ein Tisch, zwei Kissen, eine dampfende Teekanne mit Jasmin – mein stiller Trost an Abenden wie diesem.

„Ihr habt Euch Zeit genommen", sagte ich leise.

„Ich habe nachgedacht."

„Über mich?"

„Über vieles. Aber ja – auch über dich."

Er setzte sich, langsam, fast zögerlich, als wäre er zum ersten Mal in einem Raum, in dem keine Entscheidungen von ihm erwartet wurden.

Ich goss Tee ein, ohne etwas zu sagen. Er beobachtete meine Hände.

„Sie zittern nicht."

„Nur innen."

Er nickte. Trank. Schwieg.

Ich tat es ihm gleich.

Der Tee war leicht, duftend. Eine Erinnerung an Frühling, an etwas, das wachsen wollte, obwohl der Hof nur auf Kontrolle getrimmt war.

„Du warst nie wie die anderen", sagte er schließlich.

Ich senkte den Blick. „Weil ich nicht gelernt habe, zu schweigen."

„Nein."

Er sah mich direkt an.

„Weil du zuhörst, wenn niemand spricht."

Ich sah ihn wieder an. Und plötzlich war da keine Krone mehr.

Nur ein Mann, der alt war – nicht an Jahren, sondern an Verantwortung.

„Manchmal frage ich mich, ob ich es richtig gemacht habe", flüsterte er.

„Die Kaiserzeit?"

„Das Leben."

Ich antwortete nicht sofort.

Dann: „Ich frage mich das manchmal, obwohl ich noch kaum begonnen habe."

Er lachte leise. Müde, aber echt.

„Du wirst kein leichtes Leben haben, Meiniang."

„Ich weiß."

„Und du wirst Entscheidungen treffen, die du nie vergessen kannst."

Ich nickte.

„Aber ich werde sie verstehen."

Er sah mich noch einen Moment lang an. Dann stellte er die Teeschale ab, als wäre sie etwas Kostbares.

„Du wirst über mich hinauswachsen."

Ich zuckte leicht zusammen. „Das will ich nicht."

„Doch", sagte er sanft. „Und genau deshalb wirst du es tun."

Er stand auf. Ich begleitete ihn bis zur Tür.

Dort blieb er stehen.

Er sah mich nicht an, als er sagte:

„Behalte deinen Blick. Nicht für die Männer. Für dich."

Ich verneigte mich tief.

Als ich ihn gehen hörte, war mir, als hätte der Raum seine Wärme mitgenommen.

Aber der Tee war noch da. Und mein Blick.

Und zum ersten Mal fühlte ich, dass ich ihn eines Tages nicht mehr senken müsste.

Die Nacht hatte sich längst über den Palast gelegt, aber ich fand keinen Schlaf.

Ich saß auf dem Fenstersims, mein Gewand lose über die Schultern gelegt, während mein Blick in den Hof glitt. Die Laternen flackerten, als würden sie selbst nicht wissen, ob sie noch gebraucht wurden. Ning trat leise ein. Wie immer.

„Du hast ihn gesehen", sagte sie ohne Umschweife.

Ich antwortete nicht.

Sie setzte sich zu mir.

„Man sagt, der Kaiser hat nicht mehr lange."

„Man sagt viel."

„Aber du schweigst."

Ich drehte den Kopf. Ihre Augen waren schmal, aber warm.

„Was willst du hören?" fragte ich.

„Was du gefühlt hast."

Ich schwieg einen Moment. Dann sagte ich:

„Dass ich ihn nicht retten kann."

„Wolltest du das?"

Ich zuckte mit den Schultern. „Ich weiß es nicht. Vielleicht wollte ich nur, dass er mich sieht. Nicht als Konkubine. Als Ich."

Ning legte eine Hand auf meine.

„Er hat dich gesehen. Ich hab's in deinem Gesicht gelesen."
Ich sah sie an.
„Und du? Siehst du mich?"
Sie lächelte. „Seit wir uns kennen."
Wir schwiegen gemeinsam. Eine seltene Art der Nähe.
Dann sagte sie leise:
„Manchmal habe ich Angst, dich zu verlieren. Nicht weil
du gehst, sondern weil du dich veränderst."
Ich erwiderte: „Ich kann nicht so bleiben wie ich bin."
„Ich weiß. Aber… ich will nicht, dass du so wirst wie die
da draußen."
„Du meinst: wie die Mächtigen."
„Ich meine: wie die Einsamen."
Ich spürte, wie sich etwas in mir regte. Ein Zweifel. Eine
Traurigkeit. Oder ein Schimmer von Wahrheit.
„Wenn ich je zu weit gehe", flüsterte ich, „dann sag es
mir."
„Ich werde es sagen."
Sie hielt meine Hand fester.
„Aber ich weiß, du wirst nicht zuhören."
Ich schloss die Augen.
„Vielleicht. Aber vielleicht erinnere ich mich trotzdem."

Kapitel 21: Ning

Winter 705 n. Chr.

Ich wusste, dass es nahe war. Nicht durch Schmerzen.
Sondern durch die Stille. Der Hof war leiser geworden.
Selbst Zhang sprach seltener, und wenn er es tat, war es mit
einem Ton, den man sonst nur in Tempeln hörte. Ich lag auf
dem Seidenbett, leicht erhöht, um noch hinaussehen zu
können. Der Garten war leer. Der Wind trug kein Laub
mehr – nur Kälte. Meine Hände waren dünn geworden.
Aber ich spürte noch alles.
Sie kamen einer nach dem anderen. Alte Minister, um sich
zu verbeugen. Frauen, um still zu weinen. Xian, um zu
schweigen.
Der Atem kam flach. Nicht angestrengt, einfach… leise.
Die Fenster waren halb offen. Der Wind trug kein Leben
mehr mit sich. Nur Erinnerung.
Ich lag da. Bewegte mich kaum. Ich hörte kein Hofgerücht
mehr. Kein Schritte, keine Berichte, keine Befehle. Alles,
was ich je aufgebaut hatte, existierte weiter, aber nicht mehr
für mich. Und dann war sie da. *Ning.*
So, wie ich sie zuletzt gesehen hatte, bevor ich ihr das
Leben nahm. Ihre Haut blass. Ihre Augen groß. Ihre Ruhe,
unheimlich. Aber sie war nicht zornig. Nicht bitter. Sie
stand einfach nur da. Ich wagte kaum zu atmen.
„Warum bist du hier?" flüsterte ich.
„Weil du es nicht zulassen konntest, dass ich verschwinde."
Ich schloss die Augen. „Ich habe dich getötet."
„Ich weiß."
Sie setzte sich an mein Bett.
Kein Gewicht. Kein Schatten.
Nur Nähe.

„Ich habe dich geliebt", flüsterte ich.

„Ich weiß."

„Ich war schwach."

„Du warst stärker als ich je war, aber du hast vergessen, dass Stärke nicht allein leben kann."

Ein Zittern ging durch meine Finger. Ich hob sie – mühsam – nach ihr aus.

Und sie nahm sie.

So als wäre nichts geschehen.

So als wäre Vergebung stiller als Schuld.

„Ich sehe dich, Meiniang", sagte sie.

Epilog

Herbst 636 n. Chr.

Yuan starrte mich an. Seine Pupillen weiteten sich, nicht aus Angst, sondern aus Schock.
Nicht, weil ich eine Waffe hielt. Sondern weil ich es wagte.
Weil ich ihm in die Augen sah, ohne zu blinzeln. Lin war verstummt. Die Luft zwischen uns war wie gespanntes Leder.
„Tu's doch", knurrte Yuan. Meine Hand zitterte nicht. Ich hielt die Sichel still – so still, dass ich spürte, wie mein Atem über die Klinge strich.
„Nein", sagte ich. „Noch nicht."
Ich senkte die Sichel. Nicht, weil ich verziehen hatte. Sondern weil ich begriffen hatte, dass Rache in diesem Moment zu wenig war.
Was ich wollte, war größer. Länger. Ich wollte nicht, dass sie starben. Ich wollte, dass sie sahen, wie ich über sie hinauswuchs. Ich ließ die Sichel fallen. Sie landete mit einem dumpfen Ton auf dem Boden. Yuan wich zurück.
Lin starrte mich an, als hätte ich mich in etwas anderes verwandelt. Vielleicht hatte ich das. Denn ich spürte keinen Schmerz mehr. Nur Klarheit.
In jener Nacht schlief ich nicht. Ich saß am Fenster, sah in den Himmel und stellte mir vor, wie groß die Welt wirklich war. Nicht dieses Haus. Nicht diese Höfe. Nicht das enge Denken meiner Brüder. Ich wollte hinaus. Ich wollte Macht. Nicht, um zu zerstören.
Sondern um nie wieder auf den Knien zu liegen. Nie wieder zu betteln. Nie wieder mit gesenktem Blick zu leben.

Ich war Wu Zhao. Und ich würde mir einen Platz schaffen, wo niemand es wagte, mir eine Sichel an die Kehle zu halten. Denn ich würde keine mehr brauchen.
Ich würde mit Blicken töten. Mit Worten herrschen. Und mit meinem Namen – Geschichte schreiben.
Denn das war mein Anfang.
Und ich hatte nicht vor, irgendwann aufzuhören.

Nachwort

Dieses Buch war keine einfache Reise. Nicht für mich. Und ganz sicher nicht für Zhao. Als ich begann, ihre Geschichte zu schreiben, wusste ich: Sie ist keine Heldin im klassischen Sinne. Sie ist unbequem. Widersprüchlich. Hart. Aber genau deshalb musste ich sie erzählen. Denn Geschichte wurde – und wird – zu oft von Männern geschrieben.

Dieses Buch erhebt keinen Anspruch auf historische Vollständigkeit. Zahlreiche Ereignisse, Beziehungen und Gespräche in dieser Geschichte sind fiktionalisiert oder frei interpretiert. Wu Zhao, oder heutzutage auch bekannt als Wu Zetian, ist keine Ikone zum Anlehnen. Sie ist ein Spiegel. Sie zeigt, wie hoch der Preis sein kann, wenn man in einer Welt lebt, die nicht für einen gemacht wurde. Und sie zeigt, dass Macht – gerade in weiblicher Hand – bis heute Angst machen kann. Eine Frau, die sich gegen ein System stellte, das ihr jede Rolle zuwies – außer der des Herrschens. Und sie hat es trotzdem getan. Allein. Und ja, auch brutal.
Aber wie oft hat man Männern genau das verziehen – und dafür *bewundert*?

Dieses Buch ist für alle Frauen, die sich nicht entschuldigen wollen, wenn sie laut sind. Klar sind. Kompromisslos sind.

Für alle, die sich weigern, auf Knien durchs Leben zu gehen. Und für die, die schon gefallen sind, aber trotzdem weitergehen.

Danke, dass du diesen Weg mit ihr – und mit mir – gegangen bist.

Deine Laura